生活因阅读而精彩

可若是不写，说不定自己就会沦为北宋的下一个阶下之囚。李煜思索了许久，终于决定采取"先公后私"的政策，先按照赵匡胤的要求，

悲读李煜

伤读易安

严晓慧◎著

中国华侨出版社

图书在版编目(CIP)数据

悲读李煜,伤读易安 / 严晓慧著. —北京:中国华侨出版社,
2013.12

ISBN 978-7-5113-2902-8

Ⅰ.①悲… Ⅱ.①严… Ⅲ.①散文集–中国–当代
Ⅳ.①I267

中国版本图书馆 CIP 数据核字(2013)第315900 号

悲读李煜,伤读易安

著　　者 / 严晓慧
责任编辑 / 文　喆
责任校对 / 王京燕
经　　销 / 新华书店
开　　本 / 787 毫米×1092 毫米　1/16　印张/20　字数/300 千字
印　　刷 / 北京军迪印刷有限责任公司
版　　次 / 2014 年 3 月第 1 版　2020 年 5 月第 2 次印刷
书　　号 / ISBN 978-7-5113-2902-8
定　　价 / 60.00 元

中国华侨出版社　北京市朝阳区静安里 26 号通成达大厦 3 层　邮编:100028
法律顾问:陈鹰律师事务所
编辑部:(010)64443056　　64443979
发行部:(010)64443051　　传真:(010)64439708
网址:www.oveaschin.com
E-mail:oveaschin@sina.com

前言

　　李煜，一代悲情君王，千古词帝。他精通诗词，洞晓音律，工书善画，尤精鉴赏，是一位才华横溢、风流倜傥的词人。他曾是不爱江山、只爱花前月下的南唐后主，也是深陷囹圄、痛忆故国的亡国之君。

　　他不仅是名垂千古的伟大词人，还是五代南唐的末代君主。翻开历史，我们会看到一个平庸、懦弱的末代君王——南唐后主。南唐是一个短暂的国家，从开国到灭亡，不过短短 39 个春秋，前后却经历了三个君主的统治。从开国先主李昪到中主李璟，最后到后主李煜，这祖孙三代经历了一个可笑的变化——在治国才能上，一代不如一代，在文学才华上，反而是长江后浪推前浪，一代比一代辉煌灿烂。李煜一生命运坎坷，流离失所，错为君王，却成以千古词人之殇，留给世人最深的隐痛。在词宗与君主、天才与庸才、成功与失败之间，他演绎着自己的传奇故事。他的一生成为千古佳话，被代代传颂。

李煜可谓是历史中最悲情的文人，纵然有怀才不遇的愤懑，仕途坎坷的惶然，国破家亡的伤感，都敌不过从"一国之君"沦为"阶下之囚"的悲凉，这种悲情流于笔端，叹出了即将亡国的"黄花冷落不成艳，红叶飕飗竞鼓声"的害怕与孤单；流出了成为阶下囚之后"胭脂泪，留人醉"的惆怅与哀伤；表达出对赵氏王朝反抗的"问君能有几多愁？恰似一江春水向东流"的放纵与豪气。李煜一生悲情与才情交加，让人锤炼、慨叹。

　　李清照，宋代婉约派女词人，号易安居士，出生于一个爱好文学艺术的士大夫之家，才华过人，善属文，于诗尤工，但一生颠离漂泊。

　　李清照早年生活优裕，工书能文，通晓音律。婚后与赵明诚共同致力于书画金石的整理，编写了《金石录》。其住所为"易安堂"，李清照也故自封为易安居士。中原沦陷后，与丈夫南迁，过着颠沛流离、凄凉愁苦的生活。后赵明诚病死，为境所迫，李清照改嫁张汝舟，竟遇人不淑，无奈之下，只得将张犯法之事告发，才得以自由，却落得孤苦终生。

　　她是"兴尽晚归舟"，"惊起一滩鸥鹭"的天真少女，也是那"人比黄花瘦"，还怀着"一种相思，两处闲愁"等着"云中谁寄锦书来"的闺阁思妇，亦是那"一枝折得，人间天上，没个人堪寄"的孤独老妇人，她在平淡清雅的诗词世界中捻墨独舞，高唱一曲寂寞的相思离歌，任凭沧桑变幻，风雨雕琢，伴着凄苦，伴着孤独，伴着对爱人的思念和对过往的追索，活在这寂寞的人世间。

　　本书真实地勾勒了悲情词人李煜、婉约词人李清照的曲折人生，读者通过完美的赏析能够更深入细致地了解二位词人的生活、情感历程。他们的生命本就是诗，他们的世界本就无比多情。走进本书，走近宋词品人生，品读李煜"别是一番滋味在心头"的风花雪月和李清照"点点都是相思泪"的如梦花事，在经典唯美的诗词中追忆尘烟如梦的往昔。

目录
Contents

下篇

花自飘零水自流——李清照的爱恨别愁

第三辑　　生命中无比肃杀的秋

上篇

春花秋月何时了——李煜的悲喜人生

他是才子，是词人，是帝王。他从少年时代便自甘寂寞，看淡功名利禄，不问军国之事，也就有了"残莺何事不知秋，横过幽林尚独游"的归隐之情，有了从帝王沦为阶下囚的"砌下落梅如雪乱，拂了一身还满"的沉重悲伤。亡国后，他的内心饱受煎熬，无比痛苦，词中尽是感叹"雕栏玉砌应犹在，只是朱颜改"的亡国之痛，悲怆之情溢满字间。

在废君的哀叹中开启传奇

盛唐，一个动人的传说，夹杂着许多动人的传奇。

唐末，一个风雨飘摇的时代，一首悲欢离合的长诗。

乱世出英雄。乱世里，总有那么多可歌可泣的故事，像是漫天的繁星，盛开了一晚又一晚。都说历史是由胜利者书写的，失败者永远无法改变历史。可又有谁知道，胜利背后的沧桑，失败背影里的欢喜悲忧。笑，固然甜美，泪，也自有动人之处。

这个漫长的故事，始于那个悲欢离合的时代。

蔡州有一位杨行密，自幼家境贫贱，但力大如牛，从军后做了步奏官。不久，因为立功而晋升队长。他的上司心生忌妒，生怕他平步青云会损害自己的利益，便怂恿长官将其调任戍边。杨行密愤然拔剑而起，自立门户，为庐州刺史。

唐末藩镇割据，所谓大唐王朝的帝王早已不复往日风光。这片国土陷入了离乱纷争，黄河两岸的藩镇都忙于割据中原，无暇顾及江南。杨行密集天时、地利、人和于一身，趁机大幅占据江淮地区，壮大力量。

一位英雄的发迹史，也是一部斑驳的血泪史。唐昭宗乾宁四年（公元 897 年），朱全忠觊觎杨行密所占据的地区。那是一处富饶的鱼米之乡，任谁都难忍心动。这次战争，以杨行密的大获全胜而告终，他因此捍卫了自己的领土，暂时保全了一方安宁。江淮或许是那时最为从容安定的地方，温润、柔和，每个人都生活得衣食无忧——这已经是乱世里最大的幸福。

天复二年（公元 902 年），无力家国的唐昭宗迫于无奈，加封杨行密为吴王，实际上是承认了他的合法地位。深知民间疾苦的杨行密在称王之后轻徭薄赋，奖励耕织，令这片土地更加安乐。好景不长的是，没过多久，励精图治的吴王杨行密便阖然长逝。

即位的是杨行密的长子杨渥。都说虎父无犬子，然而这条古训却在杨行密父子身上得到了反证。杨渥此人，荒淫无忌，酗酒好乐，将父亲积累的声望和财富肆意挥霍。杨行密所留下来的部将张灏、徐温等人苦心劝说，反而被日渐疏远。杨渥昏庸无能，导致大权旁落，当年的老臣张灏、徐温也已经生出异心。跟着这样的帝王，等于是与虎谋皮，他们的忠心非但不能实现当年的梦想，反而还会招致杀身之祸，自立门户，也就在情理之中。

天祐五年（公无 908 年），张灏借机诛杀杨渥，事后败露，反而被徐温诛杀。一山不容二虎，在张灏死后，权力尽数落入徐温之手。徐温虽然长着一张温和的面孔，却胸怀大志，是一位成大事者。他将杨行密的次子杨渭送上王位，却将权力牢牢握紧，王位上的年轻人，不过是他的傀儡。

徐温步步为营，长子徐知训被留在扬州监视杨渭，养子徐知诰则在润州候命。这本来是一出如意算盘，然而徐知训却是一个骄奢放肆、狂傲不羁之人。他非但不将杨渭放在眼中，时不时出言凌辱，还任性妄为地粗暴对待杨行密留下的老臣，即使是自己的弟弟徐知诰，也被他极度轻视。这个被父亲收养的弟弟，徐知训从未将他当作自己的亲弟弟，甚至一度想要杀死这个被父亲所倚重的弟弟。

徐知训这种四处树敌的性格，最终导致了他的死亡。战将朱瑾，时年就任行营副都统，因为家中养着的好马良驹为徐知训垂涎，险些被徐知训诛杀。这个诛杀计划走漏风声之后，朱瑾以其人之道还治其人之身，杀死了徐知训，最终朱瑾自己也为徐温的部下所杀。

天祐十六年（公元 919 年），在徐温的逼迫下，杨渭无奈称帝，封徐温为大丞相，封徐知诰为左仆射。未久，懦弱帝王病逝。徐温故技重施，立当时的丹杨公杨溥为帝，然而大权依旧落在徐温手中，直至徐温病逝，情况依旧如故，只不过掌权者换成了徐知诰。

徐知诰的野心比起养父有过之而无不及，徐温还可以安于摄政的位置，徐知诰眼中却只有那个至高无上的位置。徐温病逝不久，徐知诰便逼迫杨溥禅让帝位给自己。这个出身贫寒的孤儿最终成为了一个王朝的主宰。或许，这是一场阴谋，亦是一场政变，而我们的故事，终于正式开幕。

序幕漫长而沉痛，一切都仿佛在预示着这个故事亦是一波三折。徐知诰正式称帝之后，定都金陵，改国号为齐，追封义父徐温为"义祖"，并讽刺性地封杨溥为"让皇"，派人将杨溥送往润州软禁。

金陵前往润州，走的是水路。很难想象，一生都无权无势的杨溥在渡江时是怎样的心情。风萧萧，水烟清寒，孑然一身的废君站在船头，一时间感慨万千。

江南江北旧家乡，二十年来梦一场。

吴苑宫闱今冷落，广陵台邪亦荒凉。

烟迷远岫愁千点，雨打孤舟泪万行。

兄弟四人三百口，不堪回首细思量。

——杨溥·渡江

序幕在废君的凄凉里结束，李煜的传奇在废君的哀叹里开启。宿命，轮回，那些仿佛距离人生极度遥远的事情却在这个时代得到了验证。多年后，作为徐知诰后裔的李煜同样成为了亡国之君时，是否会想起，自己的先祖亦是这样从别人手中得到了江山。

为了让自己的即位更加名正言顺，徐知诰即位以唐室吴王李恪为祖，并且改姓名为李昪，字正伦，光明正大地成为了李氏王室的"后裔"。一个王朝，从开始到兴盛，到衰落，如同一个人的人生，总会有浮沉，有起落；有悲伤如雪，也有欢喜如花。

强大灵魂的诞生

李昇，字正伦。其实他还有另一个名字。在他成为南唐的主宰之前，叫作徐知诰。

或许，在午夜梦回时，他在金炉袅袅的安神香里依然记得当年的自己。往事如烟，那样轻，那样淡，却始终都挥之不去。此时此刻，已经成为一方霸主的李昇未必想要记得那个出身卑微的自己，只是存在过的事实终究无法水过无痕，雁过无声。

彭城，一座小小的江淮小城，那里的日光永远温柔，水永远清澈，人们的语气也永远和气，就算争执，也会带上几分吴侬软语的气味。他就是出生在这座默默无闻的小城里，六岁，看着自己的父亲走向死亡，八岁，送走了自己的母亲。自此，孤身一人，江湖里任意漂泊。

一个八岁的孩童，就算流浪，又能走多远呢？他记得自己时常停留在一座寺庙里，偷偷地溜进去，躲在一方殿里，听到雨声的哀泣、钟声的孤寂。他曾以为自己的一生应该就是这样的，像所有流浪的孩子一样，无声无息地降生，然后又无声无息地结束。

后来，一个人来了，前呼后拥的，如同贵胄。他永远记得那人器宇轩昂的面孔，那人微微垂下头来，低声又不失威严：你愿不愿意跟我走？他忽然意识到，这是自己生命的转折，命运在垂青自己，尽管那时的他并不了解什么叫作命运。他望着那张充满威严的面孔，望着那人身后恭敬而卑微的侍从，望着周围因为那人的到来而黯然失色的一切，忽然想：如果我能成为像他这样的人，不知该有多好。

不久后，他成为了义父的养子，改口叫那个将军为父亲。他还知道，义父名叫徐温，是国主杨行密最为器重的大将，而自己，也不再是无名无姓的流浪儿，他跟着徐家族谱上的排列，叫作徐知诰。

平心而论，他是不讨厌这个名字的，至少，这让他觉得自己真的又有了一个家。他还知道，当年将自己从寺庙中带走的人就是国主杨行密，原本自己该是成为他的义子，却因为他那些亲生孩子们的激烈反对而作罢，只能将自己转手送给义父徐温。

这桩旧事，在后来的战火里、诡谲阴谋里、沧桑烟波里时常被他想起，那时他还叫作徐知诰，奔波在未知的宿命里，在火海里行走，在刀口上舔血。如果当年自己成为了杨行密的孩子，此后的人生会不会无须今日的坎坷？这个念头时常萦绕在脑海深处，直至他坐上那个至高无上的位置，他才明白，一切都是命中注定。昨日的因，今日的果。若当年他不曾成为徐知诰，今日也未必会成为李昪。

因为自己的聪明伶俐，懂得察言观色，进入徐府之后的他很得徐温夫妇的喜欢。他是懂得抓住机遇的人并且深知如何才能更好地将机遇利用好。于上，他孝顺养父、养母，事必躬亲，无微不至。于学习上，他亦是专心致志，很快就能够吟诗作赋。于武学上，他更是勤学苦练。很快，少年老成的他成为了养父的心腹，他的出类拔萃更像是一把双刃剑，既能够令他获得徐温的宠爱，也招致了源于各方的忌妒，其中，就有徐温的长子徐知训。

天祐六年（公元 909 年），他随同徐温投身戎马，开始了他辉煌的一生。未久，年仅 22 岁的他被派往升州为楼船副使，制造船只，装备水军，扼守要塞。两年后，战功累累的他被提拔为升州刺史。这个源于贫寒的年轻人充分证明了自己的才华，让所有的人都刮目相看。他的才华不仅能令他成为战争中的枭雄，也能令他成为太平盛世里的明君。

在他就任升州刺史的几年间，升州城里海晏河清，百姓富足而安乐，甚少出现令朝廷头疼的事情。城中的百姓都念着他的好，纵使在他离任多年后，依旧记得他的名字。为官一方能够有如此成就，在乱世里已经是太不容易了。然而，羽翼渐丰的他却令一个人渐渐惶然不安。那个人就是他的养父徐温。

徐温想，纵使是血脉相连的父子，也曾为了权力而兵戎相见，自相残杀，更何况是没有血缘关系的养子。他害怕有朝一日这个自己亲手培养出来的孩子会抢走属于自己的一切。人都是自私的，这位久经风雨的老将开始怀疑这个天资聪颖的孩子，惶恐在不久的将来他们父子将会反目成仇。

为了防止这一天的到来，他毅然将徐知诰调任润州，令长子徐知训留守与润州不过一江之隔的扬州，自己则镇守升州。只是不久后，骄横跋扈的徐知训命丧黄泉，而养子徐知诰迅速出兵入了扬州城。等徐温赶回来，一切都已经晚了。他悲哀地发现，那个对自己极尽孝道的年轻人，不知从什么时候开始已经脱离了自己的掌控，纵使离开他，也能够凭借自己的力量成为一方霸主。可是他也觉得骄傲，毕竟这个年轻人是自己亲手培养出来的。像是一个艺术家看到自己精心制作的艺术品，徐温在悲哀的同时也为之自豪，这种微妙的感觉，令他忽然之间微微松开了始终紧握权力的手。或许，自己是真的老了，未来终究要属于那些野心勃勃的年轻人。

力量是日积月累的，如今声势日隆的徐知诰也并非是一蹴而就。是的，徐温的预感并没有出错，徐知诰，一直暗中积蓄着属于自己的力量，准备借一个最好的时机青云直上。他总是反复想起那些往事，清冷的寺庙、威严的君王、高木上惊恐飞离的鸟，万事万物都向那个人俯首称臣。他也想要这样的荣耀，他也想踏上那个万人之上的位置。或许，就是从那一刻开始，他知道了自己内心最深处的梦想，也开始真正了解自己。

那个混迹在街市里不知生死，不知时日，也不知何去何从的流浪儿，在那一刻开始死去，在同样一副躯体里诞生了一个未知的、新生的、强大的灵魂。他知道，自己的未来将会不同凡响。因为有了这个认知，所以他总是无比努力，他急切地想让自己强大起来，这是他走向未来必不可少的一步。只有强大，才能令他从容行走，不疾不徐，将所有属于自己的一切都牢牢握紧。

"杨花"落，"李花"灼灼其华

关于长子徐知训的死，徐温并不是没有怀疑过。为何事情那样巧？是否有人精心布了一个局、撒了一个网，悄无声息地夺走了长子的生命？经过长久地思索之后，他开始怀疑义子徐知诰。毕竟，徐知训一死，徐知诰将会成为这场死亡最大的受益者——徐温的其他孩子都没有徐知诰那样深的城府，也没有他那样强大到连徐温都要暗自提防的力量，徐知训死后，他必然会成为徐温最大的敌手。

只是木已成舟，容不得徐温再多作思考，他已经无法控制那个从古寺里走出来的年轻人。为了表示父子感情依旧亲密无间，徐温只能顺水推舟，升徐知诰为淮南节度行军副使及内外马步都军副使，并留守扬州辅政。在傀儡君王杨渭驾崩后，各怀心事的父子俩密谋商议之后，又立了杨溥为王，依旧将军政大权紧握于手。

明里暗里，父子俩几度交手。表面上的风平浪静，弥盖了暗中的惊涛骇浪。几番来去，徐温都落了下风，他真正知道了养子的利害之处，那是一头看似温驯却野性十足的老虎，只可惜这么多年来他却一无所知，以为那只是一只漂亮而乖巧的花猫，随便丢块肉就能够令他死心塌地地追随自己。

那是在真正的战争中成长起来的虎，不畏刀山火海，也不惧枪林弹雨。他心思缜密，谨慎而大胆，几乎没有软肋。他可以为了让自己看上去更威严而服食丹药，使自己原本乌黑的两鬓斑点苍白。这样的人，如果是朋友，自然是很好的；可如果被他当作敌人，那将是一件非常可怕的事情。徐温开始慢慢地意识到这一点，可是此时的他已经垂垂老矣，不再复当年的风光，若有人问：廉颇老矣，尚能饭否？他只有苦笑：有心无力。

因为这个年轻人不仅拥有军中至高的声望，还拥有民心。自古以来，得民心者得天下。从困顿潦倒中走出来的徐知诰并没有因为自己后来的富贵而遗忘了民生疾苦。在辅政时，他真正为江南的百姓做了一些好事。不论他出于什么目的，只要百姓真正受益了，天下太平了，那就值得后人铭记、青史镌刻。

战争留下的创伤难以愈合，可幸存下来的人们都需要衣食住行。为了弥补战乱带来的伤痛，他下令遣散宫中歌伎以节省开支，同时开放山川河流，让百姓渔猎樵采，自给自足，并且实行轻徭薄赋的政策，努力将经济水平恢复到战前。他推行的政策令百姓获益，却损害了许多名门贵胄的利益，他们开始反对这种政策的实行。他力排众议，决然推行，不出十年，江淮地区就恢复了当年的繁华。

都说一将功成万骨枯,徐知诰深谙这个道理,若要走向成功,自己最大的助力依旧源于军中。他当了多年的将军,早已做到了爱兵如子,他只要身在军中,就会同战士们同甘共苦,从来不会因为自己的地位贪图享受、安于逸乐。他明白,有多少祸端就藏在那颗安于享受的心里,因此从不骄矜放纵。

对于战死的士兵,徐知诰命令下属四处查访,给予其家属三年俸禄的补恤;对于家境贫寒的士兵,他亦是多次赏赐金银。他的这种行为极大地提高了他在军中的声望。那是一种无形的财富与权力,并不是持虎符或者官印就能够奠定的,这需要一点一滴的积累,才能有厚积薄发的一日。集民心、军心与一身的年轻人已经成为了吴国最引人瞩目的青年才俊,许多怀才不遇的谋士奔走吴国,就是因为声名在外的徐知诰。

这其中,有江左才高八斗的韩熙载,有为日后的南唐创下一朝纲纪的江文蔚,还有常梦锡、李金全、卢文进等风采卓绝的名士或英勇骁将。这些人,后来都成为了南唐的基石,为这个王朝开创了一片新天地,而他们也成为了南唐的开国元老。徐知诰对这些前来投奔自己的文臣武将异常优待和珍惜,他礼贤下士,知人善用,从不拒绝对方的要求。能有"伯乐"如是,身为臣子的,又复何求呢?后来韩熙载曾写诗称颂说:

我本江北人,今做江南客。
再去江北游,举目无相识。
金风吹我寒,秋月为谁白?
不如归去来,江南有人忆。

谁曾想,当年那些意气风发的少年们当真能够成就一方霸业,开创一个崭新的王朝。这个梦，徐知诰时常做，却从来不敢奢望那会是真的。"功败垂成"，古往今来，江河涛涛，有多少英雄就败在这四个字上，他们距离那个梦想那样近，可是有多少人能够梦想成真？他不敢奢想胜利，却知道失败的下场。有太多人跟着他，压上了生命为赌注，这个筹码太大，他不能输，也输不起，他已经没有了退路了，只有前进，前进。

韶光流逝，流年似水而去。当年鲜衣怒马的年轻人已经到了"知天命"之年，时机已经足够成熟，而自己也不能够再等待下去。那些忠心耿耿的谋士早已布好了局，将他推上"众望所归"的位置。那一年，金陵城开始流传一首民谣：江北杨花作雪飞，江南李树玉团枝。李花结子可怜在，不似杨花了无期。"杨花"暗蕴杨行密家族的杨，而李姓便是徐知诰日后改名的姓氏，亦是大唐王朝的姓氏。"杨花"落，"李花"灼灼其华，预示着杨家的衰落和李氏的兴盛。

如今，一切都已经成熟，江南两岸的百姓也在期盼着徐知诰登基为帝。只要能够令他们安居乐业，换一个人来当皇帝也未尝不可。在这样的情况下，徐知诰的即位似乎已经是"众望所归"的事情，若是不登基，反而显得有些矫情。

未久，徐知诰即位，旋即改名李昪，开创了南唐。过往的那些硝烟和风流属于杨氏和徐家的辉煌，终于被雨打风吹去，属于他们的时代已经落幕，而属于李昪及其子孙的时代才刚刚开始。那位从孤儿成为名将、良臣，最后成为一方霸主的李昪，不仅军功卓著，更是一位出色的政治家。

在他的统治下，南唐出现了前所未有的兴盛。在这片富饶的国土上，从武义元年（公元 919 年）到升元七年（公元 943 年），他兢兢业业、励精图治，使当时的南唐成为了"十国"中的佼佼者。若是他能够活得再久一些，或许南唐就不会覆灭，历史也就不会是我们如今所看到的这个模样。只是，生命再长，也会有终点。

这位一生叱咤风云的帝王，时至弥留依旧放心不下家国大业，紧握着长子李璟的手殷殷嘱咐：汝业守成，宜善交邻国，以保社稷！他是那样牵挂着自己好不容易打下来的一片江山，也牵挂着自己的那些孩子们，他们生于安乐，都未曾吃过苦，这些孩只要能够守成，就已经是他最大的满足。只可惜纵使这样低微的心愿，李昪的子孙也未曾实现。若是黄泉下有英魂，不知他能否瞑目。

夜未央，烟火正艳

悠悠历史长河中，每个人都是一颗细小的微尘。个体生命的重量，于个人记忆是载不动的俗世情愁，于变幻时空却是眨眼间的红尘一梦。

从出生到死亡，芸芸众生都在自己的故事王国中沉沉浮浮。这些故事最后被历史这张残酷的筛子抛去了大多数，只留下了几段佳话，几声叹息。

南唐升元元年（公元 937 年），东方国度最浪漫的七夕夜里，空气热情，草木飘香。天上搭起鹊桥，牛郎与织女含泪相见。人间张灯结彩，善男与信女诚意祈祷。一位浪漫的皇帝也在此时睁开了望向这世界的第一眼。

彼时，古城金陵热闹喧嚣。在高高的王府高墙之后，在富丽堂皇的宅院之中，在忙忙碌碌的仆人之间，一个男婴瓜熟蒂落，发出一阵清脆激越的婴啼。夜未央，烟火正艳，他寻到了最浪漫的时间点，忘了前世，款款走向今生。

这个小小的婴儿，就是吴王李景通的第六个儿子——千古词坛的"南面王"、南唐亡国君主李煜。

吴王李景通是徐知诰的嫡长子，徐知诰此时虽然还没有称帝，但以天下兵马大元帅的身份坐镇金陵，事实上已经掌握了朝政。按照帝王家千古信奉的嫡长子继承制，李景通是想当然的未来皇储。

除了身份上的优势，历史也赋予其一个神秘的传说。据说徐知诰曾经在一日午睡时，梦见飞龙从天而降，它遍身金鳞，喷着云雾，由升元殿的西楹直奔大殿破窗而入。醒来后，徐知诰感到这像是某种神秘的预示，便派身边的人前去查看。不久，侍卫回禀，在升元殿中看见了皇长子李景通正倚着西楹仰望雕梁画栋。

这种巧合让徐知诰陷入深思，所谓"天子"就是上天指定的金龙化身，莫非这梦中的征兆是要授传天意吗？思前想后，徐知诰决定在未来要顺从上天的安排，将天下传给长子李景通。

再回头说七月初七这天，李景通正在书房挑灯夜读，忽听房外脚步忙乱，这时清脆的敲门声响起，一个侍女疾步进来，用激动的语气禀报："恭喜王爷又得一贵子！夫人请您拨冗为新生儿命名。"

李景通闻言喜形于色，连忙放下手中的书本，激动地站起身来。虽然这已经是他的第六个儿子，但是为人父的喜悦还是满满地溢在心间。他轻捻胡须，微笑着望着那个侍女，说："此乃大喜讯，府内又添男丁。赶快回去侍候好夫人的身体，名字待我斟酌后奏请父亲。"

侍女应了一声，连忙转身告退。李景通望向窗外的月亮，感觉它也心意相通地望着自己，并轻轻为他唱起了一首银色的歌。他背着手，在书房里来回踱步，窗外的月光与窗内的烛光遥遥呼应，把他的美丽心情投在墙壁上。

良久，这个认真的父亲忽然眉头舒展，喃喃自语："今宵适乃七夕佳节，吾儿在此吉日良辰降生，为父祝愿他终生幸福，诸事如意，就为他命名'从嘉'，让他一切从'嘉'吧。"在父亲的祝福下，在所有人的呵护中，从嘉离开了母亲温暖的堡垒，来到这世间。

从嘉的故事有个传奇的开篇，不仅关乎降生时间。当家人们相继抱起这个可爱的初生儿细细端详时，才发现他竟是天生异相。天庭饱满、双颊丰腴，前面两颗门牙合二为一，其中一只眼睛有两颗瞳仁。

在古代的玄学中，从嘉的面相正是"骈齿重瞳"，是世间稀有的贵人相。在旧史书的记载中，周朝的周武王便是如此，还有那勇猛非凡的项羽霸王，难怪人人皆道这是非凡之相。李府上下到处洋溢着喜气。也因为如此，从嘉字又为重光。

这时候谁也不曾想到，似乎有着双瞳的男子都有着悲惨的结局，项羽是这样，李煜也是这样，最终被迫服毒自尽。

从嘉的"骈齿重瞳"很快传成了佳话，人人都言这是天命之所向。徐知诰得知后十分欢喜，家里不仅人丁兴旺，又沾了吉利的喜气，这让他更加坚定了登上皇位的信心。从嘉出生三个月后，徐知诰毅然逼迫吴王退位，自己如愿以偿登上了皇帝宝座。

徐知诰登基后改姓名为李昪，他提倡节俭，但是李府必竟从王府一跃成为皇家宅院，从嘉有了世上最好的锦衣玉食，连奶娘和丫鬟都经过了精挑细选。他的童年是在精心呵护下开始的，是在世人的艳羡目光下度过的。

骈齿重瞳的样貌已经让从嘉备受重视，虽然他只是父亲的第六个儿子，谈不上继位的机会，但仍有人暗地里认为那是冥冥中的命定。

从嘉从小聪明懂事，尤其对诗文颇有天赋。七岁时，就能对着皇帝爷爷背诵曹植的《燕歌行》。更惊人的是，他不仅能够背诵，同时也能理解其中的深意，李昪（即徐知诰）对这个孙子愈发宠爱有加。

也就是在从嘉跨进人生第七个年头的这一年，他成长的家庭发生了巨变，二月，祖父李昪病逝，父亲李景通继位，是为中主，改元为保大元年。

从嘉与五个哥哥一起摇身变为皇子，可这不是美丽故事的开端，却是悲伤故事的序曲。生在帝王家的无奈开始浮出水面，刻在青花瓷上的前尘往事渐渐浮现。

风里落花谁是主

李煜，字从嘉。提起这个名字，人们往往会一声长叹，就算只是粗通文史的人，也知道那是历史上的南唐后主，善琴棋书画，奈何错生在了帝王家。人们总是用"错生"这样一个词形容他的出生和命运，然而李煜的一生，难道当真只是一场错，惹来万般怜惜沧桑？

一切，都有可以追溯的渊源。如果李煜不曾诞生在这样的家庭中，就不会有这样的际遇，也就不会有机会接受那么好的教育，更不会有"国破山河在，城春草木深"的感叹；或许，我们的文坛上就少了这样一位举足轻重的词人，也少了一位可悲、可叹，却也可敬的君王。出生于帝王家，是李煜的不幸，亦是他的幸运，爱恨不过一念之差，幸或不幸，也只是一线之隔。

李煜的父亲李璟亦是一位文采风流的皇帝，南唐未灭亡在他的手中，在史书上，在人们的记忆中，他更多的是以"李煜的父亲"这样的身份现身。其实李璟的词也写得极好，清雅温和，颇有文人之风。

手卷真珠上玉钩，依前春恨锁重楼。风里落花谁是主？思悠悠。
青鸟不传云外信，丁香空结雨中愁。回首绿波三楚暮，接天流。
——李璟·浣溪纱

这首被传诵得最多的词，与李煜的作品相比，也不见得逊色多少。父亲李璟文学修养深厚，祖父李昪亦善于诗词。在这样的家庭出生，孩子要么成为八面玲珑的政客，要么成为温柔清秀的文人。显然，李煜成为了后者。

从嘉是李璟的第六个儿子，也就是说，他的上头还有五个哥哥。在李璟登基为帝之后，六个孩子都成为了皇子龙裔，地位也越发尊贵。然而，这种变化并没有给年幼的从嘉带来多大的欢喜，他更希望自己能够成为街市里一个普通的孩子，清贫却欢乐，挨打了有哥哥为自己出头，受伤了也有父亲柔声安慰。可他知道，那最平凡的梦实际上是遥不可及的。他是南唐君王的儿子，不管是谁见到他，都会毕恭毕敬地唤一声"六皇子"。

他尊贵的血统、异于常人的重瞳，招致了最初的祸端。那源于他的兄长——李璟的长子弘冀。年长从嘉六岁的弘冀，16 岁就被父亲封为燕王，那是一个极其难以捉摸的人，沉默寡言的背后隐藏着极深的城府，并且能够当机立断、心狠手辣，某些时刻，像极了祖父李昪。温和的父亲李璟并不特别喜欢这位长子，虽然他战功卓著，为南唐江山立下了不少汗马功劳。但弘冀一意孤行、狠毒凶残的性格，却是李璟最为厌恶的。

为了确保自己的皇位，弘冀甚至毒死了自己的三叔，也就是晋王李景遂。起因不过是李璟有一次无意中提起自己打算将皇位传给晋王，弘冀就生生毒死了他。这桩血案最终成为了宫廷秘闻，被掩埋在风沙里，多年后，血迹早已干涸，然而却在当年还是个孩童的李煜心中留下了不可磨灭的阴影。

　　他是那样恐惧那个手段残忍的长兄，又是那样明白，这位兄长在除去三叔之后，已经走上了一条不归路，谁成为他的障碍，就会被他想方设法地除掉。他渴望的父慈子孝其乐融融的家庭，已经成为了一个泡影，他只能将自己隐匿在文学的身后，沉溺在所谓的"靡靡之音"里，用弘冀素来不以为然的事物来掩饰自己——他不过是一个除了文墨一无所长的幼弟，那些朝廷上的风云变幻，他不关心，也不愿意关心。

　　渐渐地，那个曾被祖父和父亲寄予厚望的少年变成了一个默默无闻、甘于寂寞的男子。他生活在一片离政治十分遥远的天地里，心平气和地写着自己的词，悄无声息地作着自己的画。他最喜欢的不是权力，而是安静地徜徉在萧萧的竹林里，听细雨打落，看碧叶飘零。皇室的阴谋诡计，同这个少年再无关系，他只求有一日悄然归隐。那时，李煜将自己的号改为钟隐，别号莲峰居士。本可以声名远播的少年，却过早地心如死水。

　　都说孤寂难熬，可于从嘉而言，却是上苍给他的最好的礼物，他可以在孤寂里细细地聆听年华流逝的声音，默默地享受时光的静谧和美好，这种欢愉，是父王所无法了解的，也是弘冀终其一生都无法体味的。他渴望着天大地大，自己能够驾一叶扁舟，任江水自流，远遁红尘，悄然归隐。"永忆江湖归白发，欲回天地入扁舟"。晚唐的李商隐追逐着这样安静的生活方式，殊不知，那只是遥不可及的泡影。

　　或许在刚开始的时候，文学不过是李煜掩饰自己的一张面具，然而时光渐长，文学却变成了他的情之所钟。他开始深深地爱上了它，最终也因它而永远地留在了历史之上，留在了人们的记忆之中。

（一）

浪花有意千里雪，桃李无言一队春。一壶酒，一竿身，世上如侬有几人。

（二）

一棹春风一叶舟，一纶茧缕一轻钩。花满渚，酒满瓯，万顷波中得自由。

——李煜·渔父二首

这是李煜在卫贤所画的《春江钓叟图》上的两首题词，看得出，他是何等羡慕那样的生活。平凡、自由，来去自如，除却生与死，没有什么能够控制脚步的方向。他也只是想做一位小小的钓鱼翁，哪怕风餐露宿，哪怕跋涉千山与万水，只要能够恣意驰骋于碧涛雪浪里，顺春风漂泊，任明月冷落，喝一口劣质的酒，唱一曲跑调的歌。

除却诗词，李煜的书画亦是双绝。他的书法初临柳公权，继而临欧阳询等人，然而他最喜欢和尊崇的还是晋时卫夫人的书法，受她的影响也最深。总体上而言，李煜的书法是博采众家之长，糅合万端变化而自成一脉的，后来这种字体被称为"金错刀"，以瘦硬、风骨俊朗见长。后人形容这种字体"大字如截竹木，小字如聚针钉"。只可惜的是，在千年流转的时光中，从嘉的书法早已失传，他的墨宝也散失无踪，后人已经无法再看到"金错刀"卓绝的风采，正如无法看到他的悲伤痛苦、欢乐忧愁。

从嘉的画也非凡品。如同他的书法，他的画亦是清瘦绝伦、遒劲沧桑，这种画法被称为"铁钩锁"，意为生冷瘦硬，又别有韵味。其实他能够入画的事物并不拘于一格，不管是人物还是山水，都能够成为他笔下栩栩如生的景象。只是这些笔墨丹青，有的在南唐灭亡时被他自己付之一炬，有的则流散在浩瀚的时光里，实为憾事。

最初的从嘉，选择了那样一条隐晦的归隐之路，他以为，自己或许就要如此了断一生了，当一个闲散逍遥的王爷，偶尔同两三墨客痛饮长歌。其实这样也未尝不好，至少他可以安然终老，纵使国破家亡，他也不会背负上"亡国之君"的罪名。他是在很久之后才知道，原来自己一生之中最无忧无虑的时光，就是那如同梦幻的少年时。

旁观乱世的纷纭

在父亲李璟的众多孩子中，从嘉排行第六。按照自古以来的长子承袭制而言，从嘉是没有继位的权利的。然而，对于许多人都可望而不可即的王位，从嘉是淡然的。他甚至对那个位置有着淡淡的厌倦。出生在帝王之家，身处荣华富贵的万顷烟云里，又哪里抵得上寻常烟火里的温暖。

在成为南唐后主之前的李煜，更像是一个历史的旁观者，于乱世的纷纭里撑着一把秀气的紫竹伞，独自远行。而那时的南唐，本来就处于多事之秋，又因为皇储之事，显得越发扑朔迷离，人心难安。

南唐是一个短暂的国家，从开国到灭亡，不过短短39个春秋。前后却经历了三个君主的统治。从开国君主李昪到中主李璟，最后到后主李煜，这祖孙三代经历了一个可笑的变化——在治国才能上，一代不如一

上篇　春花秋月何时了——李煜的悲喜人生

代；在文学才华上，反而是一代比一代更加辉煌灿烂。李昇生于离乱，成于离乱，最后亦是死于离乱。他一生耗尽心力，终于将江淮地区治理成了一个富饶强大的国家。

直至李昇临终之际，南唐已经是一个实力和财力都格外雄厚的国家。这位天赋奇高的君主在闭上双目时都还有一个伟大的夙愿——他欲养精蓄锐，待时机成熟之后出兵北伐，结束这个五代十国的局面，统一天下。然而，时光却过早地终止了他的年华，还没等到他实现夙愿，他就阖然长逝，这个伟大的梦想也终止在了那一刻。他的长子李璟，远没有继承他的雄才伟略。

李昇明白，这个生性慈柔的长子心地并不坏，这是他的长处，亦是他的软肋。如果他身边有精明强干的人辅佐，守成不成问题，但如果四周都是些奸佞小人，情形便会变得糟糕。升元七年（公元 943 年），李璟即位，改元为保大。成为皇帝的李璟，在最初几年，诚然是励精图治、萧规曹随的，还能知人善用、知错能改，对于良臣的劝谏，都还能够虚心接受。只是，他未能持之以恒。没过多久，由于识人不清，朝廷很快陷入了小人得志、良臣备受欺压的局面。

而此时的李璟，已再也听不进去旁人的劝谏。后来，时人将当时把持朝政的冯延巳、冯延鲁、魏岑、陈觉和查文徽几人称为"五鬼"，意为他们装神弄鬼，将原本还算清明的朝政弄得乌烟瘴气。这几人本来就是一些轻浮且仗势欺人的跳梁小丑，仗着李璟的宠爱，不将满朝文武放在眼中，偏偏李璟还对他们信任有加，最终导致国不成国。

在"五鬼"的挑拨蛊惑之下，李璟被奉承得飘然欲仙，当真以为自己会如同父亲李昇一样成就一番千古霸业，竟然悍然出兵闽楚地区，使得举国上下一片哀鸣。自古以来，能够纸上谈兵、侃侃而谈的人多，而能真正掌握战局占据上风的人少，李璟此人，善文而不善武。此次出兵，本来就是仗着父亲李昇仅剩的余威，纵使胜利，也不见得是李璟自己的功劳。

如同是上苍的一次戏弄。李璟出兵闽国，竟然是节节胜利。其实胜利的主要原因在于闽国内在的危机。早在保大二年（公元 944 年），闽国就已经陷入了王位之争，王氏兄弟为了争夺王位，不惜兄弟相残，爆发内战。闽国上下，民不聊生，百姓迫于无奈向李璟的军队打开了城门，甘愿投降，成为南唐子民。闽军横征暴敛，失道寡助，很快就只能退守建州。保大四年（公元 946 年），唐军攻破建州，闽国末代君王王延政被押送往金陵，被李璟先后封为"羽林大将军"、"自在王"，成为阶下之囚，直至老死。南唐军在闽国势如破竹，汀州、泉州、漳州等地首领先后投降，等到福州将领李仁达投降之时，李璟以为自己是天命所归，不由得沾沾自喜。

未料，李仁达不过是假投降。他一面假意归顺南唐，一面却在百姓中散布谣言，致使民心离乱。闽国国民原以为唐军良善有序，于是打开城门迎接他们，没想到唐军进城之后却翻脸不认人，纵容士兵烧杀抢掠，无恶不为。在这样的情况下，百姓自然是怨言载道，悔不当初。消息传到李璟耳中，李璟大怒之下当即命令陈觉率师征讨。李仁达走投无路，不得不求助于邻国吴越国主钱弘佐。出于战略考虑，即害怕闽国灭亡，前线失守，钱弘佐出兵福州，增援李仁达，南唐军队被两面夹击，顿时溃败，伤者不计其数，死去的士兵却有两万余人。其惨烈之状不能以文字直抒。

此事一传回金陵，南唐举国震惊，刚正不阿的臣子即刻上书弹劾"五鬼"，要求李璟下旨将罪魁祸首陈觉等人斩首示众。迫于舆论，李璟不得不下旨将几人斩首，然而陈觉等人却在权相宋齐丘的营救下得以脱身。此举大大激怒了朝中清流，御史中丞江文蔚上书李璟要求严惩"五鬼"，所表内容激愤壮烈，将矛头直指君王李璟。果然，李璟勃然大怒，江文蔚被贬至江州，降为司士参军，却更加惹来众怒。为平息舆论，李璟不得不做出牺牲，他先是将陈觉、冯延鲁等人流放，继而将魏岑贬为太子洗马，将冯延巳降为太子少傅。

　　福州战败之后，南唐已元气大伤。李璟却没有看到其中的危机，依旧心怀壮志，梦想着有朝一日统一天下。然而，留守漳州等地的闽国将领却已经看出了南唐此时的外强中干，屡屡作乱，为保太平，李璟不得不封他们为王，让他们拥兵自重。保大九年（公元951年），李璟出兵楚国，攻占潭州、鄂州等地，灭亡了楚国。此时，南唐的领土比原先扩大了一倍有余。李璟看着地图上的疆界，心中自然是极其得意——父亲未竟的事业，或许将由自己来完成，这是何等的骄傲和扬眉吐气啊。他美好的梦想还没有做完，却被车中的急报残酷打断。

　　此次的危机则源于一度觊觎楚国的南汉，他们趁南唐军不备，暗夜偷袭，大败南唐军，占领桂州。与此同时，朗州将领刘言起兵攻占潭州，未久，刘言继续联合楚国遗民，收复了楚国的大片领土。李璟的美梦被即刻打败，他壮怀激烈的梦想宣告灭亡，屡屡的打击，终于令中主李璟看清了自己的能耐。父亲说得没错，自己若能守成，就已经是最大的成就，然而自己却不听劝告，非要想着天下霸业，造成了现在这样惨淡的局面。

　　两次出兵闽楚，李璟已经将父亲积累下来的财富消耗了大半，不能弥补的就收重税从百姓身上榨取。望着空空如也的国库，他终于觉得大势已去。此时的南唐已经是千疮百孔、满目疮痍，他哪里还有颜面去见黄泉之下的老父呢？

　　诚然，如果李昇还能够多活十年，以他的才能和南唐当时的国力，也未必没有统一天下的机会。然而，命运对于这个江淮之国的眷顾却实在过于短暂。李璟即位后，非但没有如李昇所愿发愤图强，而是妄自尊大，此时南唐就已经注定了要走向穷途末路。

在文学的国度明哲保身

山舍初成病乍轻，杖藜巾褐称闲情。

炉开小火深回暖，沟引新流几曲声。

暂约彭涓安朽质，终期宗远问无生。

谁能役役尘中累，贪合鱼龙构强名。

——李煜·病起题山舍壁

这首诗，写于三叔李景遂死后不久，为了逃避来自弘冀的猜疑和迫害，从嘉投身文学，毅然远离了金陵的纷纷扰扰。长兄弘冀，或许是李家子孙中最像祖父李昇的一位。他行事果决、刚毅、敢作敢当，在某种程度上而言，比李昇还要心狠手辣几分。至少，李昇是睿智的，亦是松弛有度的，不曾伤害自己无辜的亲人。

弘冀却并非如此，只要被他认定为帝位的障碍，不惜一切，他也要除掉那人，以保障自己的利益。李璟深知长子的脾性，为了保全自己的亲人，将弘冀送出京城。可纵使如此，也还是难保亲人周全。李璟的三弟李景遂，就是因为李璟自己的一句戏言，死在了弘冀送来的一杯鸩酒中。由于李景遂是中毒而死，尸身未及落棺，便已腐烂。

那年的从嘉，不过是一位柔弱的少年，却因为目睹这一幕惨状，心中凄然，日后回顾往事，也觉得心有戚戚然。帝王之家，哪里像寻常人所想的那样富贵又快活？权力、利欲早已将原本良善的人性磨灭成了冰冷的余灰，寻不出一丝的暖意。他恻然转身，走向文墨与书香，开始与佛结缘，在佛理的慈柔普度中，找寻人生的意义和平淡。

而这首《病起题山舍壁》，亦是在向自己凶残的长兄表明，自己无心帝位，他只愿当深山里悠然闲行的老翁，于红叶满阶时沾一身秋露，在幽深浓雾里筑一方竹庐，无声度过此生。李煜一生当中只写过 18 首诗，而这段时期就写了三首关于病的诗。显然，此时的李煜得过一场大病，病因或许来自紧咬不放的长兄李弘冀，或许来自幽幽深宫里的哀怨缠绵，这使得原本就不算健康的少年缠绵病榻。

病中生活多寂寞，纵使是身处荣华中的从嘉，触手可及的繁华也并没有给他带来些许的慰藉，反而令他觉得冰冷。父亲忙于国事，而兄长们又为了一顶王冠自相残杀，没人记得自己还有一个病重孱弱的弟弟需要关心和温暖。或许，他们也曾暗自偷笑，小六那个傻子，竟然在这时候一病不起，父亲有那么多儿子，少一个自己就少一种威胁，赢得的概率也就更大一些。他们忘记了，病榻上的不是旁人，而正是自己血脉相连的弟弟。父慈子孝，兄友弟恭，儒家文化中的传统孝道，更应该是太平盛世的华美外衣，在这样的乱世里，还有谁记得孔孟之道。

自古以来，多少人丧命在那黄金宝座之下。那些人看到了坐上去的风光，看到了在那之上翻云覆雨掌控乾坤的力量，看到了普天之下泱泱王土的风云霸业，却没有看到王座下斑驳的血色，那是历朝历代积累而成的孽债，昭示着层出不穷的野心和欲望。从汉朝的"巫蛊之乱"到唐朝的"安史之乱"，再到清朝的"九龙夺嫡"，那都是因为一个位置、一顶王冠所引发的血流成河。人们总是习惯于看到胜利，却不愿看到失败的惨然。

在中国乃至是世界上的历代帝王中，几乎没有一位皇帝是在正常的家庭环境中成长起来的。他们中的大多数从小就离开了生母，被送往陌生的宫殿，接受皇室子弟的教育和训练。他们在一场场血色的宫廷政变中成长起来，时不时就目睹弑父、杀兄的惨剧，他们不知道自己何时会变成下一个牺牲品，于是为了自保，不得不举起屠刀，成为自己之前所鄙夷或是崇拜的那类人——为了权力可以放弃和不惜一切，甚至自己的亲人，都可以牺牲与出卖。他们踩着厚重的血迹成为最终的胜利者，可是森冷的王座像是一张越收越紧的网，勒得他们几乎喘不过气来，或许，那是无辜死去的人们默然无声的诅咒。

李煜是清醒的，所以在一开始，他就选择了明哲保身。虽然他成为了南唐的亡国之君，然而总体上而言，他还是清醒的。在这样的家庭中，能够长成一个心理正常的孩子，可见李煜实际上也拥有一个坚强的灵魂和一种坚韧的心志。哪怕他看上去只是一位柔弱淡然的少年，可是一旦望向他的双眸，就会发现他其实并不是一味地屈从。后来，他写了一首《病中书事》，从这首诗中，我们就能看出这小小的温柔少年也有自己的梦想。

> 病身坚固道情深，宴坐清香思自任。
> 月照静居惟捣药，门扃幽院只来禽。
> 庸医懒听词何取，小婢将行力未禁。
> 赖问空门知气味，不然烦恼万途侵。
>
> ——李煜·病中书事

他知道，一味地沉溺只会让自己更加手无缚鸡之力。尽管他只是想要一种宁静悠远的生活，可是这种生活不过是系在上位者偶然的怜悯慈悲中，天有不测风云，谁又能确保自己的安宁能够永久沉酣？他的心中渐渐有了一缕淡薄的意识——真正无力的弱者，是连自保都无法完成的。难道他真的要成为真正的弱者吗？

病中的少年终于发现一切都不如自己可以信赖。如狼似虎的兄长们，永远不能对他们报以希望。谁知道父亲百年之后，他们会不会撕开如今还"其乐融融"的面孔，转身冷眼以对？到那时，自己还不是一团任人揉搓的泥，不知何处容身。只是，从嘉纵然有这个念头却对现在的情形无能为力。

他不是手握重兵的长兄李弘冀，也不像即将成年的兄长们各自都拥有忠心的谋士。他的羽翼还来不及长成，他不过是靠着父亲的宠爱苟且偷生着的孩子，无力，也不敢公然反对自己悍然的兄长们。他只能将这种欲望——如果可以将这种心愿称为欲望的话，压制在心里最深处的地方，不敢让谁知晓。而表面上，他依旧是那个风轻云淡、清心寡欲的小小少年，不争不抢，不喜不怒。谁都不知道，此时的从嘉自己也不知道，在不久的将来，自己将会受到命运女神的垂青，从此，他的命运将会发生天翻地覆的变化。

同样，那时的从嘉也不知道，终其一生，他的生命都是系在别人手中，任他们为所欲为。他的命运更像是被什么在背后操纵，从未真正属于过自己。

寂寞春深，空庭久冷。被遗忘的六皇子从嘉在病中苦读经书。然而，普度众生的佛法并没有令这位皇子看到人生的真谛，他反而觉得人生苦短，就应该对酒当歌，及时行乐。这场病是他人生中的一个巨大转折，只是这个转折令他在迅速成熟的同时，也迅速走向了衰弱。后来他继承了王位，却没有励精图治，成为中兴之主，反而大兴土木，醉生梦死，沉溺在文学和艺术的享受中不能自拔。

第二辑
从文人到帝王的华丽转身

命运的捉弄

很想知道，命运究竟是一种多么玄妙的东西。

命运，无影无踪，无形无体，却把我们每个人都紧紧地掌握在其中，我们如同被包裹在密不透风的蚕茧里，光影迷离，扑朔成谜。有人说，性格决定命运，也有人说，命运紧握在自己的手中。可是我相信，冥冥之中自有天意。

这并不是一种消极的想法，我只是相信，每个人都会同命运相逢，谱写一曲美丽的生命之歌。奋然进取，固然是壮烈美丽；随遇而安，未必不是一种美好选择。不是所有的人都适合刀光剑影、匆匆来去的生活方式，或许，他们更适合走进一座幽静的山城，浅然独行在鸟语丛影里，落叶和落花都静谧无声，人生的步履就这样悠闲而沉静。

李煜一直以为自己应该选择后一种生活，他是那样深刻地了解自己——自己并不是可以成就霸业的王者。就这一点而言，或许长兄弘冀比他优秀万分，尽管那是一个冷漠而凶残的兄长，却有着他永远无法企及的魄力和果断。他太优柔、太敏感，又太喜欢那些风雅的事物。那些可以令他成为文学上的君王，却无法令他从容应付政治上的各种风波。

因而，即使他也曾想过有朝一日取长兄而代之，然而那不过是一个备受欺凌的孩子一厢情愿的想法。实际上，他一直认为那个位置应该是属于长兄弘冀的，他只是想保住自己的小小太平，不愿走出那片安宁天地，却没想到命运并不如他所愿，硬生生地就将他推向了巨大的鸿沟，这连从嘉自己都始料未及。

他的父亲有很多孩子，从嘉排行第六，下面还有弟弟。其实这是一个不上不下的位置，不是长子却备受器重，不是幼子却备受宠爱。如果不是那只重瞳，或许他也就泯然于众了，在父亲的众多儿女里，平庸寻常，默默无闻。正因为他的重瞳，令祖父和父亲都对他关注有加。他们相信，从嘉是能够成大事的。因为古往今来，拥有重瞳的人都是天命所归，如同那位英勇的西楚霸王项羽。

重瞳在给从嘉带来荣耀和宠爱的同时，也给他带来了如影随形的忌妒。在承受意料之外的宠爱的同时，从嘉不得不接受来自各方的冷言冷语和明枪暗箭。如前文所述，他吃尽了苦头，将所有风华都隐没，把原本风清秀雅的自己变成了沉醉文学的庸人，才得以从长兄弘冀手中保住性命，这正是他所付出的代价。

可就在他以为就要这样终其一生的时候，弘冀却病重不起。那是一场来势汹汹的战争，转瞬就击败了那位浴血而生的年轻将军。很快，这位野心勃勃的年轻人抛下所有未完成的梦想撒手而去。死，是那样强大，在它的面前，人人都平等如初生，不论是千古霸业的帝王，还是卑微平凡的常人。弘冀心中一定痛恨着命运，他已经离那个位置那样接近，为了加冕的那一天，他用尽了心机，甚至毒死了自己的三叔，他羽翼丰满，连父王都已经对他无可奈何，再过几年，天下就将会是他的。可是，他再也无能为力，而他之前所有的努力竟然都是为他人做了嫁衣，这不啻于是命运所开的偌大的玩笑。

弘冀死后，从嘉恍然中发觉自己成了长子，而自己前面的五个哥哥居然都已经早逝——出于各种各样的缘由。除了弘冀，他们大多在未成年时就已经夭折。命运再一次同这个羸弱的皇室家族开了一次偌大的玩笑。排行第六的从嘉，成为了皇位的第一顺位继承人，理所应当地取代弘冀成为南唐的太子。尽管，这并非他所愿，却容不得他不从。

当真是阴差阳错，弘冀是有心栽花花不发，而从嘉却是无心插柳柳成荫。弘冀的死，对于李璟而言是又一次沉重的打击。他并不是不爱这个行事狠戾的长子，他也曾对他寄予厚望，希望在自己的有生之年能够看到弘冀完成霸业，他有一种预感，如果长子即位，南唐就会发生一个巨大的转变。他对长子的疏远不过是因为生性慈柔的他看不得那样血淋淋的事实。李璟是如此矛盾，一方面希望有一个像父亲那样雄才大略的继承人，一方面又希望自己的孩子纯良温和，洁白得如一捧雪。因而，在长子早逝时，他只能感叹一声，南唐果真是大势已去。这位中主再也不想在国事上有任何作为了。

他将六皇子从嘉封为太子，命他入主东宫，却将自己隐入了更深的幕后。天性中的软弱，开始更淋漓尽致地主导了李璟的一切作为。命运，终于露出了它的一鳞半爪。它将毫无准备的从嘉送上了王座，之后却对他不闻不问，不再眷恋。20年梦里烟里的人生都已经过去，从嘉穿着九爪的蟒袍，望着金碧辉煌的宝座，心中百感交集。

从嘉想，为何有时候命运总是要给予人们并不需要的东西，而将他们真正想要的东西抛到千里之外？这个座位，真的值得这么多人流淌这么多的血吗？而他，一心只喜欢着文字的他，是不是真的能够承担起这个位置所带来的责任？

他并不是懵懂无知的孩童。早在少年时，从嘉就已明白福祸相生并蒂，他接受了王位所带来的荣光，也必然要接受其中的职责。只是，他能够明白，却未必意味着能够圆满。如同他的父亲李璟，他也明白自己不过是柔弱的文人，纵横天下、挥斥方遒不是他的所长。所以，他迷茫了，他不知该何去何从。他像是一个被命运操纵、毫无反抗之力的木偶，线牵到哪里，就停留在哪里。

三千繁华尽葬送

中主李璟在位的几年中，由于听信小人谗言，四处南征北讨，又屡屡失败，导致原本丰厚的国库乍然空虚，南唐的国力也直转而下，由一个中等的强国变成了一个外强中干的国家。纵使是国力依旧雄厚时，南唐亦是强敌环伺，更何况此时国力空虚，原本就内忧外患的国家显得更加千疮百孔。

就在南唐每况愈下的时候，北方邻国却频频崛起。塞北境内的辽朝兵强马壮，实力雄厚。而辽朝的太祖耶律德光一向对中原地区垂涎三尺。后晋国主石敬瑭为保太平而拱手相送的幽云 16 州，以及每年巨额的供奉，非但没有满足耶律德光的胃口，反而挑起了他的雄心壮志。

南唐保大五年（公元 947 年），亦是石敬瑭死后五年，耶律德光出兵中原，南下攻城略地。辽军步步紧逼，瞬间控制了后晋，并且攻占了后晋都城汴梁，废除后晋末主石重贵，将后晋皇室成员尽数软禁在辽国的建州。未久，耶律德光登基为帝，仿效汉制接受文武百官的朝拜，宣布大赦天下。

耶律德光是一个杰出的军事家，却并不是一个出众的政治家。他不懂得民心的重要性，放纵辽朝官员四处横征暴敛，引得民众怨声载道，沸沸扬扬。辽军过后的中原土地一片哀鸿，白骨遍野。这种野蛮的行径引起了广大军民的不满，他们自发组织起来，反抗辽军。却由于没有一个正式的组织而屡屡被镇压。此时，有一些不愿意归顺辽朝的后晋官员逃离汴梁，前来投奔南唐，请求李璟出兵，赶走外族。

那的确是一个北伐的好时机。此时出兵将会是民心所向，辽朝又是被视为蛮夷的外族，所作所为更加不得民心。南唐李氏家族一贯自认为是血缘的正统，出兵是有理有据的行为，还能得到广大百姓的支持。一些目光长远的朝臣也发觉了北伐的可行性，他们上书李璟，同样恳请李璟出兵北伐。李璟也明白这是一个千载难逢的好机会，只是苦于有心无力——他的兵马已经在两次战争中折损了大半。如果前去北伐，就会将所剩的兵力也都送进去。如果胜利，那倒是皆大欢喜；可如果失败，祖宗基业就会是尽数葬在自己的手中。他不敢冒这个险，也不愿承担此事带来的后果。如果不出兵，自己还可以偏安一隅，当一个太平皇帝，管好自己的国家就已足矣。李璟再三思量之下，还是断然否决了这个建议。

这或许是上苍给予南唐的最后一次机会，若是那时李璟选择了出兵北伐，或许南唐的命运就会随之扭转，从嘉或许也无须成为亡国之君。然而，他终究还是放弃了这次机会，如同放弃最后一次救赎。所以，尽管在不久之后，李璟听闻耶律德光因病丧命，辽军陆续撤回的消息后，即刻出兵北伐，也已经无法挽回南唐的命运。他任命忠武节度使李金全为北面行营招讨使，开始筹划这次北伐战争，后来依旧因为财力、人力的缺乏而作罢。于此，一切都已经成为定局，历史的走向已经不可更改。

南唐的瞻前顾后，导致它失去了这次大好机会，也致使原后晋河东节度使刘知远趁机手握大权，接管了后晋遗留的权柄，建立了后汉。没过多久，后汉就被后周所取代。风水轮流转，这个后周却成为了南唐最大的隐患。这恐怕也是当年的李璟始料未及的。

机会就是这样稍纵即逝，命运，从来不会同情失败者，也不会永远垂青胜利者。所有的一切都需要自己的努力、奋斗，以及所谓的天时、地利与人和。李璟放弃了手中的机会，等于放弃了自己的国家。南唐保大十二年（公元954年），后周太祖郭威病逝，其养子柴荣继承帝位，成为后周的第二个皇帝，也就是历史上的世宗。

在唐朝灭亡之后，直至宋朝建立，华夏历史上经历过很长一段时间的混乱期，也就是历史上所谓的"五代十国"。五代，是指后梁、后唐、后晋、后汉、后周五个朝代，而十国就是指南唐等割据政权。郭威所建立的后周，是五代中最后一个朝代，最后被赵匡胤取而代之，建立了宋朝，完成了那时大小政权霸主们梦寐以求的事业。

柴荣原本是太祖郭威的内侄，后被收为养子，改名为郭荣，继位后改回柴姓。郭威病逝时，柴荣正值壮年，正是意气风发、雄心勃勃的年纪，他不甘于只是做一个守成的太平君主，而怀着统一天下的梦想，要开创一个属于自己的王朝。于是，柴荣开始养精蓄锐，怀着"十年开拓天下，十年养百姓，十年致太平"的壮志雄心。然而，当一切都准备就绪之后，柴荣却迟疑了。他无法抉择自己的雄图霸业究竟从哪里开始理出头绪，是从南至北，还是从北至南？这是一个重大的战略问题，牵一发而动全身，他久久无法决断。

一日早朝之后，丞相范质、王缚、李谷等心腹大臣被召见入内密谈。柴荣所烦恼的，是天下始终不曾太平，南唐、后蜀、契丹以及北汉等割据政权都令他食不能安，夜不能寐。他下令几位大臣为他的统一大业献计献策。

臣子们绞尽脑汁，交上了四十余篇文章。柴荣挑灯夜读之后，却觉得大多只是应付的平庸之作，隔靴搔痒的多，有真知灼见的却少，唯有比部郎中王朴的一篇《平边策》令他茅塞顿开，恍然大悟。这篇文章，首先是指出了唐末以来大小政权纷纷割据称王的缘由，接着论说要想统一天下，必须选贤任能、有赏有罚、恩威并重、轻徭薄赋，这样才能强兵富国。最重要的是，王朴还在文章中写明了他建议的战争策略——后周可以先出兵南唐，在江淮线上四处轻扰，致使南唐兵力分散。等到南唐精疲力尽之时，断然举兵南下，南渡长江，直捣黄龙。南唐是南方各个政权的核心，如果后周可以率先攻破南唐，后蜀等国必然不攻自破。

这篇文章直令柴荣拍案叫绝，正合了他的心意，他当即召见王朴，密谈之下，只觉得此人目光长远，能够掌控大局，是不可多得的人才。未久，王朴被擢升为枢密使，得到了柴荣的重用，随后，柴荣又召见群臣，制订了整个出战计划——先易后难，先南后北。

王朴是历史上最富有传奇色彩的文臣之一。他能够运筹帷幄于千里之外，帮着周世宗屡战屡胜。他的忠诚同样换来了周世宗柴荣的信赖有加，在他病逝之后，柴荣痛失良臣，悲恸之下将他的画像悬于功臣阁内，受万世千秋景仰。据说，宋太祖赵匡胤即位之后，无意间在功臣阁看到王朴的画像，都不由悚然而立，肃然起敬。旁人询问为何，太祖只道是：倘若此人尚在人间，朕不得此御袍也。纵使是一朝开国皇帝，亦是对他尊崇三分。后周能够得此良臣，相比之南唐的"五鬼"之臣，或许又是一种宿命的注定。

当后周正在紧锣密鼓地策划着如何攻占南唐时，南唐上下却是一无所知，依旧以为天下太平，人人安宁，仿佛这个国家永远不会遭到任何威胁和战火。这个国家的臣民和君主，都已经陷入了过久的沉静里，莺歌燕舞里陶醉，墨香烛影里抒怀，他们的斗志，仿佛已经被那些失败消磨殆尽，他们还不知晓危险正悄然滋长，他们的好梦很快就要被残忍地破灭。

三千里繁华，数十年安定，转眼之间，即将成为泡影。当年身为太子的李煜，对这些内忧外患，当真是一无所知吗？以他的天资聪颖，想必早已有所感知。他的灵心用在诗词上，成了文学史上的一座里程碑。若是他能够将他的才华用于政治，或许南唐还拥有扭转乾坤的机会。然而，他一直是沉默着，沉默着，遨游于词山墨海，品一抹红袖添香，弹一曲情深缘浅。他像一个固执到极致的孩童，独自守着内心的防线，惘然而惆怅，以为只要有强大的内心就可以无惧人世的任何沧桑。

南唐的风雨飘摇

有一句话，叫作暴风雨前的平静。诚然，海面上风平浪静，可是又有谁知道海底下的波涛汹涌。来势汹汹的暗流潜藏在最幽深的海底，望而不见，如同那些无声而来的危机。《少年派的奇幻漂流》里的少年，将目光投射进深海，他看到的是梦想、人生、未来。泛着幽蓝荧光的大海，是那样神奇壮丽，可是少年并未沉浸在美丽中无法自拔，他总是记得身后有一只叫作理查德·帕克的印度虎，眈眈地注视着他。危机如影随形，有时也未必是坏事，然而明知枕畔顷刻会风雨交加，却宁愿一味地在柔暖繁华里耽搁下去，那就可以说是自取灭亡了，可笑，而且无知。

南唐大保十三年（公元 955 年），亦是后周显德二年，周世宗柴荣下了一份诏书，实际上这是一份宣战书。在其中，柴荣详细列举了攻打南唐的理由：攻打闽楚，致使生灵涂炭，勾结契丹，甚至接收叛国者。欲加之罪，何患无辞。

柴荣以宰相李谷为淮南道前军行营都部署，以忠武节度使王彦为行营副都部署，亲自御驾出征，带着浩浩荡荡的大军，直抵南唐在北疆的门户城市寿州。南唐猝不及防，匆忙备战，封殷崇义为吏部尚书，以神武统军刘彦贞为北面行营都部署，领兵前往寿州迎战。这场战役，可想而知，一方是有备而来、积蓄多时的锐部，一方则是匆匆组织起来的军队，领兵的殷崇义之前就任的还是文职，另一员大将刘彦贞，为人好大喜功，又自视甚高。

虽然李璟在殷崇义出发之后，出于战略的考虑，迅速派人向辽朝皇帝耶律璟求救。他在信中建议辽国出兵南下，与南唐一起前后夹击，对付柴荣。然而从南唐出发的使者上路不久就被后周派出的人截获。这条路显然已经被斩断，李璟只好寄希望于契丹，未料，后周花重金收买刺客，行刺正出使南唐的契丹贵族，契丹国主得知消息之后，震怒之下同南唐断了往来。

后周挑拨离间之策大获成功，一时间，曾经风光无限的南唐陷入了孤立无援的境地。很快，后周大军兵临城下。

原先驻守寿州的将领刘仁瞻是一位智勇双全的老将，形势本来是有利于南唐的。然而，刘彦贞贪功轻敌，不顾刘仁瞻的劝阻，独自出城迎战，结果战死城下，尸骨无还，唐军大败。刘仁瞻当机立断，严守城门，拒敌之外。柴荣唯恐久克不下，很快根据形势改变战略，决定暂且绕过寿州，改攻历来是兵家必争之地的滁州。

滁州地势险要，临近淮水，四周环山，易守难攻，只有一条小径可通内外。对于南唐而言，这是一道天然屏障。这道屏障如果被攻破，那么京城金陵就岌岌可危了。柴荣命禁军统帅赵匡胤带兵攻城，而迎战的则是南唐名将皇甫晖。双方交战于滁州城外，自然又是一番血战。因为后周兵马不熟悉地形，第一次交战以后，周以失利告终。赵匡胤和皇甫晖两位名将初次交手之后，赵匡胤深知不是皇甫晖的对手，于是夜半亲自去拜访滁州城外足智多谋的赵普先生。

赵普学富五车，详熟兵法。赵匡胤礼贤下士、谦逊谨慎的作风令他十分感动，于是他给赵匡胤献计献策。后来，赵普成为了北宋名相，被太祖赵匡胤赞为"半部《论语》治天下"。这位滁州城外的学士，正是从这次战役开始追随赵匡胤，同时，也造就了自己一生的辉煌。赵匡胤听完赵普的良策之后茅塞顿开，当即返回军营，命令全军轻装简行，熄火行进，违令者斩。后周大军就这样无声无息地从滁州城外的小路进入了清流关口。行军者，在于出其不意，攻其不备。后周军队犹如神降，唐军在瞠目结舌之间，轰然大败。

初战告捷，后周大获全胜，甚至俘获了南唐名将皇甫晖，打得扬眉吐气，激昂之下，赵匡胤决定趁胜追击，率兵东进，先后攻下了南唐的东都扬州，还有扬州附近的泰州。一时间，南唐连连失守，几乎是全线退败。沉浸在歌舞升平中的南唐国主李璟终于发现了事态的严峻性，然而已经为时晚矣。

南唐的江山已经风雨飘摇，大势已去，再也不复当年的辉煌。而中主李璟也失去了高高在上的姿态，当年那个意气风发、立誓要一统天下的君王，已经模糊在江南的暖风和满目的金碧辉煌之间。他颓然倒在金色的龙椅上，提笔写下了屈辱的求和书：唐皇帝奉书大周皇帝，请息兵修好，愿以兄事帝，岁输货财以助军费。

作为一国之主，写下这样的文字无异于是求饶讨好。李璟深知自己的国家再也无力同兵强马壮的后周抗衡，在连连战败的情况下，为了保住最后的荣华富贵和父亲用血汗打下的江山，为了守护住最后渺小的太平，他放下了帝王的尊严，抛弃前尘往事里形象光辉的自己，卑微地请求对方高抬贵手。

李璟的卑微并未换来柴荣的丝毫同情。一心想要成为至高无上的帝王的柴荣，以为一将功成必然是万骨枯朽，他的野心里盛放不下任何怜悯，也没有任何事物能够阻挡他行进的脚步。当李璟以户部侍郎钟谟和工部侍郎李德明为使，带着黄金千两、白银万两，更兼无数绫罗绸缎前来求和时，柴荣不屑一顾，断然拒绝，他想要的何止是对方割地求和或是俯首称臣，他的野心远远超乎李璟的想象。

后周步步紧逼，南唐束手无策，苦于无奈之下，李璟只好再一次派出使臣向后周乞和。这一次，李璟提升了使节的档次，改派右仆射孙晟和礼部尚书王崇质前往徐州，并携带上南唐愿意俯首称臣的国书。虽然柴荣依旧不将此事放在心上，但是李璟的国书却令他微微震撼。李璟在国书中表示自己愿意取消帝号，将寿州、濠州、四洲、楚州等六个州郡割让给后周，并且他还愿意每年供奉金银百万两，来请求柴荣的些微怜悯，给南唐留有一息生存之地。这样近乎于屈辱的条件，可以说已经达到李璟的极限了。

此时的李璟已经无路可退，他像是被逼到了悬崖之上，只要有一线生机，他都愿意放弃一切去尝试。李璟的一生实在太顺遂，父亲戎马而来的天下，他不费吹灰之力就继承了南唐大好江山；即位之后，几乎不曾遭遇过惊涛骇浪，除了在闽楚两地遭遇到的失败之外，他依旧是那个高高在上、备受尊荣的南唐君王。而在柴荣眼中，割地求和只不过是失败者无力的挣扎，这一战势如破竹，富饶的江南指日可待，他的梦想已经向他展开了洁白的羽翼。

这次的失败太惨烈、太彻底，实力雄厚的后周直接将当年傲视群雄的南唐打得只求一息残喘。昔日荣华终成空，任何一个百年大族，都会遭受风雨的侵袭。来自后周的这场暴风雨让南唐往日的光辉一去不返，使李璟尝尽了屈辱和卑微的滋味，也让当年风华正茂的少年李煜明白了人生浮沉的痛。

金缕衣，玉雕栏，酒入愁肠，风雨残秋。原本就潜伏着众多危机的南唐，在柴荣的千军万马下岌岌可危。锦衣少年只能迎接自己必然的宿命。

屈辱下的倔强

三年耀武群雄伏，一日回銮万国春。

南北通欢永无事，谢恩归去老陪臣。

——钟谟·献周世宗

钟谟，南唐名臣，曾为周世宗柴荣所软禁。这首诗则是写于柴荣放他归南唐之时。这位南唐的老臣，纵使在这个时刻，也依旧惦记着"南北通欢永无事"。和平，永远是百姓最平凡的祈愿，然而在当时几乎谁都知道，暂时的和平不过是为了日后的战争。

交战双方经过万分艰难的谈判之后，柴荣终于松口，答应放李德明和王崇质回南唐复命，要求李璟即刻写下将江北之地尽数拱手相让的国书，至于钟谟和孙晟，则被扣押为人质。李德明等人归国不久，就为谗言陷害，被李璟下令斩首示众。好不容易达成的求和协议也付之东流。柴荣旋即下令后周兵马继续攻城，自己则返回京都主持朝政，南唐臣子钟谟和孙晟亦被带回后周软禁起来。

求和不成的李璟命齐王李景达为诸道兵马元帅，以陈觉为监军使，领军增援寿州。这不啻于是一场困兽之斗，人被逼入绝境时，反而会产生难以想象的勇气。就是这样一支困顿之军，为了家国殊死抵抗，谁都知道他们没有退路，在生死和亡国之间，他们选择将生命作为筹码，也不愿意成为亡国奴。在军臣一心御敌的情况下，形势终于有所好转。与此同时，被后周占领的淮南地区也出现了一些自发组织的义军，同南唐军一起抵御外敌。在接连获胜之后，后周军队开始轻狂自大，对沦陷区的百姓也没有采取招抚政策，反而军纪松弛，奸淫掳掠，致使民心离散。

就在此时，陷入孤立境地的寿州发生了一件难以逆转之事。由于久久孤立无援，寿州爆发了大面积的饥荒，城外的敌军又坚守不去，城内士气低落，加之守将刘仁瞻病重不起，刘仁瞻幼子刘崇谏抵不过内心挣扎，趁乱想要夜逃出城，却被值夜的守军抓获，被父亲刘仁瞻大义灭亲处死。虽然寿州尚未沦陷，整座城市却已经陷入了一片低迷，仿佛大势已去。

未久，寿州监军使周延构趁着刘仁瞻沉疴难起，打开城门，向后周军队投降。那是南唐保大十五年（公元 957 年），柴荣再度亲征淮南，显然，这次柴荣是有备而来。他带来了训练有素的水军，专门对付南唐精锐且经验丰富的水军。这次战争，柴荣亲自上阵指挥，极大地鼓舞了后周军队的士气，双方在闽河入淮水处交战，硝烟烈烈，战士的血则鲜艳了冰冷的河水。就在这个至关重要的时刻，却传来寿州举城投降后周的消息，南唐军顿时士气衰竭，柴荣乘胜追击，仅仅在一年时间里，后周就占据了南唐江北的绝大多数土地。

后周节节胜利，而南唐节节败退。面对强大而且雄心勃勃的后周，南唐显然根本无法与之抗衡，不管是在军心，还是在天时、地利上。江北告急的消息被火速传回金陵，李璟颓然长叹，他已经看到，所有的去路都被凶残斩断，这片曾属于自己的国土即将改弦易张，换上别人的旗号，而曾经属于自己的臣民，也即将对别人俯首称臣，或许，这其中还有自己。痛楚之下，李璟当机立断，派出兵部侍郎陈觉渡江求和，愿意同后周划江而治，以淮水为分界，将江北的南唐领土拱手相让给后周，并且南唐将会每年都向后周进贡大量财物。

柴荣接到降表之后，经过了一番深思熟虑，答应了李璟的乞求。经过多年戎马生涯之后，他已经明白，战争并不像自己想象中的那么容易，而自己曾以为可以一鼓作气攻下的南唐，事实上却是一波三折。或许，自己还需要时间来壮大实力，而后周此时的财力物力，也并不足以支撑自己一统天下，或许，南唐气数未尽。他亲自致书于李璟，表示自己同意了他的恳请，愿意与南唐划江而治，同时罢兵归国。柴荣还释放了被软禁在后周的南唐重臣钟谟和孙晟，赏金赐还。钟谟在归途上感慨万千，于是便写下了前面所述的那首《献周世宗》

收到了柴荣退兵的消息，李璟顿时如释重负。几许寒暑，他还未曾像此时一样焦头烂额，分身乏术。他原以为，这片国土必然沦陷，没想到自己还能够保住祖上的半壁江山，出于某种微妙的感激，李璟上书后周，主动承认南唐之于后周的附属地位，并且下令撤去帝号，废除一切天子才能享受的礼节，将自己改称为"唐国主"。同时，南唐大保国号也被停用，改用后周国号"显德"。

从此开始，南唐正式失去了自己的独立地位，成为了后周的附属国。而曾经的南唐君主李璟，也因为名字中的"璟"字同柴荣高祖郭璟相同，因而改成了"景"字。

或许，李璟心中在痛苦的同时也曾经庆幸，自己终究不用成为亡国之君，日后黄泉之下与父亲相见，纵使无言以对，也胜过以亡国之君的身份面对老父。偏安一隅的代价是惨重的，虽然此后后周与南唐再也没有发生过战争，但是曾经拥有大片国土的南唐只剩下了江南二十余个州郡。作为国主的李璟却默然接受这种耻辱，安静地走向死亡，而不是化屈辱为动力，立志东山再起。

与之相反的是，柴荣在班师回朝之后，又马不停蹄地开始他的征程。这一次，他向着北方踏出了铁蹄。显德六年（公元 959 年）三月，江南春花正好，北方却迎来了大规模的血战。柴荣领军北上，向契丹边境汹汹而行。后周军队一路势如破竹，先后攻下了契丹三关，未久，又占领了莫州、瀛洲、宁州等地。在此之后，柴荣还欲挥师北上，一鼓作气统一北方。没想到，他壮志未遂，上苍却收回了他年轻的生命。

显德六年，六月，突发重病的柴荣终于在文武大臣的苦劝之下，放弃了他的战争计划，暂且返回京师汴梁养病，来日再徐徐图之。当他离开北境之时，他未曾想过自己竟然会永远无法回到前线，而自己光辉伟大的梦想终将成为一个美好的剪影，随着时日被历史模糊虚化。即使一代英雄也抵不过宿命的安排，正如乌江之畔，项羽必然要输给刘邦。六月中旬，周世宗柴荣抛下了他未竟的事业，撒手而去。他一定十分怨恨命运的安排。

他丢下的除了他的梦想，还有他的寡妻幼子。这场病来得沉重而且仓促，他只来得及匆匆立下遗诏，立年仅七岁的幼子柴宗训为继承人，并且嘱咐范质、王缚、赵匡胤等心腹重臣用心辅佐幼主，便阖然长逝。他临终时，只以为自己的梦想虽然没有完成，可到底还有亲生骨肉在，还有一帮忠心耿耿的臣子在，他们会辅佐幼主完成他的遗愿。这位早逝的帝王并没有怀疑心腹们的忠诚，只是他不知道，有时候忠诚也抵不过人心的欲望。

次年，新春。新年，新气象。这句讨人欢喜的场面话，却成为了后周的末曲。后周孤儿寡母软弱可欺，一向雄心勃勃的赵匡胤趁机发动政变，上演了一出"黄袍加身"的好剧，史称"陈桥驿兵变"。此后，赵匡胤逼迫幼主柴宗训禅位于他。正月，赵匡胤正式黄袍加身，即位称帝，定国号为

"宋"，史称"北宋"。

令南唐岌岌可危的后周无声无息、兵不血刃地消失在了历史之中。可是这一切，对于南唐来说并没有大的影响，唯一改变的，不过是它俯首称臣的国家改成了大宋，曾经的君主柴氏则换成了赵匡胤。

从吟风弄月到荣登宝座

"一切有为法，如梦幻泡影，如露亦如电，应作如是观。"每每看到这行文字，心中总是有莫名感慨，凡尘中的种种原来不过是梦幻泡影，所有爱恨嗔痴，最后都会化为烟尘，消失于天地。

人的生命在宇宙中如同渺小蜉蝣，仿佛命运轻触流离，就能碾为粉末。可一个人的爱恨、情长情断，却是那样强烈，隔着遥远时空的距离，仿佛还可以震撼心灵。

我想，那个被命运无端推上帝位的少年，心中除了茫然不知所措之外，是否曾有过几缕连自己也不曾发觉的恨意？因为，正是这样的命运，令他成为了亡国之君，令他走向了无可挽回的悲剧。他的寂寞，他的悲伤，他的怆然离合，或许在最初时皆是源于这样一种啼笑皆非的命运安排。

野心勃勃的赵匡胤登上大宝之后，为了天下太平，极力笼络周边属国。他派去专使，释放了南唐三十余名战俘，表示友好。李璟决定投桃报李，派遣使臣携重礼恭贺，同时依旧承认了南唐之于大宋的属国地位。同年七月，原扬州城节度使李重发动叛乱，赵匡胤亲自领兵镇压，平叛结束后，李璟竟然设宴为赵匡胤庆功，并以重金犒赏北宋三军。这无异于是开门揖盗，使得赵匡胤更加不将南唐放在眼中。二月，李璟决定迁都，原京师金陵距离淮水太近，宋朝随时可以挥军南下，覆灭整个南唐，为此，他决定放弃金陵，将都城迁往洪州。在离开金陵之前，李璟将当时还是吴王的李煜立为太子，命他在金陵监国，自己则带领文武百官走水路迁往洪州。

从金陵到洪州，一路烟水山岚，满目青翠，端的是好山好水。然而，那些美丽的山川河流都已经不再属于自己。李璟不由得颓然伤怀，他想起当初踌躇满志、一心要圆老父凤愿的自己，又想起此时孑然悲凉的情形，只觉得惆怅不已。有时候，被逼到绝境的人会爆发出难以想象的勇气，从而反戈一击，东山再起。可这种情况并不适用于每一个人，有时候一些人却会被绝望压垮，直至走到终途末路。显然，李璟是属于后者的。

他很快将这种愁苦埋藏于纸醉金迷的灿烂中，以艳舞靡音的繁华填补失去江山的痛苦。时年，皖公山有名士史虚白冒险向李璟进言，只道是如今的南唐一如"风雨揭却屋，浑家醉不知"，希望以此能够一语惊醒梦中人，换来李璟的奋发向上。他以为，越王勾践有过比如今的南唐更屈辱的时刻，忍辱负重多年，最后依旧扬眉吐气，成为了一方霸主。南唐虽然伤了元气，可依旧富饶丰厚，民心安定，未尝没有翻身的一日。

可心怀家国的谋士，却不知道他的这些建议、希望，李璟都明白，只是他选择了将心放逐在三千繁华里，选择了忽略那些殷切的希望以及过往的梦想。那些谏言，他无一不是以一副认真的面孔聆听，听完了也不以为怒，反而赏赐众人财帛。只是他不会采纳，他决定继续沉溺，直至死亡那一刻。

这是李璟选择的人生，却因为他所在的位置，同样决定了众多人的人生。这其中，也包括他所宠爱的六子李煜。

到了洪州之后，李璟下令建造宫殿，工部官员开始大兴土木，在洪州选址营造殿宇。这场苍白背后的盛世，多年后依旧有人记得当时的风光。直至明朝，还有人撰诗说："长衢通辇路，宛马竞纷纭。帝子凌风去，銮声尽日闻。杂花迎队绕，御柳看行分。千载宸游地，临歧惜别君。"然而，这样的盛景并没有让李璟满足，他依旧记得金陵城内碧落深宫的穷极奢华，他开始不满洪州宫殿的"狭小"和"简陋"，而洪州到底比不上金陵的繁华，日常山行，总是多有不便。思念之情，难免要漫溢出怀。

思念金陵的并不止李璟一人，还有众多家在金陵的文武百官。他们纷纷上书，请求李璟将都城迁回金陵。当初极力建议迁都的大臣唐镐在舆论中忧惧而死，李璟也开始考虑迁回金陵的可行性。然而，没等到他做出决定，这位懦弱、优柔了一生的君王就郁郁寡欢地病逝在了洪州城。李璟的一生终于在距离金陵万里山水的地方画上了句号。连他自己也不曾想到，他的生，是那样柔弱怯懦；他的死，亦是这样的无声无息。

"灵槎思浩渺，老鹤忆空同。"李璟的诗，也多是这样的萧条冷落，如同南唐的千里江山，仅剩残山旧水。此时的李璟终于得以解脱。他以他的一死换来了永恒的安宁，这位优柔寡断的君王终于可以不必强求自己背负着黄金枷锁，勉力坐在王座上，处处忍辱求全。他将所有的责任和耻辱、痛苦和残酷都留给了太子李煜。

建隆二年（公元 961 年），李煜从父亲手中接过了南唐微弱的权柄，在风雨之中登上了那个荆棘遍布的黄金宝座。那年，他只有 25 岁。这位年轻的君王像他的父亲一样，温柔而顺从，对于政治上弄权之事全无概念，一心留恋琴棋书画，艺术造诣极高。后世总是对他在政治上的无能颇有微词，可是他们也浑然忘记了，这个一心只有诗词的年轻人本就无心于王位，他是被宿命戏弄，无奈之中身不由己地坐上了这个位置。如果非要说是谁的错，李煜没有错，错的是可笑的宿命。

他也有不像父亲的地方。李璟还曾有过统一天下的雄心壮志，只是这个梦无声消失在种种挫折、失败里。李煜却从未有过这样的梦，作为一个仰仗强国一念之间而生存的属国国主，他哪里有勇气去奢望一个永远都不可能会实现的梦。他无心天下，却并不代表心怀天下的人愿意让他做一个太平君主。在赵匡胤心中，南唐迟早会属于大宋，而李煜不过是一个任人鱼肉的懦弱者。

强者能够得到强者的敬重，弱者却无法得到强者的同情。这个南唐文弱的君王，在即位之初，就被赵匡胤定义为"弱者"。新皇即位，南唐举行了盛大的登基典礼，文武朝拜，天下大赦。按照礼仪安排，礼部在宫门前立起一只金鸡，以绛绳系住，口中衔七尺绛幡。这原本只是一个微小的细节，却为赵匡胤所知。赵匡胤大怒，即刻传召南唐进奏使陆昭符，质问他一个属国国主为何登基大典所用的竟然是天子才能用的金鸡。

一场战争似乎顷刻而来，所幸陆昭符能言善辩，见机行事，将金鸡说成"怪鸟"，这才令赵匡胤转怒为笑，令一场弥天大祸消弭于无形。虽然赵匡胤怒气已消，消息传回国内，李煜到底寝食难安，于是亲自提笔，给赵匡胤写了一封《即位上宋太祖表》。书中言辞恳切，恭敬而谦卑，一如寄人篱下毫无自尊的仆童，处处谨小慎微，不敢越雷池一步。

通过此事，城府极深的赵匡胤一眼就看出了这位年轻的南唐国主亦是一个柔弱谨慎的上位者。于是，李煜的恭敬非但没有令赵匡胤见好就收，反而导致对方步步紧逼，贪得无厌。仗着国力雄厚，赵匡胤对南唐强取豪夺，落井下石。李煜深知北宋正是乘人之危，然而国道衰微，终究只能忍气吞声。

在他成长的世界里，最大的灾难不过是长兄的阴谋暗算，这甚至没有给他带来实质性的灾难。只懂得吟风弄月的人却成为了一国之君，可以想象，这是李煜的悲哀，亦是南唐的悲哀。

心如明镜又如何，最残忍的莫过于看透一切，却发觉自己无能为力。李璟在这样的矛盾之中走向了死亡，他的儿子也终将在如此可笑的命运中重蹈覆辙，将一颗心沉浸于温软红尘，忘却俗世纷扰，在风雨飘摇的国度固守一人的渺小世界，成为词中独一无二的帝王，亦成为国事上可恨可怜的亡国之君。

亡国的深悲巨痛

无言独上西楼，月如钩，寂寞梧桐深院锁清秋。

剪不断，理还乱，是离愁，别是一般滋味在心头。

——李煜·相见欢

李煜的很多诗词都十分脍炙人口，如《虞美人》，如《相见欢》，就连小小孩童都能够出口吟诵。可那些天真无忧的孩子在背诵"问君能有几多愁，恰似一江春水向东流"和"别是一般滋味在心头"时，又哪里能够明白李煜当年落笔时的凄凉怆然。万千愁绪化作笔墨烟云，可下笔时，一定犹如千钧重。于是此刻，低声轻吟，亦觉得苍凉。

历史上最悲哀的文人莫过于李煜。在他的面前，怀才不遇的愤懑、仕途坎坷的惶然、国破家亡的伤感都变得苍白。还有什么悲哀的事能够比得上从一国之君沦为生死都不由自己掌控的阶下之囚。

亡国之后的李煜被软禁在汴梁，每每宋王有欢宴就召来李煜，令他写一首赞颂的词，歌颂太平，也歌颂帝王的大恩大德，俨然是赵氏的御用文人。其实他写或不写并不重要，更重要的是他亡国君主的身份，只需如此就足够让席上的帝王沾沾得意。这是胜利者的骄傲，亦是失败者的耻辱。

可即位伊始的李煜并不能预知到自己日后的悲惨凄凉。那时的他虽然卑微，却依旧是一国之主，在自己的国家也算得上是万人之上。他在即位之后，碰到的第一个棘手难题是父亲谥号一事。按照惯例，生前成为过帝王的人，死后追封的谥号都应该是以帝王身份落葬的。然而，李璟生前就已经主动向后周削去了自己的帝号，要是李煜想要恢复李璟的帝号，也必须向北宋请旨追封。

如果是一个独立的国家，这根本不会成为一个难题，只需由礼部拟定谥号，再由李煜下旨追封即可。然而，当时的南唐已经是北宋的附属国，李煜只能丧权辱国地上书赵匡胤，请求他恢复父亲的帝号。这在赵匡胤眼中，不过是一件无关痛痒的事情，他念在李璟生前安分守己的份儿上，追封李璟为"明道崇德文宣孝皇帝"，庙号"元宗"，陵号"顺陵"。

李煜松了口气，开始着手李璟陵寝修筑一事。虽然李璟生前留下遗诏，令李煜节俭行事。李煜却不愿老父冷清落葬，大肆修筑陵墓。李璟的"顺陵"修筑在李昇"钦陵"的西侧，据记载，这座豪华的陵墓长二十余米，宽十余米。李煜已经极尽国力来修筑"顺陵"，然而由于南唐的国力已经大不如前，跟实力雄厚时修筑的"钦陵"相比，无论是规格上还是质量上都远远逊于钦陵。

在李璟落葬之时，赵匡胤为了笼络南唐，派来一个末流官员带来3000匹绢衣。而在赵匡胤的母亲昭宪皇太后落葬时，李煜却派遣户部侍郎等人携带厚礼前往汴梁。不论是官员品级，还是资费都显示出南唐的卑微地位。地位的卑微，李煜心知肚明，可为了苟延残喘，他只能屡屡上贡巨额财物来换取一息尚存。有资料显示，仅仅是建隆三年，南唐就向北宋进贡了三次，仅六月那次，就有绫罗绸缎万余匹，银一万两，金两千两。

本来就已经空虚的国库，哪里经得起这样的亏空。李昪留下的富饶江山，在李璟和李煜的手中已经是入不敷出。为了填补巨额亏空，李煜只能巧立名目，增加税收，同时以铁换铜，弥补国库。拆东墙补西墙的做法只能度过一时，却不是长久之计，久而久之，就会成为一个恶性循环，何况，赵匡胤的野心又岂是丰厚的财帛就可以填满的？

赵匡胤所梦寐以求的并不是金银财宝，而是江南一带富饶广袤的土地。他曾经公开说过："凡克城寨，止籍其器甲、刍粮，悉以财币分给将士。吾欲所得者，其土地耳。"李煜的谦恭和卑微，无法满足赵匡胤的凌云壮志，经过多日的商议之后，赵匡胤决定先南后北，先取北汉，然后一步步统一全国。

天下合久必分，分久必合。历史总是有其规律，东汉之后三国鼎立，之后司马家族完成了统一大业，多年后，魏晋南北朝后隋朝统一了天下。而这次，历史选择了由北宋来完成这个"合"。建隆三年（公元 962 年），赵匡胤开始了他的大业，浩浩荡荡的统一战争就此展开了帷幕。他的第一步，选取了力量弱小的荆南。虽然荆南只有 3 个州的辖地，却处在南唐和后蜀两个大国之间，地理位置十分重要。乾德元年（公元 963 年），赵匡胤率军一举攻克了荆南，斩断了南唐和后蜀之间的联系，并以此作为渠道，将势力渗入了江南一带。

第二个目标，就是荆南附近的后蜀。当时的后蜀是一个财力雄厚却在政治上极端昏庸的国家，赵匡胤选择后蜀作为第二个目标，是综合了多方面思虑的。乾德二年（公元 964 年），赵匡胤的探子截获了后蜀联络北汉一起对付北宋的文书，赵匡胤因此找到了借口，即刻召集兵马出师后蜀。节度使王全斌、崔彦进率领三万大军沿着蜀道南下，短短月余就攻克了无数城池，其中包括利州、绵州等后蜀军事重地。

接着，大军直抵后蜀都城成都府，赵匡胤又派江宁节度使刘光义沿长江南下，从后方包围成都，后蜀国主孟昶迫于无奈，命宰相李昊撰写降表，举国投降于赵匡胤。不过两个月的时间，后蜀就不复存在。

后蜀灭亡之后，赵匡胤在接下来该如何动作这个问题上，很是费神地思考了一番。经过多日的密谋商讨，他依旧在南唐、吴越、南汉等国之间举棋不定。就在这时候，因为南汉的不自量力，这个问题迎刃而解。开宝三年（公元970年），南汉末帝刘鋹派兵进犯已经变成北宋辖地的道州，这刚好给了赵匡胤一个正人光明的出兵借口。在赵匡胤接到道州刺史王继勋的加急信件之后，北宋旋即决定出兵征战。

临行之前，赵匡胤考虑到北宋与南汉毕竟路途遥远，战线拉得过长，对自己有害无利，于是在群臣商议下，赵匡胤决定"先礼后兵"，令李煜致信刘鋹，要刘鋹给这次的出兵作乱一个说法，同时归还当年刘鋹的父亲刘晟抢走的原楚国桂州、郴州、贺州等地。接到赵匡胤的命令之后，李煜感到十分为难，他虽然醉心文学，却也明白如今赵匡胤雄心勃勃，蠢蠢欲动，迟早要将天下尽数收入囊中，随着荆南后蜀等国的接连沦陷，南唐、南汉已经是唇齿相依，唇亡齿寒的关系，如果南汉亡国，赵匡胤的铁蹄或许顷刻之间就会覆盖南唐全境。

可若是不写，说不定自己就会沦为北宋的下一个阶下之囚。李煜思索了许久，终于决定采取"先公后私"的政策，先按照赵匡胤的要求，写了一封国书给刘鋹，希望他能够按照赵匡胤的要求去做，化干戈为玉帛。

然而，这封出于善意的劝谏却被刘鋹置之度外。南汉末帝刘鋹是一个昏庸暴虐的君王，他行事放肆，荒淫无度，整日在后宫之中专宠一位叫作"媚珠"的妃子，导致朝政落在宦官手中。整个南汉，举国上下怨声鼎沸。刘鋹倒行逆施，纵使赵匡胤未出征，迟早也会自取灭亡。李煜深知这个道理，然而，南唐、南汉终究是存亡相依的关系，他不忍心看着刘鋹一步一步走向灭亡。

于是，私底下李煜又命江南才子潘佑暗中修书一封，苦苦劝说刘鋹小不忍则乱大谋，暂且向赵匡胤俯首称臣，记住今日的隐忍和耻辱，以待来日东山再起。没想到，刘鋹收到来信之后却十分震怒，直言李煜厚颜无耻，为虎作伥，刘鋹扣留了来使，并修书南唐，决意与南唐绝交。

李煜仁至义尽，无奈之下，只好将几封书信都上交给赵匡胤。赵匡胤见信之后，顿时勃然大怒，当即决定出征南汉。宋军两路夹击，接连攻下了桂州、昭州、连州等地。次年二月，南汉宣告灭亡。这个山川秀美、民风淳朴的国家，终于也成为了历史。

对此，李煜黯然神伤。狡兔死，走狗烹。他想，随着这些国家一个个灭亡，下一个或许就是他的南唐了吧。兔死狐悲，这位手无缚鸡之力的君主，月夜里辗转难眠，没有人知道他心中的惶恐。他是那样害怕片刻之后就会有人匆忙告诉他宋军已经压境。他已经无比准确地预测到赵匡胤将会是天命所归、成就霸业的那个王者。他心惊肉跳地等待着那一天的来临，阴影挥之不去，笼罩了这残破的山河家国。

第三辑
那一场风花雪月的事

前世今生的注定

　　都说缘分是前生注定的今生，有时长，有时短，有时深，有时浅，奈何长短深浅，都是茫茫人海中刻骨铭心的相遇。或许前世擦肩而过的瞬间，他是暮竹，你为清雪；他是山溪，你是游鱼；他是荡气回肠的一首歌，你是千回百转的一个梦。悲欢离合，一生一世，于是订下来生盟约，好比神瑛侍者与绛珠仙草。

　　李煜的姻缘在南唐保大十二年（公元954年），如同昙花缓缓绽放。或许，那是一个春光璀璨的时光，那天，游人如织，繁华的金陵城里张灯结彩，衣角的香风吹过环城的水，沾衣的是一片粼粼的春光。坐在白马上的李煜，锦衣华服，容颜如白莲般静美，此时的他像是上苍的宠儿，生活顺遂，地位尊贵。温暖的风淡淡掀起他布满锦绣的衣角，一如抚慰的宽容。

他穿梭在欢悦的鼓乐声里，没人知道他隐藏在风光背后的忐忑不安，流水一样流淌而过的行人只知道这桩盛事的男主角是南唐君王的第六子李煜，至于女主角，则是宰相周宗的长女娥皇。

这是一桩人人都乐见其成的婚事，皇家和臣子的联姻，总是综合了多方面思考的。李璟为李煜选择的妻子，更多的是看中她背后千丝万缕的关系。作为李煜的妻子，她的未来不仅仅是一个家庭的女主人，更多的是华丽高贵的一国之母。

此时的少年所忐忑的是未知的际遇，他不知道自己的妻子会是怎样的一个人。18岁的少年，并不像他表面那样淡然。未来将会相伴自己一生的那个人，究竟会是谁呢？夜半梦回，红烛泪深时，他也曾暗暗想过，那个她会不会刁蛮任性，被骄纵宠爱着长大，却只要一笑，就有了让人原谅的理由；又会不会对他喜欢的琴棋书画全都没有兴趣，只是一个木头美人。那个她，是活泼娇俏、温柔贤惠，还是木讷、不解风情？

当父皇说要给自己赐婚时，他装出一副淡然的面孔，表示怎样都无所谓。那是因为他知道，作为未来的国主，他的婚事不可能由自己做主。两情相悦，一生一世一双人，他不是不渴望这样的婚姻，水乳交融，比翼双飞，携手走向白头，只是他并没有这样的权利。他不是生于升斗小民之家，婚姻大事上有几分自己说话的余地。尽管他不愿，可他的肩膀上诚然是肩负着南唐的未来，他知道，他无法任性，这是他的地位、身份，所决定的未来，用来交换他的梦。

那时的少年，春风里默默黯然，花丛里独自伤怀，他又怎么知道，宿命之于他，是那样的残忍，又是那样的仁慈。他也不知道，他将会拥有一段如意的爱情，像他所看到的故事一样，琴瑟和谐，举案齐眉，如同他所有艳羡过的传说。

　　18岁，对于我们来说，还是风华正茂的年纪，人生从这里刚刚开始，正式面向人世的嶙峋峥嵘和温柔暖意。纵使是在古时，18岁距离弱冠之礼也还有两年，算不上是真正的成人，然而在帝王之家，却是需要开宗立府、履行传宗接代的责任的时候了。那年，李璟为自己的继承人挑选了南唐名臣周宗的长女娥皇作为妻子。周宗历经三朝，官至宰相，从南唐开创者李昇开始，就尽心辅佐李氏皇族，甚得几代国主尤其是李璟的器重。周宗为南唐的建立和稳定立下过汗马功劳，直至晚年功成身退，一直在故乡扬州养老。

　　周宗是一代名臣，教养出的孩子亦是知书达理、秀外慧中。窈窕淑女，君子好逑，李煜未来的妻子娥皇待字闺中时，求亲的人家便是络绎不绝。还没等周宗为女儿择定人家，宫中却传来了圣上欲要与他结为儿女亲家的旨意。于是，一切都顺理成章，仿佛这段姻缘原本就已注定。

　　可以说，在婚姻上李煜是幸运的，更是幸福的。他没有重蹈前人的悲剧，在爱恨纠缠中了断了一生的情。他生于荣华，对于婚姻的不幸亦是感同身受。他见过太多太多媒妁的婚姻的残酷。因为盲婚哑嫁，许多人在婚后发现性格爱好无法协调，没有爱情的基础，所有的缺陷都无法被容忍，两人逐渐渐行渐远，形同陌路。男子还可以在纷繁红尘中寻觅自己的温暖，或者放浪不羁，前往烟花柳巷中眠花宿柳，那里自有解语花善解人意。女子则独守空闺，一夜夜人静秋深，心亦是一夜比一夜凉，听着雨声滴落，东方恍然又是一白。

　　因为见过太多不幸，所以李煜格外不安，心中始终沉如坠石。这块石头直到洞房花烛夜才得以落下。红烛莹莹，香罗帐上鸾凤和鸣，窗外有人撒着落花生，唱着百年好合。一身喜服的年轻皇子忽然微微颤抖了手指，一连试了几次，才掀开了那块绣满喜庆的红盖头。

红色的烛影里，璀璨凤冠下，他的双眸中映出一张娇羞美好的容颜，如同梨花，缓缓开放在他的心底深处，瞬间就是千树百树。相爱，不用语言描绘，不需把酒言欢，那是一种前生就注定的缘分。李煜终于明白，翻过千万章爱的文书，不如亲身步入情的温床。他在温暖迷离的空气里恍惚想起了一句话：琴瑟和谐，莫不静好。他再也没有比此刻更迫切地希望此年静好，直至永久。

不只是李煜，喜床上含羞微笑的娥皇亦是发觉了缘分的妙不可言。如同早已梦中熟稔，她几乎是瞬间就认定了眼前这温柔、俊秀、清澈的少年。闺中寂寞，她很早就听闻皇六子从嘉风神俊秀、才华横溢。她原本以为那都是锦上添花的溢美之词，帝王之家，最多的就是赞美。不以为然时，也曾去翻过少年早年的文墨，看完才肯承认他果然是文采出众，或许在那一刻，她就已暗自倾心。她得知自己被许配给这位六皇子之后，羞涩得不知该说什么，心中却暗自欢喜，却也忧心他是否当真文如其人。

直至此时，才知道此前所有的担忧都是瞬息消散的烟火。她今年19岁，这样的年龄在当时来说已经算是极晚。不是没有过温润如玉的公子前来求亲，可自己却坚持不许。她在等一段缘分，一段值得动心和飞蛾扑火的缘分，哪怕到沧海桑田。所幸的是，她终究还是等到了他。

一直以为，细水长流的爱情，温暖而且牢固，从点点滴滴中积累的温情，磐石无转移。一见倾心的爱情如电光火石，只在一瞬，就相互认定了彼此。人世间，不难见细水长流的爱，却难见一见倾心的情。前生要多少次回眸，才能在今生无须时光的累积，就能确定真心，确定彼此就是今生的另一半。所以，不得不说，从嘉是幸运的。

他们都没有让彼此失望。婚后的进一步了解中，他们都确认了一点，世界上再也没有比彼此更加合拍的人。李煜精通诗词，善于书画，对于音律亦是造诣颇深。女士能够做到这三点的寥寥无几，而娥皇却是知书达理、能歌善舞，更是弹得一手好琵琶。相同的喜好令他们心有灵犀，一个眼眸流转，就知道对方心中的所思所想。李煜所渴求的琴瑟和谐当真如愿以偿。他是由衷地欢喜，真诚且庆幸。

情人眼里出西施。娥皇本来就生得极美，在有情人从嘉眼中，更是宛如九天仙女下凡尘。据说，这个温柔大方的女子生得明眸皓齿、冰肌玉肤，不论是淡妆还是浓抹，总是格外相宜。李煜曾在婚后为妻子写过一首叫作《长相思》的词：

云 涡，玉 梭。澹澹衫儿薄薄罗，轻颦双黛螺。
秋风多，雨相和。帘外芭蕉三两窠，夜长人奈何！

——李煜·长相思

这首词盛赞的是娥皇的美貌，在他的笔下，她化作了仙女一样美貌的人儿，轻盈，灵动，如云如玉，风仪清秀宛如洛神。如此盛誉，能够化作妻子唇边的一抹轻灵笑意，如是，李煜就觉得已经足够满足。秋风落叶，簌簌而过，南唐又到了一季多雨的时节，碧帘外的芭蕉，夏日里看上去清凉舒心，此时却是一片清寒。南唐，已经风雨飘摇。

沉浸在新婚旖旎里的李煜，浑然忘记了自己还是一个皇子，未来更是一国之君。他淡忘了自己肩上的责任，也淡忘了南唐如今进退两难的处境。若是盛世，他自然能够当一个富贵闲人，徜徉在爱情的海洋里自得其乐，任谁也不会多言一句，或许当时的上位者对这样胸无大志的王爷更加乐见其成。然而，李煜却是南唐的继承人，此时的南唐已经是一片危机。此时沉溺在儿女情长中的皇子，眼里眉间只有一个冰清玉洁的身影，他的心里已经容不下其他纷杂的事物，也容不下周遭的万紫千红。这样的爱，在乱世的硝烟里是那样的奢侈，却也是那样的珍贵。

多情自古伤离别

寒蝉凄切，对长亭晚，骤雨初歇。都门帐饮无绪，留恋处，兰舟催发。执手相看泪眼，竟无语凝噎。念去去，千里烟波，暮霭沉沉楚天阔。

多情自古伤离别，更那堪冷落清秋节！今宵酒醒何处？杨柳岸，晓风残月。此去经年，应是良辰好景虚设。便纵有千种风情，更与何人说？

——柳永·雨霖铃

雨霖铃，只这三个字，听上去就让人觉得无限缠绵悱恻。清秋残雨，屋檐铜铃，间或飞过南归的燕，一声声，一字字，唱尽古往今来离人愁。据说，这原本是唐玄宗所作的曲子，这位同样精通音律的帝王，入蜀后听到杜鹃泣血的哀鸣，不由回忆起了香消玉殒的杨贵妃，因为深爱、愧疚、思念，悲伤里写下了这首哀伤的曲子。

这首曲子后来被白衣卿相柳永填成了词，开章就是凄切，落笔未免惆怅。却不知，悲伤的是那段因欲望而牺牲的情，还是千千万万离人的深恨？柳永是知情解情，亦是懂情的。他明白，人世间最可贵的不是人人渴求的富贵荣华，亦不是青山浮云外的永恒时光，而是一颗真心、一段真情。

总有那么多的锦绣华年，总有那么多的悲伤逆流，也总有那么多的错过的时间和错过的人，于是错过的总在日后变成留恋的，身侧的，往往再度成为错过的。这未免要令人黯然神伤，感叹人生苦短。

李煜一定十分庆幸，在第一次交付真心后，他就能换来同样一份沉沉的真心。可他依旧觉得美中不足，因为他碍于身份总是无法决定自己的行踪，无法同心爱的妻子长相厮守。离别，总是同这对相爱的恋人不期而遇，"多情自古伤离别"，李煜对此深有感触。

一重山，两重山。山远天高烟水寒，相思枫叶丹。

菊花开，菊花残。塞雁高飞人未还，一帘风月闲。

——李煜·长相思

那是南唐保大十四年（公元956年）的春暖花开，后周发兵淮南，身为太子的从嘉奉命南下沿江巡视。江南春光甚好，泥融飞燕子，沙暖睡鸳鸯，春花如火，春水如染。万人簇拥的从嘉，却只惦记着临行时娇妻如泣如诉的眼波，在他心头流转，萦绕了他在外的所有梦乡。这是一场无法推卸的分别，他只能在孤枕难眠的流光里，放纵来势汹汹的相思。于是，不论从嘉行走在名山大岳里，还是探访古寺隐僧，抑或诗酒会友、把酒高歌，他都牵挂着金陵城里独守空闺的娥皇。

她是不是如同自己思念着她一样，思念着自己？她会不会望穿了秋水，盼着自己的归来？然而，自己身在千里之外，魂梦都无法与她相依。这个答案，在从嘉匆匆返回金陵之后，无声却自言明。当她半是欢喜半是恼怒地从内室小跑而出，甚至都来不及梳洗，眼波如水的明眸里流淌的是恨、是怨，也是爱。他无须多问，一切都已经足够让他明白，在分离的时光里，她跟他一样，承受着相思的煎熬。

于是，所有的折磨都有了补偿。他们的爱是对等的，没有谁占了上风，没有谁伤害了谁而自己却毫发无伤。一场对等的爱，往往是最长久的。他忽然向她微笑，她抿唇，回敬一个温柔眼神，一切尽在不言中。

小别胜新婚。短暂离别后，两人的感情更加甜蜜恩爱，时常是如胶似漆，水乳交融般不可分离。夫妻之间，总有那么多无法言说的浓情蜜意，一颦一笑，都是心有灵犀，甜蜜得仿佛能够沉溺永久。每个晨起，娥皇都会对镜仔细梳妆，哪个女子不爱貌如娇花。她本来就生得美，细心妆点之后，更是娇艳欲滴，引得从嘉欲罢不能。"懒起画蛾眉"，"双双金鹧鸪"，温庭筠笔下的旖旎风情仿佛脱了书香，悄然鲜活。有时候，起了戏弄之心的从嘉悄悄执起眉笔，将娥皇已经画好的黛眉添上几分凌乱。待得娥皇发觉时，她又急又气，却显出无可奈何的神情，当真可爱可怜。就在平淡而不寻常的生活中，两人益发缠绵恩爱，就连从嘉自己都兴致勃勃地为这生活做了记录。

晓妆初过，沉檀轻注些儿个。向人微露丁香颗，一曲清歌，暂引樱桃破。

罗袖裛残殷色可，杯深旋被香醪涴。绣床斜凭娇无那，烂嚼红茸，笑向檀郎唾。

——李煜·一斛珠

世人最爱用这句"笑向檀郎唾"，只觉得寥寥数语里有无限娇憨风情，一举一动皆是动人心魄。其实娥皇究竟怎样妙不可言，千年后的我们已经无从得知，我们更多的是凭借历史上的文字、从嘉亲笔的诗词来猜测，那个令从嘉神魂颠倒的女子一定是一个风情万种而不失纯善的女子。也只有这样的女子才能够在从嘉心中坚不可破地占据着半壁江山。

晨起梳洗完毕，细细梳妆之后的娥皇在夫君的诱哄下忍不住多喝了几口黄梅小酒。酒后却微醺，此时的娥皇脸色绯红，仪态犹自自持却微微凌乱，比平日里更多了几许诱人风情。素日里因为身份而不能做的事情，如今借着几分酒意，她放弃了端庄稳重的面具，露出骄傲任性的一面。她暂且的放肆，非但没有让从嘉觉得不悦，反而令他觉得新奇可爱，忍不住就要提笔记下这一幕。

这个兰心蕙质的女子，就像是李煜生命里的春天，温暖了他孤寂悲凉的一生。不仅如此，娥皇还给从嘉的生活带来了新的转机。他们没有结合之前，都是才情出众的男女，结合之后，更是齐心协力，或是切磋琴棋书画，或是品读诗词歌赋。相爱的人在一起，不管做什么都会觉得十分有趣。这个道理，在从嘉和娥皇身上得到了验证。他们在相互切磋的同时，彼此的才学也有了大幅的长进。

娥皇善弹琵琶，这是令从嘉十分骄傲并欣赏的一点。白乐天曾描绘过这种乐器的精妙："大弦嘈嘈如急雨，小弦切切如私语。嘈嘈切切错杂弹，大珠小珠落玉盘。"把他对于琵琶的优雅美好形容得十分贴切，而难得的是，娥皇所弹奏的琵琶如同仙乐，纵使同《琵琶行》里的琵琶女相比，也不在之下。

李璟对于这位儿媳所演奏的琵琶亦是十分欣赏，娥皇曾在他的寿宴上为他演奏琵琶，一曲收弦，艳惊四座。李璟龙颜大悦，当即下令将宫中珍藏的"烧槽"琵琶赏赐给娥皇。这是一把有价无市的名琴，"烧槽"制法始于东汉，流传至今，已经有千余年的历史，以桐木为琴身，所演奏出来的乐声十分美妙，听过之人往往会感叹：此曲只应天上有，人间能得几回闻。

原本就善于弹奏琵琶的娥皇在得到这把名琴之后，自然如同锦上添花，如虎添翼，琴艺更加精进。她时常在暖阁中给心爱的夫君演奏琵琶，而从嘉亦是含笑聆听。轻歌曼舞如画，浓情蜜意如梦。这样的夫唱妇随，如若神仙眷侣。殊不知，此年恩爱于李煜的一生中是灿烂而瞬息明灭的烟火，那样声势浩大地划过他的天空，在给他无限欢喜之后，亦若给他无限伤痛。

时光流过，日后的从嘉若知晓良辰美景的短暂，一定不会离开她半步。他们的时光那样短，缘分那样浅，少了一天，一个时辰，一分，他都觉得追悔惋惜。又或许从嘉是安然的，纵使伤心，可他知道宿命就是如斯残忍，他所爱的，终究都会从他身侧被悄然带走，他再痛苦悲伤，也无法抗拒。

佳人相伴的缱绻情深

有一个词，叫作"相见恨晚"。

有一句话，叫作"对不起，遇见你这样晚"。

每每看到，总觉得不以为然——有追悔相见恨晚的工夫，还不如珍惜日后的长久时光，以一生去补命运的错。那时的我，并不知道很多时候，晚了一秒、一分，错过的就会是一生。遇上那个对的人，却是在一个错的时间，太残忍。那时，太多事情已成定局，红尘中的人总是身不由己，牵绊太多，顾虑太多，能够放纵自己勇敢追寻的其实不过是寥寥一段青春。而青春，谁都嫌它太短。我想，从嘉在失去深爱的娥皇时，一定觉得他们的遇见当真是晚。

如果他早三年遇见她，彼时她还是16岁的青春少女，娇俏而活泼，折一枝初春的迎春戴在鬓角，亦是人比花娇。可他终究错过了她的青涩年华，正如她也错过了他那时的惶恐忧惧。生命里，没有如果，也没有与时光重逢的机会。一旦失去，就再也无法完好如初，重圆的破镜，到底难愈伤痕。

其实从嘉不必追悔和怅然，毕竟他拥有过，真心付出过，也得到过最真挚的一颗心、一段情。相比尘世中种种有缘无分，他们要美好很多。他得到的并不是世间寻常的女子，而是一位才思出众得连上苍都妒恨的女子。

如果娥皇的夫君不是南唐后主李煜呢？她会不会在青史上留下她的名字，从容而华丽。答案是肯定的——能够凭借残谱，就复原了《霓裳羽衣曲》的女子，是足以被历史尊重与铭记的。《霓裳羽衣曲》的背后，是唐玄宗和杨贵妃感天动地的爱情故事，据说，杨玉环曾亲自为唐玄宗跳过这支舞，白乐天也曾写诗描绘过起舞的盛况："飘然转旋回雪轻，嫣然纵送游龙惊。小垂手后柳无力，斜曳裾时云欲生。螾蛾敛略不胜态，风袖低昂如有情。上元点鬟招萼绿，王母挥袂别飞琼。"可想而知，当一众仙娥翩然起舞时，是怎样的风流婀娜、惊艳众生。

这首《霓裳羽衣曲》原本是宫中所有，只能供帝王权贵欣赏。随着唐王室的日益衰落，这首曲子也被传到了宫外。然而，时光斑驳，战乱纷纷，时至南唐，这首曲子已经大多逸散，成了绝响，剩下的只是一些残谱碎声。娥皇在澄心堂翻阅古书时发现了这些残谱。日光微暖，无意之中走入静默书香中的女子，一些藏匿在书缝里的残页轻轻飘落于地，上面的字迹清秀温婉，笔锋清冷缠绵，她认出那是唐代女诗人薛涛的笔迹，不由得捡起来细细赏阅。

时光在书页上留下了斑驳的痕迹。泛黄的纸张上，经过光阴的洗刷腐蚀和蚁虫的啃咬，已难以辨认，许多章节和批注都一片留白。娥皇素来喜好音乐，得到这些残页，亦令她觉得如获至宝，连日翻阅古书，细心推敲，宫娥换过数回红烛，她浑然未觉，就连从嘉走入房内都不曾发觉。看着一心已经投入《霓裳羽衣曲》中的妻子，从嘉只能淡然一笑，并不刻意阻拦。他知道，他所爱的就是这样的女子，专注、认真，有自己的一片天地，无意成为他的附庸和锦上花。

经过多日的钻研推敲，娥皇终于仗着自己蕴藉深厚的乐理功底，还原了这首《霓裳羽衣曲》。这首自盛唐而来的宏伟乐曲再现于风雨萧萧中的南唐，已经隔了两百余年的流光掠影。她修改了原曲的结尾，将原本气若游丝的舒缓尾章改成了直转而下的戛然而止。娥皇是根据乐理所作的修改，然而在他人耳中听来，却觉得并非吉兆。然而，不论外人如何评论，从嘉夫妇却是乐在其中，特意召来了宫中的伶人舞女，演出这一场盛世歌舞。

皎洁明月下，金玉楼头，穿着轻薄纱衣的舞姬飘然若仙，周边有十余名歌女亭亭玉立，为乐曲伴唱。整首曲子由散序、中序以及"破"三大部分组成，每个部分又分为几个小节。散序时为前奏，无歌亦无舞，之后中序开始起舞，舞女飘然而来，广袖如云，翻跹如若惊鸿游龙，"破"为收尾亦是高潮部分，如闪电破空而过，飞云跳玉，素手裂红衫，说不出的美不胜收。

受邀而来的官宦权贵看到此处，忍不住大声叫好。歌舞重来，香风碎着落花款款相随，有微醺的客人醉眼蒙眬里，将天上的明月看成了两瓣。也有不胜酒力的客人早早告退而去，余下王府里一片狂欢。欢愉的时光里，酒意模糊了残破的江山，新婚燕尔的两人徜徉在盛大的欢乐里，不知流水人间。

从嘉和娥皇，不仅是能同欢乐的夫妻，亦是能够共同学习的良师益友。两人都喜欢诗词，从嘉在这方面造诣极深，娥皇亦是功底匪浅。每当写完一首词之后，从嘉总是习惯第一个拿给娥皇欣赏，他在这一时期的作品，虽然大多数都是歌咏爱情，表现宫闱富贵的词作，然而，由于想象的驰骋、笔墨的韵味、感情的深厚真挚，总是比别人的同类词作更上一层楼。

晚妆初了明肌雪，春殿嫔娥鱼贯列。

笙箫吹断水云开，重按霓裳歌遍彻。

临春谁更飘香屑？醉拍阑干情味切。

归时休放烛花红，待踏马蹄清月夜。

——李煜·玉楼春

提笔写罢，从嘉自得地吟诵了一遍，恰逢娥皇从外面归来，妆容未卸，粉面含春，笑盈盈地站在门前望着夫君。从嘉心中一动，忍不住对着娥皇又将刚写完的《玉楼春》吟诵了一遍。这首诗所写的是昨夜三千繁华的情景，从满庭锦绣到繁华落尽，灯火已残，月夜深静，唯有心中一片璀璨，暗自停留。

从嘉本来是想从娥皇口中听到一句赞赏，毕竟他对自己的才华颇有自信，如果能够得到妻子的夸奖，那是再好不过。未曾想，娥皇微微一笑，却摇摇头，轻声道：这首诗不论是布景抑或意境，都是再好不过的，只是上篇里有一个"春"字，下篇之中也有一个"春"，未免令人觉得美中不足。预料之中的称赞没有得到，从嘉未免有些扫兴，却见娥皇又柔声道："不如将'临春'改成'临风'，岂不更好。"如果说娥皇的前一句话令从嘉有些不悦，那么后面这一句倒是令从嘉刮目相看了，他素来知道自己的妻子是才华横溢的才女，能书能琴，却未想她能够一针见血地指出自己的不足，显然，他应该对自己妻子的才华重新评估。

既然已经想通，从嘉豁然一笑，向娥皇作揖道谢，戏称妻子乃是自己的"一字之师"。古来"一字之师"的佳话并不少，有将田间的老农称为自己"一字之师"的，也有将自己的书童当作"一字之师"的，像从嘉这样以自己的妻子为"一字之师"的，在谦逊好学的同时，倒更觉得夫妻之间浓情蜜意，缠绵情深。

李煜何其有幸，能够得到这样的奇女子娥皇为妻子。世间温婉贤惠的女子并不少见，才华横溢的女子也并不罕见，然而能够如同娥皇一般，兰心蕙质、大方得体，并能了解夫君喜好，同他琴瑟和鸣的女子却如同奇迹一样。她就像是奇迹一样出现在李煜的生命中，举案齐眉，生死相依。闺中曾幻想过的美满爱情，仿佛从梦境里款款而来，成为了她枕畔眉目清俊、柔和的男子。她想，能够遇到他，亦是她的幸运。夜深人静，宫娥的低语也渐渐消散，鲛纱帐里，她伸手，轻轻滑过他沉睡里的眉眼，指尖一点豆蔻鲜红，如诗、如画，亦如殇。

芳魂仙逝

　　曾经有过这样的想象：时光流萤飞逝，流年落花早谢，当年锦绣华服的翩翩少年褪去了清俊的面容和柔软的懦弱，在光阴的妆容里白发苍苍，鹤发如霜。已经苍老得无法行走的从嘉，会不会在生命的尽头回忆起过往的青翠年华？答案是一定的，谁都有过璀璨的昔日，可少年人总不会留恋追忆，恋恋不舍、恨不得此生重来的尽数是年华散尽的垂垂老人。

　　他所回忆起的青翠年华里，是否会有那个巧笑嫣然的女子，容颜如洁净绽放的莲花，芳香悠远，一重一重地盛开在他的生命里？当他回忆起她的身影，心中是否愧疚如山，追悔不已？一段情、一份爱，有时沉重，有时缥缈，在失去时，到底会心如残灰。然而，从嘉已不再具有这样的机会，他无法如寻常人一样，从容走向沧桑，淡然历经所有人生。

　　可他对她的爱，终究曾鲜明存在，她在他心里的位置也无可取代。不管日后陪伴在他身侧的是怎样的女子，她依旧是他的结发妻子。结发如结情，生生世世都无法更改。他并不是无辜的，对于这份爱，从嘉应该是感到愧疚的，他辜负了她的深情和期许，也辜负了当年自己在红烛下立下的誓言。

　　在看到她最后的容颜那一刻，他一定后悔、伤怀、愧疚，可再多的悔恨都已无法弥补她所受到的伤害。他终究辜负了她，如同故事里所有爱情的负心人，他成为了年少时自己最憎恶的那种人。所以上苍惩罚了他，将她永远带走，再也不给他一个弥补过错的机会。

北宋建隆二年（公元 961 年），九月，深秋时光，落花流水，红叶凄离，华美的宫殿上挂上了层层白色幡布，从嘉亦是穿上了麻布孝服，跪在幽深的大殿里。他知道，自己一再躲避的事情终于发生了，父亲的死亡将自己推上了那个命定的位置——他再三逃避的位置。他知道，那些高枕无忧的时光已经结束，不久之后，他将会成为南唐的君主，肩负起领导一国臣民的巨大责任。可是，他不知道，不确定自己能否比自己的父亲做得更好。

是的，李煜只是一个懦弱的君主，他的父亲尚且在即位之初怀着雄心壮志一统天下，他却连振兴祖业都不敢想，不去想。此时，跪在灵柩前的李煜只是想，如果这个日子来得再晚一点，那该有多好。他没有面对的勇气，也没有承担的胆量，他只是一个被命运驱使着不得不走的角色，他只能承受，却永远无法背负。这样的人，注定一生流离，爱他和他爱的人，都会在欢喜之后生出淡淡的凄凉。然而，可恨之人必有可怜之处。李煜，从某种方面来说是可恨的，他亦是可怜的，可怜他的身不由己，也可怜他的嘲讽命运。

即位后，从嘉将名字改为"煜"。煜字意为太阳升起，光明照耀，而他叫作"重光"的字更能说明他此时的地位如同南唐的太阳，主宰南唐的命运。理所当然，在李煜成为南唐君王之后，娥皇也成为了一国之后，母仪天下。此时的娥皇，已经不再是当初那位温婉清和的少女，她已经是两个孩子的母亲。

那两个孩子都是男孩。作为嫡子，他们深得李煜的宠爱，这一方面因为他们的母亲娥皇是李煜深爱的女子；另一方面，这两个孩子亦是聪慧可爱，十分讨喜。在李煜即位之后，他们分别被封为清源郡公和宣城郡公。

长子李仲寓诞生于李煜即位之前，次子李仲宣则在长子出生后的五年降临人世，这个天资聪颖、少年早成的孩子继承了父母所有的优点，生得美丽秀气，宛如观音座下的金童，并且在父母的悉心教养之下知书达理，小小年纪就懂得长幼尊卑，待人接物都十分大方得体。李煜不由得将所有的希望都寄托在这两个孩子身上，渴望他们能够出人头地，长成栋梁之材。此生，他已是一个软弱无能的皇帝，可这并不意味着他不能希冀自己的孩子扭转乾坤。

可以说，虽然内忧外患，然而深宫之中的一家四口却是尽享天伦之乐，其乐融融。如果能够就这样走到尽头，未尝不是一种幸福。若是一家人能够团聚一堂，哪怕山河飘零，哪怕寄人篱下，只要齐心协力，分享所有的痛苦和折磨，那些生命中的苦难亦是甘之如饴。然而，有一个词叫作好景不长。

北宋乾德二年（公元 964 年），那一年，幼子仲宣不过四岁，李煜也依旧风华正茂，这个家庭的女主人却忽然之间染上重病，卧床不起。这场来势汹汹的病，令花容月貌的娥皇缠绵病榻，憔悴支离，尽管身为皇后的她得到了国中最好的大夫的诊治，又有最好的药材和环境，尽管深爱她的丈夫也陪伴在身侧，嘘寒问暖，无微不至，然而，病情却依旧未曾好转。

玉树后庭前，瑶草妆镜边。去年花不老，今年月又圆。莫教偏，和月和花，天教长少年。

——李煜·后庭花破子

李煜为此写了一首词，希望自己的妻子能够早日安康，如同过去一样，一家人团聚在一起赏花赏月，人月两团圆。他祈求上苍垂怜，能让妻子安然无忧。不管日后他是否当真辜负了这段情，此时的李煜却是真诚的，是毫不虚伪的。他如同世间寻常的男人一般，一心希望妻子的病情能够得以好转。如果没有妻子，这个家也就不再是一个真正的家了。

只是美好的愿望最终成为了一个空愿。李煜的希冀非但没有成为现实，这个曾经美满无比的家庭却经历了一次沉重的打击。娥皇病重不愈，已经给这个家庭蒙上了阴影，谁都没想到的是，幼子仲宣竟然在此时夭折而亡。这个孩子原本是出于一片孝心，偷偷溜出寝殿为母亲祈福，祈求上苍让母亲赶快好起来，却被突然跳出来的一只大猫惊吓至病，由此一病不起。孩子本来就极其脆弱，纵使父亲日夜宽慰，也无法将他从噩梦中拯救出来。不日，这个圆满的家庭就失去了他们最年幼，也最疼爱的孩子。

这个噩耗原本是瞒着娥皇的，李煜下了命令，不许将此事告诉病重的皇后。他顾惜着娥皇重病未愈，哪里能够承受如此沉重的打击。他独自将此事隐瞒下来，强忍悲痛安排幼子的后事。却没想到人多嘴杂，这个消息到底还是传到了娥皇耳中，娥皇听闻此事之后悲恸无比，病情很快就恶化了。李煜悲痛之中前去守候在她的病榻前，然而此时的娥皇在失去爱子之后，已经明白天不假年，自己的生命已经快要走到尽头。如果能够就此离开，去陪伴黄泉下年幼的孩子，未尝不好。这个尘世，已经令她那样失望。

仲宣的死是令娥皇迅速走向死亡的一个原因。另外一个原因，便是她病重中夫君和自己的亲妹妹产生了爱情。对于一个皇后来说，这是何等悲哀之事。最初得到这个消息时，她隐忍悲伤，却依旧怨恨李煜的薄情，也怨恨妹妹的残忍。她曾经以为他们固若金汤的爱情，原来竟是这样的不堪一击。她的恨，她的怨，却在得知仲宣死后忽然淡然如烟。人生不过黄粱一梦，她又何必生死牵挂。

未久，娥皇病逝，李煜已是追悔莫及。他曾想过，若是娥皇病愈，他一定不再三心二意，一定如同从前一样专心善待她一人。他没想到，这个心愿竟然就成了泡影。她以最后的时光原谅了他，也原谅了她的妹妹，但是他知道，她一定曾为此黯然伤神。他欠她一声"对不起"，而这一声抱歉，她已无法听到，也无法回答。她就这样消逝在他的年华里，如同一个最好的梦，以最残忍的方式画上了句号。

逃不过的情劫

（一）

珠碎眼前珍，花凋世外春。

未销心里恨，又失掌中身。

玉笥犹残药，香奁已染尘。

前哀将后感，无泪可沾巾。

（二）

艳质同芳树，浮危道略同。

正悲春落实，又苦雨伤丛。

禕丽今何在，飘零事已空。

沉沉无问处，千载谢东风。

——李煜·挽辞

难以想象李煜是以一份怎样的心情来提笔落墨，写下这首《挽辞》的。珍珠碎微，花落残春。过往的一切美好都已经成为了隔世的记忆，那个错的人分明是他，应该承受惩罚的人也应该是他，为何苍天选择带走的却是娥皇？茫茫黄泉，他又该去何处寻找她的芳踪？

他知道，她已经不怨不怒，不惊不惧，风起无澜，雨过无痕，任何伤害，她都已选择原谅。可她的原谅却并不意味着他没有错过，这只能令他更加无地自容，更加愧疚追悔。谁能知道，他心中是多么希望离开尘世的那个人不是娥皇，而是自己。他该用什么样的面目去面对长子，面对臣民，还有自己。他沉浸在痛苦自责中，无法自拔，恨不能追随娥皇而去，在九泉之下痛哭流涕，祈求她真正的原谅和理解。

这并不是不可能的，他们是两情缱绻的夫妻，生生相惜，日夜相伴，他们的分离并不是因为感情日益淡纱，情到浓时情转薄，而是由于生死的相隔，被阻隔在阴阳两端，生死两岸。这样突如其来的分离，是极其痛苦和难以承受的，如果李煜就此一蹶不振追之而去，亦是在情理之中。

可还好，在失去了挚爱的妻子之后，这个尘世依旧有李煜所留恋、眷顾的人和事。那个人叫作女英，正是娥皇的妹妹，亦是李煜深爱着的女子。不知道是不是上天命定，上古时的娥皇、女英原本就是一同嫁给舜的姐妹，而千年后，南唐老臣的一对也叫娥皇、女英的女儿也嫁给了同一个身为君王的男人。

每一场爱情的开始都是突如其来的。晚风谢过春雨，秋雁掠过枫林，是哪一个无知无觉的瞬间，忽然就被卷入了一场以爱为名的情？或许只是细水长流里不经意的一次动心。于是，纠缠眷恋，就此开始，一直持续到下一个轮回之前。

李煜和女英，亦是命中注定的缘。这是命盘上早已写好的情劫，逃不过，渡不去。少年风流，君王多情，李煜那样的人一生中不可能只有一次情缠、一次爱恨，他的灵魂无法专注地永恒停留。多情最是无情人，之于晚期的大周后，他是无情的，可当年他们也曾甜蜜恩爱，如胶似漆。而此时，他的多情是属于那个娇羞婉转的女子的。

女英出生于长姐娥皇 14 岁的那一年。长姐如母，两人在闺中感情自是十分融洽，这在娥皇进宫之后得到了深刻的体现。娥皇时常派人去扬州家中接来小妹，令她在宫中暂住，慰藉思亲之情。娥皇在 19 岁那年出嫁，那年女英不过五岁，梳着双环髻，眉心画了一点朱砂，越发衬得肌肤雪白如玉。可也不过只是个漂亮可爱的女童，骑着白马前来迎亲的李煜匆匆一瞥，就将这个孩子留在眼后。

当时的他，一心牵挂着的只有自己的新娘，哪里又能想到，十年后，当年那粉嫩天真的孩子竟然会长成亭亭玉立的少女，偷走了自己的心，牵走了自己的情。时光不啻于是神奇魔法师，竟然有这样大的魔力，而爱则拥有更为强大的力量，从某种意义上而言，那是可以超越时光的存在。

他们看上去并非那样般配，隔着时光，隔着身份，隔着爱恨痴缠，他们却就这样相遇，而后相爱了。这一切，都像是一场梦、一场奇迹。或许，那只是一个瞬间，身着玉袍的君王忽然发现，当年那个小女孩如今已是明艳无双，她穿着浅绿的衣裳，头上只有一朵浅色的牡丹，在他的注视下渐渐垂下脸，娇羞了容颜，不敢直视，却浅笑如花。她是那样美好，又是那样像当年的娥皇，豆蔻初上，青涩明媚。他的心魂，在一刹那被深深填满。这缕情的最初，或许只是一瞬息的怜惜、牵挂，夹杂着几分说不清、道不明的暧昧，就算是李煜自己也不曾想到，就是这样轻轻地一瞥而过，那柔软娇憨的容颜却停留在了心底。

此时，娥皇已病重不起，忧思无限的李煜日夜牵念，国事的烦忧也令他时常抚额长叹。他是那样急切地需要一个出口、一份真诚洁净的慰藉、一个明亮如同雪白羽翼的笑容。阴差阳错，一切都刚刚好，那个有着明净笑靥的少女成为了他清甜的温泉。最开始，他只是渴望见到那张天真纯净的脸孔，缓解他的劳累痛苦，只是他忘记了，人都是有依赖性的，他会渐渐地依赖上她，如同飞鸟依赖上枝头，如同游鱼眷恋着大海。最后，他发现，自己已经无法再离开她了。

这个认知，令他措手不及。他从未想过，有朝一日自己会真的爱上自己的妻妹，她几乎还只是个孩子。娥皇若得知，又该如何自处？记忆中那个粉嫩的女孩同如今这个明艳的少女重合起来，爱和欲纠缠不休，情和理难舍难分，他在愕然里霍然起身，没头没脑地走出了寝宫。身后的宫娥如影随形，他烦恼难安地回首，令她们退下，独自一人默然行走在冰冷的月光之下。

他走到了那座再熟悉不过的小小楼阁，它被隐藏在婀娜阴冷的花叶里，月色令它迷离如幻梦，地上有它模糊的剪影，嶙峋的是它突兀出来的屋檐。如若心有灵犀，迷蒙里，绿衣白裙的少女推开了窗，望着楼外的君王，目光婉转，如泣如诉，伸手欲关窗却始终无法闭合。他终于明白了一切，原来在这场百般荒诞的爱恋里，不只是自己沦为了爱的囚徒，她亦是在亲情道德以及深情里辗转难眠。他霍然扬起了唇角，大步流星地走进小楼之中。

这一刻，他忘记了妻子，忘记了孩子，忘记了他的家和他的国，此情炙热如火，所到之处，天崩地裂，所有都被燃烧和摧毁。他的眼中，只剩下那个婀娜娇柔的身影，只有一个叫作女英的女子。爱欲压倒了理智，此时，他只不过是世上最普通的男子，陷入了一场逃脱不过的情天欲海，是缘分，抑或孽债，他都认了，他只求此刻无怨无悔地爱一回。

缱绻春深，梦回三生。牡丹花上的露水妖娆滑落，打湿了一腔柔情。枕畔的佳人依旧沉睡，纤长乌黑的睫毛如同蝶翼，微微翘起的细微弧度就这样勾住了谁的魂魄。心满意足的君王自巫山归来，唇边似乎还依稀残留着佳人衣裳上的淡淡香气，他兴致勃勃地提笔写道：

蓬莱院闭天台女，画堂昼寝无人语。抛枕翠云光，绣衣闻异香。潜来珠琐动，惊觉银屏梦。脸慢笑盈盈，相看无限情。

——李煜·菩萨蛮

同与大周后娥皇在一起的时候不同，与女英在一起时的李煜，显然少了一份为君的自持，多了一缕情人的风流；少了一分庄重沉静，多了一种乐在其中的喜悦。这首《菩萨蛮》写得亦是香艳无比，字字生香，那样抵足而眠的旖旎仿佛历历在目。宫外清冷，殿中情深如火，谁的衣裳落了一地？谁的绣架散落五彩丝线？谁的梦长？谁的梦短？这些爱的证据，都被他细心摘录，仔细临摹，化作流芳的诗词，刻在青石上，百年不褪。

沉醉在绵绵爱意里的李煜，已经忘记了病重的娥皇，也彻底抛下了君王的责任。他为恋人召开了盛大的宫宴，如同多年前为自己的妻子召开的那样，红袖满庭，香云如画。他也命人跳起了《霓裳羽衣曲》，隔着满池歌舞寻觅那一双灵秀动人的双眸，穿梭许久后，若能得到恋人一个羞涩的回应，他便觉得一切都不曾白费。有时候，他会想，说不定他前生是暴虐无道的商纣，酒池肉林也不抵妲己一个回眸，也可能是燃尽三千烽烟的周幽王，穷尽天下只求褒姒一笑。

仿佛冥冥里的无声预示，他仿佛是在欢歌盛舞里看到了自己的终局。

因为不想在冷清寥落里结束，所以他选择了放纵自己的爱，宁愿在爱的灰烬中渐然熄灭，也不愿在寂寥里无声停止。纵使他注定要成为亡国之君，他也要成为令人记忆深刻的亡国之君。丝竹声落，歌舞消散，落花碎微了一地，他举酒，遥望苍穹上俯瞰人间的明月，有人无声地走到他身后，轻启红唇，只为他吹一曲玉笙。

他回首而望，吹着玉笙的少女柔情如水，仿佛在低语安慰。人生难得一知己，李煜明白，人总是这样，如若痛苦能够被人了解和承担，就不会再那么痛苦。他不再想获得救赎，也不再去想那些自己力不能及的事情，此时的他只想将一颗心沉沦在爱与情里，于风月里消磨掉余生。

有花堪折直须折

铜簧韵脆锵寒竹，新声慢奏移纤玉。眼色暗相钩，秋波横欲流。雨云深绣户，未便谐衷素。宴罢又成空，魂迷春梦中。

——李煜·菩萨蛮

是的，风流多情的君王，似乎忘记了肩上的所有职责，他不亦乐乎地穿梭在爱情里，享受春日的二度甜美。新欢女英，比起妻子娥皇而言，也并不逊色。她们都是生于官宦之家，权贵阶层亦是将她教养成了大方得体的女子，除此之外。还多了几分娇俏明艳，14岁的年纪正是最好的时光，如同枝上半开未开的花，正待良人采撷。女英同样擅长音乐，只是与大周后擅长琵琶不同的是，她更喜欢吹笙，据说这首《菩萨蛮》所写的就是她吹笙的情景。

女英最擅长吹奏的是唐人张若虚所作的《春江花月夜》。玉指纤细，眸光如水，吹一曲海誓山盟，奏一首情到深处无怨尤。落花里听曲的君王不由闭上双眼，任由美妙的音乐将自己带进神秘美好的仙境，他微扬起脸，月光恣意描摹出那清秀的曲线，随着玉笙的，是他低声的吟诵：春江潮水连海平，海上明月共潮生。滟滟随波千万里，何处春江无月明。江流宛转绕芳甸，月照花林皆似霰。空里流霜不觉飞，汀上白沙看不见。江天一色无纤尘，皎皎空中孤月轮。江畔何人初见月，江月何年初照人？人生代代无穷已，江月年年望相似。不知江月待何人，但见长江送流水。白云一片去悠悠，青枫浦上不胜愁……

如此美景仿若是神仙眷侣，此时的李煜，或许也有了几分只羡鸳鸯不羡仙的情怀。梅花洁白，芬香如醉，坐在花丛里的一双恋人，只盼着地久天长，此情此景永不消散。他望着恋人姣好的侧颜，忽然兴致勃勃地谈起花事。庭前那盆紫色的花叫作"风流"，香气最是迷人不过；而那盆白色的却叫作"瑞香"，很是芬芳淡雅；至于窗下的那株牡丹，正是名动天下的"姚黄"，那本来是洛阳的名花，如今培植到江南，费尽了皇室中几代花匠的苦心血汗，依旧国色天香。他侃侃而谈，她仔细聆听，相依相偎，如同花间一双飞燕，甜蜜得忘乎所以。直至月落西沉，两人才在宦官的催促下依依不舍地告别。

虽然两人已缘定三生，可到底女英还是待字闺中的女子，为了对方的名节，李煜只好郁郁离去。回到了寝殿中，才分别，便相思。他在华丽的龙床上辗转反侧，始终难以入眠。或许，这是一场他永远无法躲过的劫，亦是一场他心甘情愿为之沦陷的情劫。与娥皇的婚姻，他是幸运的，如果是一个将"女子无才便是德"当作信条的女子，可想而知，李煜将会郁郁寡欢，终日生活在惆怅痛苦里。虽然他终于遇上了娥皇，然而这段姻缘到底是由别人掌控支配的。想来，素来才情兼备的李煜，在花好月圆里终究有几分遗憾。

遗憾的不过是他还不曾尝到恋爱的滋味，就已经进入了婚姻生活。毕竟，婚姻是一座围城，他还未曾体会过围城之外的自由，便已经走进了围城里的光景。婚后的生活，即使再百般美满，到底有几分不甘心，到底觉得有几分束缚不自在。

不论是作为一位君王还是一位才子，李煜的一生中，都不可能只属于一个女人。君王后宫，本来就是三宫六院，七十二嫔妃，他的地位注定了他不可能永远只停留在一朵花之上。而他的风流才思、他的惊艳才情，同样昭示了他的心将会经历不止一段的爱。诗人，本来就是奇怪的物种，需要很多很多的爱，很多很多的情，才会留下流芳千古的文字。

女英的出现，填补了李煜长久以来的遗憾和空白。他终于知道，情之一字的美妙，尤其是当这份情是由自己完完全全掌控的时候。他深深地喜欢上了这个跟妻子有血缘关系的小女子，甚至可以说是爱上了她。尽管在心底深处，他知道自己的情动在世人眼中是那样不正常，甚至可以说是不伦，他亦知道这样做多么对不起病中的妻子，如果她知道真相后会怎样地黯然神伤？可不管在情爱之外的李煜有多么理智，一旦见到那张天真明艳的笑靥，他依旧再度沉沦。

可他知道，此事是娥皇万万不能知晓的，一旦被她知道，自己和女英的名节扫地倒是其次，他最担忧的是她的病体，恐怕就此……于是，李煜将此事隐瞒得密不透风，病榻上的皇后已经无力管理后宫事务，一开始，倒相安无事。她并不知道自己的丈夫已经从身到心都背叛了自己，只盼着

上篇 春花秋月何时了——李煜的悲喜人生

081

自己能够尽快好起来。她还那样年轻，还要跟深爱的人白头偕老，还要看着两个孩子长大成人，娶妻生子。只可惜，一切都事与愿违。

虽然一切都始于情，可是在道义的立场上，依旧是李煜错了。他伤害了一个无辜的女子，又使另一个深爱他的女子陷入了一场无望的情爱之中——因为此事需要隐瞒娥皇，这就意味着这场爱无法昭告于天下，他也就给不了女英任何承诺和名分。尽管女英并不在乎这些，可是一个女人的一生，尤其是当时的女人，也莫过于就是这些。他曾给女英写过一首《子夜歌》：

寻春须是先春早，看花莫待花枝老。缥色玉柔擎，醅浮盏面清。何妨频笑粲，禁苑春归晚。同醉与闲评，诗随羯鼓成。

——李煜·子夜歌

乍看上去，这不过只是一首普通的惜花词。有花堪折直须折，莫待无花空折枝。可是诗中的情意又怎么瞒得过同样是饱读诗书的女英？她一眼就看出了这并非寻常诗词。寻春须是先春早，看花莫待花枝老。这其中蕴含着一个"人面桃花"的典故。人面不知何处去，桃花依旧笑春风。这句诗读来，总是有种淡淡的惘然和伤感，当年那个笑倚在桃花下的窈窕少女，今日已不知去往何方。谁知道她的流年？谁懂得她的惆怅？那场相遇如梦如幻，最终成为了记忆里缥缈的烟雾。据说，唐代诗人杜牧就是这场有缘无分的相遇的亲身经受者。

那年杨柳青翠，那样春露娇娆，韶光如水亦如梦，诗人路过潮州，与一位豆蔻年华的少女相遇，两人一见钟情，却因当时少女太过年幼，于是他们约好十年之后再相见，重逢之日，就是杜牧迎娶她之时。然而，等到十年过去，当年如同明月般美好的少女早已嫁为人妻，成为了两个孩子的母亲。在错误的时间遇上对的人，这是件多么令人感慨的事情，人生不如意之事十有八九。人们总是在不圆满中不断地错过，不断地失去，最后发现能够挽留的，太少，太少。

李煜将这个典故写入词中，送给女英，其用意自然是不言而明的。他不愿意再错过她了。时光可以改变太多的人或事，匆匆弹指，又是一年，他不知道，如果放走她，他是否还能拥有下一个十年来等待一个值得相遇、相知、相守的人。君生我未生，我生君已老。他不愿意杜牧的悲剧在自己身上重新上演，他唯一需要做的就是在这个时间抓住她。

何况，当时纷乱的政局，也不允许李煜再风花雪月了，谁知道这个国家将会在哪个沉寂无声的夜里"金戈铁马去，惊天动地来"。国破山河在，城春草木深。他读过太多山河破碎的诗词，明白国家的毁灭之于他，不啻于是人生的毁灭。所以，像这样痴狂而缠绵的恋情，或许一生也只有一次了。他要在这段情里做他一生中最大胆和放肆的事情。此时，他叫作李煜，而非南唐的君王，娥皇的夫君。

一生一世，一双人

　　一生一世一双人。年轻时，许多人都憧憬着这样的爱情。缘定三生，矢志不渝，生死无悔。在那些纯真清澈的双眸里，这样的爱情才弥足珍贵，才称得上是真正的爱。在爱情的世界里，不应该有别的东西，哪怕只是一分一毫，都算不上是一份干净纯洁的爱。你的眼中唯有我，而我的眼中，也只有你。双眸中倒映出的，是彼此的影子，而非其他。

　　只是后来，我们才知道，那样的爱情或许只存在于小说里、诗歌间、戏剧中，甚至，只是我们的梦里。那些瑰丽漂亮的文字或影像，又何尝不是我们的一个个梦呢？在相爱的两个人眼中，倒映出来的或许并不只有彼此，还有许许多多无可奈何的东西，是现实，是人性，是千丝万缕无法估摸的未知。在这些东西面前，有多少爱败下阵去，又有多少爱浴火重生。世界上，毕竟没有那么纯粹的爱，也没有谁非谁不可。行走在这个世间，爱并不是唯一的信仰。

　　年轻的时候，我十分厌恶丧妻再娶的男子，不论是在现实中，还是在故事里看到，都觉得这种人值得唾弃，仿佛一旦失去挚爱，他们也应该追随而去，生死不离。后来的后来，这样幼稚却坚定的信念被时光日益侵蚀，我们会发觉，当生死将一对相爱的人拆散，当时的巨大痛苦会在漫长的时光里渐渐淡化，最终不过化成一种怅惘。虽然挚爱已经远去，然而生活却还要继续，并不是所有人都能有为情而生、为情而死的勇气的。何况，每一场爱的发生都有其缘由。感情的加深，亦是在点滴中蕴蓄。

花明月暗笼轻雾，今宵好向郎边去。衩步香阶，手提金缕鞋。画堂南畔见，一向偎人颤。奴为出来难，教君恣意怜。

——李煜·菩萨蛮

夜深人静，万物俱天籁，碎石小径的两旁花开葳蕤，娇艳的花瓣之上染着淡淡的湿润雾气。明月从轻云薄纱后悄然盛开，细碎的光影微微照亮了前方的路。着轻薄单衣的少女踮起脚尖，无声穿梭在花径里，乌黑的长发如同云海，迢迢垂在身后，她手里还提着一双精致小巧的金缕鞋，双足仅着白袜，冰凉的石阶透袜凉心，她忽然顿足怔住，仿佛这一刻才明白自己是在做什么。

暗夜出行，私自约会，那岂是大家闺秀做得出来的事情？她恍惚里握紧了手中的纸条，上面的字迹熟悉如斯，那个人约她于画堂南畔相见，她初听闻时，不胜欢喜，好不容易挨到子夜时分，便瞒着婢女宫娥偷偷而至。可是现在的她是在做什么呢？那个人是她的姐夫，这就已足够惊世骇俗，况且，她又如何能够知晓他们会不会有未来？她站在冰冷的台阶上，心中柔肠百转，进退两难，可一想到那个人此时正坐在花丛中，孑然地望着明月，等着她的到来，她就觉得自己矜持得可笑。她分明早已将此心付与他，又何必在乎名节声誉？

为了他，她可以抛却一切，哪管日后有没有未来，哪管此生是否能长相厮守，如若能这样不顾一切轰轰烈烈地爱一场，也不枉来世上走一回。怀着这样的念头，她提起裙角，在花径间飞快地奔跑起来。现在，她只想着快点见到心爱的情人，在他的怀中诉尽衷肠。未来的是是非非、真真假假，她已经顾不上那么多了。丢开了所有的世俗偏见和礼教约束，两人的感情日益深浓，如胶似漆。

对于女英，李煜总是有着无限爱怜。跟他比起来，其实她还只是个孩子，可偏偏就是这个孩子，令这个走遍花丛、肆意风流过的他动了心。她的身上，仿佛有种坚韧执着的勇气，不论遭到多大的风雨都无畏无惧。她为了他，几乎放弃了所有，他又怎么能够不动心、不怜爱呢？

如果不是遇上了自己，或许，她会有更好的未来吧。嫁给一个门当户对的少年，一个懂得她、了解她、欣赏她的少年，一个将她捧在手心里视若明珠的少年。她那样好，所以值得嫁给更好的人。可是自己呢？且不说如今的自己能够给她什么，他甚至给不了任何承诺和保证，纵使日后她能够名正言顺地站在他的身侧，他依旧不是全部属于她的，他有他的江山、他的臣民、他的责任。可她还是爱了，依旧义无反顾，依旧为此赴汤蹈火，依旧抛下了所有的理智和清醒。他是不能不感动的，可纵使感动到肺腑深处，他仍旧无法发誓说："我会立你为我的皇后，令你一生都要与我生死相随。"他所做的，唯独只是默默地告诉自己，必定善待这个可怜可爱的女子。

因为他心中依旧放不下病床上的结发妻子。他向她隐瞒了所有消息，却忘记了嘱咐女英。那个纯真可爱的孩子，又怎么敌得过冰雪聪慧的娥皇呢？纵使此时娥皇病体支离，也依旧能够从女英的只言片语中发现一些蛛丝马迹的。病重的皇后从一向疼爱的胞妹口中发现了事实的真相，顿时只觉晴天霹雳——原来所有的誓言都不过是过眼云烟，她深爱着的夫君亦是那样的薄情寡义，当她缠绵病榻之时，竟爱上了自己的妹妹，可怜她竟然还一无所知。

忧郁痛心里，她的病一日比一日恶化，加上不久之后爱子的夭折，她在双重打击之下很快撒手人寰。对于此事，李煜和女英都愧疚得无地自容，尤其是女英，因为自己一时的不经意，从而令长姐发现了真相，她以为是自己害死了疼爱自己的长姐。她郁郁寡欢，看到深陷自责而无法自拔的李煜，更是觉得悔恨惭愧。她垂泪，发誓要用自己的余生来好好照顾他。死者亦不可追，生者还需要好好地活着，走下去。何况，早在那夜画堂私会时，她就已经下定了决心，此生不论如何，她是跟定他了，哪怕一生都无名无分地跟着他，她亦是心甘情愿。

　　或许，一切悲欢离合，都能够有她陪着他，他心里能够好受一些。这是她如今赎罪的唯一方式了，但愿黄泉下长姐的魂魄能够原谅他们。她擦干了眼中的泪水，竭力安慰痛苦中的李煜，并且承担起长姐留下的一干职责，每日前往太后宫中晨昏定省，无微不至地照顾李煜和娥皇如今唯一的孩子。她努力将每件事情都做到尽善尽美。未久，女英就已经成为了宫中上下人人称颂的贤德女子。即使是李煜的长子李仲寓，也对小姨处处恭敬，被教养得乖巧懂事。

　　女英的所作所为，李煜虽然不置一词，可是他都看在眼中，感动在心里。是的，她是无怨无悔的，她分明可以在娥皇离去之后决然而去，回到扬州故居，她依旧是高贵的周家千金，有慈爱的父母和兄长，千娇百宠地养在深闺里。没人会知道她在宫中究竟发生了什么，她亦可以当作一切都不曾发生。只是，她断然放弃了这条路，而是代替长姐留在深宫里，毅然承受所有的冷言冷语、百般挑刺——之前的娥皇做得那样好，她贸然而来，自然会招致不少磨难。

　　这一切的一切，他并不是不知道，可他只是默默看着，似乎已经将这个不久之前深爱过的女子忘记在脑后。最清楚的，或许是心罢，它知道，她所做的一切，不仅是为了早逝的长姐，更是为了他这个懦弱的恋人，只有爱才能够这样无限度地容忍所有伤害。到了此时此刻，他才终于明白，娥皇已经真正地离开了，陪伴在他身边的再也不会是那个精通音律，连《霓裳羽衣曲》都能够复原的女子，他只剩下她了，那个为了他可以放弃所有、承受一切折磨都无怨尤的女英。有爱如此，夫复何求。

　　他清醒过来，凭着心的驱使走到她的床前，无声地握住她的手。这些日子以来，她的日子并不好过，一双原本娇嫩得堪称柔荑的手，已经略微粗糙，这些只会令他更加顾惜感念。沉睡中的女子霍然惊醒，发现守在自己身侧的竟然是这段时日里一蹶不振的恋人。此时，他深深地看着自己，目光如海。她明白，一切都已不言自明。关于爱和悔恨的伤害，终究已经过去，她终究还是等回了她深爱着的人。月光如纱，灯影朦胧，她含着泪，忽然莞尔一笑，一如初见时，春意阑珊，落花如风。

千回百转，梦终圆

前生有约，今生偿还。说来，都难免心有一动。缘定三生，千回百转后，总是能在茫茫人海里找到那个有过约定的人。天知道，在偌大红尘里来来去去，只为一个渺无踪迹的约定，是一件多么困难的事情。可就是相爱这样难，爱得却越真，越是来之易，也就越会懂得珍惜。

曾几何时，更喜欢《红楼梦》里神瑛侍者和绛珠仙草的故事。风神俊秀的少年风雨无改，浇灌那棵日渐灵气的仙草。此后他下凡，此后她成仙，可她终究忘不了当年的一水恩情，愿意也随之下凡，将一生的泪尽数还予他。其实还泪是假，盼着再续前缘倒是真。前生未了的缘，今生来续，哪怕今生依旧是无声落幕，连告别都黯然销魂，可也是真的诉过衷肠，表过心迹，彼此都知道对方心中除了自己，并无其他。

或许，每段感情的背后都有一段前世的因缘记忆，李煜和女英或者亦是前生约定过的，缘定三生，不离不弃。哪怕今生，他遇上她，是那样迟，错过了最好的韶华，又错过了最对的位置。可他们终究还是相遇了，相爱了，最终决定长相厮守了。是对是错，任由后人评说。

在后人眼中，这份恋情可能着实不伦，然而在南唐一干大臣眼中，却并非不是良缘。一来，女英与大周后一样，都出自名门望族，拥有嫁入帝王家的资格。其次，女英亦是贤良淑德，她在大周后死后，代替长姐履行皇后的职责，样样周全，处处无微不至。这些大臣们心中是有数的。更重要的是，圣尊太后与君王李煜都十分喜爱她，一些先知先觉的臣子已经率先行动起来，上了折子希望李煜续弦，立女英为后，继娥皇之后成为南唐的皇后。

对于此事，李煜自然是乐见其成的。如果说他非要续弦，再立一位皇后的话，再也没有人比女英更加合适了，她柔婉贤惠，更是长子仲寓的小姨，有了这层血缘关系，两人会更加亲近，不会产生后母与继子之间的矛盾。加之母亲亦是对她喜爱有加，想必女英进宫之后，后宫将会恢复从前的和谐和宁静。难得一干臣子都觉得女英是良配，自己又何不顺水推舟呢？

就在李煜打算同意臣子上奏之时，后宫中传出圣尊后病重的消息。圣尊后是李煜的生母，在这个时候，他自然不能惘视人伦，只顾着自己的良缘佳人而置生母于不顾，这是自己的良心和孝道都不能容忍的。于是，李煜不得不将此事耽搁下来，专心照顾圣尊后，女英亦是同他一样，在圣尊后病床前侍汤奉药。

可怜好事多磨。未久，圣尊后病重沉疴，不久便阖然长逝。按照礼法，父母死亡，子女须得守孝三年，不得举办喜事。办完了圣尊后的后事之后，李煜也无法立即给予女英一个名分，毕竟，他还是南唐的君主，不能任性妄为，纵使他只是寻常人家的平民百姓，于孝道之上，他亦是无能为力。

李煜的无奈，女英是明白的，她大度地表示谅解，并愿意就这样无名无分地陪伴在李煜身边，哪怕两人并不能有任何亲近的行为。幸好，此时女英还小，尚未及笄，就算再过三年，也不过是二八年华，正是一个女子一生当中最好的时光。他下旨将她留在宫中，待李煜守制之后，待她出落成芬芳少女时，再履行婚约。于是，女英就这样陪伴在他身侧，没有名分，然而众人都知道她将会是未来的皇后，倒也对她恭敬有加。尽管李煜和她无法耳鬓厮磨，倒也可以日夜相见。

然而，在李煜眼中，这不啻于是另一种难熬的折磨。都说世界上最遥远的距离不是生与死，而是你站在我面前，而你并不知道我爱你。李煜此时的折磨，同这种情形极有异曲同工之处。至亲至爱的人分明就站在自己的眼前，笑靥如花，语笑如银铃，自己却不能同她亲近，甚至握住彼此的双手都不能，当真是"美人如花隔云端"。相见而无法厮守，这真令两人束手无策，心生烦忧。

为何人世间非要有这些束缚人的灵魂的礼教呢？为什么浩荡红尘，人与人无法自由地相亲相爱？愤懑之下，他提笔便写，将心中愤懑之情恣意喷薄而出："迢迢牵牛星，杳在河之阳。粲粲黄姑女，耿耿遥相望。"他和女英，便好比天上的牛郎织女，隔着银河迢迢相望，碧水滔滔，烟尘滚滚，分明近在咫尺，却好比远在天涯。牛郎织女一年之中，还可以有一次亲近之期，可是自己和女英呢，每一日都过得仿佛度日如年。人的心愿固然美好，奈何世事总是令人事与愿违。

可也幸好，此时此刻，还能有一个人始终陪伴身侧，不离不弃，无怨无悔。南唐已是多事之秋，不复当年江南霸主的地位，家国日益飘摇，无边落木萧萧下，却不见有长江滚滚而来。对于国事，李煜已是一日比一日更加力不从心了。他唯一排解忧愁的方式，就是见到深爱的女子，同她说上几句话。每次相见之后，他的心情总会有所好转，于是他庆幸，今时今日，他还是幸运的。

然而，家国终究已动乱不堪，赵匡胤的大军在江东虎视眈眈，随时都会倾国而来。这种悬刀于头顶之上的恐惧感，令李煜夜不能寐，食不能安。虽然他在南唐是万人之上的君王，可在赵匡胤眼中，不过是一只苟且偷生的蝼蚁，他只需轻轻弹指，就能令他顷刻覆灭。

谁会心甘情愿将江山拱手相让？谁有面目去黄泉下面对苦苦打下江山的祖辈？谁能坦然面对万里山河的子孙和日后的千秋万代？亡国的罪名，李煜柔弱的双肩扛不起，他亦不愿背负这等罪名。他写过一首叫作《乌夜啼》的词，他的心境仿佛透过诗词这面镜子，被倒映在后世眼中。

昨夜风兼雨，帘帏飒飒秋声。烛残漏断频欹枕，起坐不能平。

世事漫随流水，算来一梦浮生。醉乡路稳宜频到，此处不堪行。

——李煜·乌夜啼

秋风瑟瑟，秋雨缠绵，江南的秋总是如此哀伤清冷。北方的冷，是凛冽干脆的，而江南的寒，是凄凉入骨的，是寸寸紧逼的。更深夜漏，久无睡意的君王翻身坐起，出神地凝望着窗外的冷雨。他在凄冷的落叶里回首短暂的前生，世事如同远去的浮云，他爱过恨过的一切，如今都已不堪一提。多少次，他想放下所有一切，望穿红尘，看破人世而去，在深山里建一座简陋的僧庐，哪怕雨打寒窗，风声飒飒，那是他年少时的梦想，却始终无法施行。他以为，此生漫长，他总会有机会飘然远去，寻求心中的一片净土。可世事总让他身不由己，他翻覆了红尘，陷入了命运的漩涡，遇上了娥皇，被推上了皇位，失去娥皇之后又遇上了女英，而此时，他坐王位也已有不少年月。此生，终究是无法圆梦了。

他低声长叹，再睁眼时，天光已倾泻进来。宦官推门而入，尖声提醒他今日之事，他才恍然明白过来，原来这天是他要迎娶女英的日子。她已经回到周家在京城中的故居，想必此时正凤冠霞帔，艳妆以待。想到此时，夜里阴郁的心情终于烟消云散——人生毕竟还是有值得欢喜的事情的。

这场婚礼，李煜启用了南唐最高的规格，当年迎娶娥皇，他还不过是六皇子，所行之礼也不过是皇子的规格。而此时他已是君王，他将要迎娶的是南唐的皇后，这自然是不一样的。何况，他也需要给那个为他吃尽了苦、受尽了折磨的女子一些力所能及的补偿。譬如，一场盛大的婚礼。

彩灯如水，凤辇华贵，72 对宫灯环绕四周，端的是繁华璀璨。凤辇之中的女子将容颜隐入红盖头下，只露出一双雪白的柔荑，指尖朱砂红，如同一颗欢喜雀跃的心。她被迎至柔仪殿中，环顾四周，殿中已不复自己离宫时的光景，早就有人精心布置过。金鼎炉、水沉香，一丝一寸，皆是穷极奢华。礼官唱诺，身着喜袍的君王缓缓前来，揭开了那方绣有龙凤图的盖头，露出一张艳丽娇美的容颜。一切梦中流景，如今尽数成真。

盼了数年的情景，李煜执起女英的手，两人一同饮下了金杯中的佳酿，他终于可以将佳人真正拥入怀中。从今之后，她不再只是女英，更多的时候，她被叫作小周后。

万千恩宠不过是光影瞬间

大婚过后，李煜非但没有将心思回转到国事上来，反而变本加厉。他下令大宴群臣，依旧觉得不过瘾，遂下令打开国库，与民同乐。如果这是太平盛年，这自然是臣民求之不得之事。然而时年，南唐正值内外交困，风雨飘摇的岁月，李煜倾国之力举办如此奢华的婚礼不说，还耗费国库，只为了满足一己私欲。

于是，便有臣子上书劝谏：

（一）
时平物茂岁功成，重翟排云到玉京。
四海未知春色至，今宵先入九重城。

（二）
银烛金炉禁漏移，月轮初照万年枝。
造舟已似文王事，卜世应同八百期。

（三）
汉主承乾帝道光，天下花烛宴昭阳。
六衣盛礼如金屋，彩笔分题似柏梁。

　　　　　　　　——徐铉·纳后侍宴三绝

从中就可以看出，李煜对小周后实在是情深意重，不惜耗费巨资来讨佳人欢心。徐铉身为老臣，看到如此情形，是极为痛心的，只可惜李煜已经浑然忘记了自己的责任，不仅没有觉醒后奋发图强，反而一心沉沦情海，在爱欲、物欲中寻找天堂，排解烦恼，和小周后一起花天酒地，沉醉不去。

这首诗中的"金屋"，用的是东汉汉武帝"金屋藏娇"的典故，柏梁说的则是汉武帝晚年给宠妾王夫人修筑的宫殿，极尽华美，以黄铜为柱，柏木为梁。在这位老臣眼中看来，小周后不啻于是当年的陈阿娇，李煜在她身上穷极奢华。只可惜，李煜生性柔弱，又如何与雄霸天下的汉武大帝相比。

小周后自成婚之后，摆脱了无名无分的尴尬境地。此时，圣尊后已逝，后宫之中唯有她尊贵无比。她一心只想着取悦李煜，为他排忧解难。在物质条件上，不论南唐如今如何潦倒，皇室的生活依旧是华贵奢靡的。小周后以此要求工部在移风殿外修筑一座花房，那是他们未成婚之前时常幽会的场所，她希望李煜走进这座花房时，能够忘记政事上的烦恼。

这座花房耗费了无数能工巧匠的心思和金钱，不久，花房落成。这座花房内晶莹剔透，设满许多花筒，奇彩绚丽，并以越窑青瓷为花盆，栽种各种形形色色的珍稀花卉。越窑青瓷有"夺得千峰翠色"的美名，素来为宫中御用之物，寻常人家难得一见，此时却被拿来做花盆，当真奢华无比。一走入花房之中，葳蕤花开，青翠碧流，伴随着阵阵花香，仿佛神仙洞府，天上人间，李煜忍不住龙心大悦，赐名为"锦洞天"。一旦有闲暇，他就和小周后一起来到锦洞天赏乐游玩，恣意怜爱，将一切烦恼都置之度外。

当时的后宫，小周后便犹如当年的杨玉环，三千宠爱在一身，李煜对她的恩宠可谓是达到了一个境界，或许是为自己当初不能给她名分，令她受到折磨，而作出弥补。不论小周后如何行事，李煜都欣然允之。他对她的宠爱纵容，一方面亦是知道她的所作所为都是为了让自己开心一点，忘却烦恼罢了。小周后的盛宠，若只是寻常人家，不过是夫妻两人之间的情趣，过后更添几分爱意。但在后宫之中，难免有些令人忌妒。虽然李煜的后宫并未达到三宫六院七十二嫔妃的程度，但亦有许多佳丽宫娥看到小周后的春风得意，心里未免会蠢蠢欲动。

深宫寂寞难熬，都说"侯门一入深如海，从此萧郎是路人"。后宫的妃嫔，争宠是她们的主要事情。李煜对小周后的温存体贴，处处宽容，令一向安分守己的妃嫔们跃跃欲试。小周后虽然生得十分美丽，但是宫中姿色不比她逊色的也不在少数，她们以为自己有朝一日也可以得到李煜的宠爱，与小周后平分秋色。加之李煜为人温柔宁和，长得一表人才，自然为众多妃嫔所心仪。

争宠的风气一开，后宫之中便争相邀宠。小周后生性慈柔，并非是善妒之人，宫娥们便越发变本加厉。宫妃黄氏原为汉水人氏，其父黄守忠为楚国将军，在与南唐的一次交战中不幸身死，遗下家眷被俘，送回南唐后，黄氏因容貌秀美，被送入宫中。当时李煜还未曾即位，李煜即位之后，无意中发现了黄氏。

此时，流年略去，当初年幼的少女日渐出落成美貌的女子，一颦一笑，十分动人，李煜龙心大动，封为"保仪"。奈何当年娥皇专宠，黄氏并未得到李煜的宠幸，直至如今，女英被封为皇后，对后宫管束渐松，黄氏趁机苦练书画，收集书画孤本，献给一向喜欢书画艺术的李煜，两人也因此结缘，李煜对机敏聪慧的黄氏亦有几分喜欢之情。后来，李煜将宫中的珍贵善本等都交给黄氏看管，显然是委以重任。

除此之外，令李煜有几分动心的还有善弹琵琶的宫妃流珠，据说流珠是宫中除了娥皇之外最擅长弹奏琵琶之人，娥皇演奏的曲子，只有她最能得其精髓。因而娥皇专宠之时，也只有流珠不为她所忌妒，反而两人时常一同钻研曲艺。她最长于演奏娥皇的《邀醉舞破》和《恨来迟破》两首琵琶曲，每每演奏，总会令李煜回忆起当初与结发妻子的甜蜜之意。

娥皇故去之后，宫中琵琶曲渐少，能够将琵琶弹好的只有流珠一人。于是，每当李煜怀念娥皇，他总会将流珠招至身侧，令她演奏琵琶曲，以慰相思。久而久之，难免也有几分真情。

史书中还有所记载的宫娥有薛九、秋水、乔氏、窅娘等人。薛九能歌善舞，每当她翩然起舞时，便犹如惊鸿仙子，她还专门研练李煜所作的《秭康曲》，所作舞步同诗意相合，如梦如幻。她的歌声亦是宫中一绝，字正腔圆，珠圆玉润，可惊为天籁之音。后来南唐亡国，薛九流落宫外，以教坊卖唱为生，歌声绕梁三日而不去。宫娥秋水，纯真娇美，时常以香熏衣，身处花丛犹能引蝶环绕，犹如花中仙子，以此来取悦李煜。她亦精通书墨，其名秋水，就是从王勃《滕王阁序》中而来，"落霞与孤鹜齐飞，秋水共长天一色"。如此妙人，李煜亦有所钟情。

至于乔氏，沉静温婉，柔贞平和，与她共处一室，如沐春风。她听说李煜信佛，便苦心向佛，李煜曾经赐她一卷《般若心经》，她日夜随身携带，不敢离身。直至李煜故去之后，她才将这卷心经拿出来，交由相国寺收藏。

还有一名有史记载的宫娥窅娘，据说她是一名混血儿，祖上有西域血统，因而肌肤如雪，隆鼻深目，身材高大挺拔，她最擅长的是跳舞，李煜一次无意中见过她翩然起舞，便记住了这个艳光四射的女子。他不由想起了梁朝萧宝卷和其宠妃潘氏步步金莲的典故，据说萧宝卷极其宠爱这名妖魅入骨的妃子，令人用金片熔铸成朵朵莲花，平贴于地面上，如同莲花遍开，其后再令潘妃舞于其上，故名"步步生莲"。这个穷极奢华的典故令李煜十分神往。为了讨李煜的欢心，窅娘费尽心思，苦心钻研，由此研制出一套极为独特的舞步。

她以布帛缠足，使步履纤细，以足尖而舞，更显得轻盈多姿，婀娜娇美。这种舞步不啻于是受酷刑，然而她依旧笑意含春，令座下的众人如痴如醉。她在金莲上如蝶翩跹，足下彩光熠熠，璎珞装饰，宛如瑶池下凡的仙子，连纸醉金迷里沉浸多年的李煜都不免为之神魂一动。

这些如花似玉的女子生于后宫，一生一世都为君王而活，取悦君王已经成为她们生存的目的。可是当她们含笑而来，语笑盈盈地望着李煜时，这个阅尽千帆的君王在柔情满怀的同时，或许是有几分惆怅的。这些不知是真是假的情爱，又怎么会令他真正展颜。他知道，真正爱着自己的是早逝的妻子，和如今的小周后，这些莺莺燕燕之于他不过是过眼烟云。他宠着她们，仿佛一位真正荒淫无道的统治者，可他终究是清楚的，知道这些不过是他以此麻痹人生、沉醉下去的工具罢了。他的人生已经是残破的锦上花，葳蕤荼蘼里，光影过后，只剩虚无。

在北宋铁蹄下的凌辱

公元 970 年，北宋出兵南汉，南汉末帝刘鋹拒不投降，赵匡胤勃然大怒之下，以潘美为桂州道行营都部署，朗州团练使尹崇珂为副都部署，兵分两路，各占东西包抄南汉。宋军先是攻破了南汉边防大城贺州，继而攻占了韶州、广州等地。宋军势如破竹，汉军无法抵挡。这是一场早被预知结局的战役，北宋正处于兵强马壮的国力上升期，而南汉国政腐败，国力衰弱，它的抵抗，如同历史巨轮下的尘埃，轻易就被碾碎。

次年，南汉宣告灭亡。这个持续了五个朝代的国家不可避免地沦丧在宋军的铁蹄之下。而它的邻国南唐则在这场毫无悬念的战役中感到了一种背脊发凉的惶然不安。狡兔死，走狗烹。南唐的国主李煜明白，南唐的灭亡只不过是时间早晚的问题。北宋那些年按兵不动，不过是在积蓄力量，养精蓄锐，等到他们伸出爪牙，这些微弱的国家谁都无法从北宋的羽翼之下逃生，摆脱亡国的命运。

李煜清楚地看到，唯一一个可以与南唐并肩作战的南汉已经被北宋亡国，华夏大地上，只有南唐还苟且偷生，一息残存。但这样的偷生，能够持续到何时呢？李煜心有戚戚然，这种即将亡国的预知如同重重阴影，无声地笼罩在他的头顶，不祥，沉重。

对于南汉的灭亡，作为邻国的南唐始终保持了一种隔岸观火的态度，从未施以援手。这种态度让北宋的君王发现南唐是一个软弱可欺的国家。于是，赵匡胤开始变本加厉，要求李煜派南唐官兵护送樊若水的家人渡江北上。这等同于对南唐上下的公开挑衅，这个樊若水不是寻常百姓，而是投靠北宋的叛国奸细，赵匡胤下诏命李煜护送樊氏婆媳前往北宋，显然是在再三挑战南唐的底线。

樊若水，原是南唐一个屡试不第的书生，虽然自幼熟读四书五经，却不求甚解，时常闹出各种笑话。这样的人屡试不第也在常理之中，但是他以为南唐君臣耽误了他的前途，自以为怀才不遇，决然叛国潜逃到北宋境内。机缘巧合，他潜逃到宋京汴梁，见到了宋太祖赵匡胤，却在赵匡胤面前又出了洋相，没想到居然因祸得福得了宋太祖的眼缘，还将原名樊若水改名为樊知古。实际上，赵匡胤此举一方面是为了挑战南唐的底线，另一方面，赵匡胤也并非真心"爱才"，不过是觉得樊若水此人迂腐可笑罢了。

樊若水出逃北宋时，曾携带南唐边防地势的秘图。面见赵匡胤时，他特意将此图献上。此图已算得上南唐的国家机密，如此要图落在赵匡胤手中，无疑加强了北宋的军力，削弱了南唐的战斗力。赵匡胤见樊若水如此忠心，于是格外开恩赐了他一个舒州军事推官的位置，这个官位虽然低微，但也举足轻重，专门从事北宋谍报活动及收集南唐机密。熟知南唐国情的樊若水坐上这个位置，对于南唐来说，显然是有百害而无一利的。

舒州与樊若水的故乡池州不过一江之隔，他的家眷在他叛国潜逃时都被留在家中，此时已被南唐软禁起来。南唐朝中得知樊若水叛国之后，举国沸然，愤怒之下上书李煜要求他下令严惩樊氏家眷。李煜却百般担忧，前后顾忌，害怕北宋由此借口出兵南唐，因此只是下令软禁樊氏婆媳，却不曾做出处置。这却刚好给了赵匡胤一个契机，所以才有了那道丧权辱国的诏令。

虽然当时南唐已是北宋的属国，可实际上还有一定自主权，赵匡胤这道诏令，分明是无视南唐，将它当作一个任意欺辱的对象，他料定了李煜不敢轻举妄动，也不敢违背他的旨意。果然，李煜在接到诏令之后，虽然愤怒无比，却依旧无可奈何，最后只能忍气吞声地派兵将樊氏婆媳送出南唐境内。更令人愤然的是，李煜不仅将樊氏家眷送还，为了避免留下把柄，还将叛国者的家眷当作上宾款待，直至他们抵达北宋境内。

此事过后，赵匡胤越发看出了李煜的软弱可欺，于是他更加跋扈，变本加厉地派出使臣，要求李煜献上南唐山水舆图。如果说前事还未曾关系到国家根基，但此事却直接关系到南唐的根本。自古以来，一个国家的详细版图，都是被严加看守，细心保管的。没有哪个国家的君王会将自己的版图拱手献上，这等于是叛国、卖国的行为。可是李煜为了安抚北宋，拖延亡国的时日，竟然亲自将舆图交给北宋使臣卢多逊。

卢多逊是北宋名臣，因精通书史、熟知经理而供职于北宋翰林院，是赵匡胤的心腹大臣。他对南唐的地理情况、风土人情了如指掌，得到这份舆图之后，更是对南唐上下了然于胸。这无异于是开门揖盗，自己亲自打开了国家的大门，允许北宋的侵略。

赵匡胤的狼子野心，李煜实际上是清楚的，早在大周后娥皇的丧礼上，赵匡胤就派了一个粗鄙之人前来给自己一个下马威。他知道自己的这些行为日后必将无颜面对黄泉下的先辈。但是在强大的宋军面前，他懦弱了，他胆怯害怕了。他只希望在自己生命终结之前，南唐还能保持一个属国的地位。

　　他处处退让，委曲求全，只希望赵匡胤能够看在他安分守己的伤儿上，不敢越雷池一步的份儿上，高抬贵手，放过这个赢弱的国家，让这个国家能够自生自灭。他加大了对北宋的供奉，将南唐百姓的血汗凝结成一车又一车的财物，丰盈北宋的国库。除此之外，李煜在政治上对北宋的臣服亦是全方位的，他不仅取消国号，还将南唐改名为江南，自己则自称为江南国主。而他的父亲李璟也不过是削去帝号而已。到了李煜身上，南唐显然已是处处都透着一种穷途末路的腐朽气息。

　　岁月忽已晚。虽然传承到李煜手中的本就是残破的江山，但若是李煜能够励精图治，将眼光放得长远一些，与周围邻国结盟抗敌，强大自己的力量，北宋也未必是毫无忌惮的。但李煜终归是选择了苟且偷生，醉生梦死，这就意味着他成为亡国之君的命运将无法逆转。毕竟，历史上没有哪个亡国之君是精干有为的。

又遭反间计

东风吹水日衔山，春来长是闲。落花狼藉酒阑珊，笙歌醉梦间。

珮声悄，晚妆残，凭谁整翠鬟。留连光景惜朱颜，黄昏独倚阑。

——李煜·阮郎归

这首词，写于李煜的弟弟从善出使北宋被赵匡胤扣押之后。此时，南唐已对北宋俯首称臣。李煜放弃了国号，将中枢三省尽数更名，连封王的名号也一律降格为国公。就连他本人也放弃了君王的尊荣，每当北宋遣臣来见，总是要脱去一身黄袍，身着下臣所穿的紫衣前去面见。

一个君王做到如此地步，显然已放弃了自己所有的尊严、希望以及名利。可赵匡胤并不满足，他胸怀天下，并不在乎这一点点唾手可得的快感。他倒情愿李煜宁为玉碎，不为瓦全，抱着必死的信念坦然与他一战。这样他师出有名，而且他知道自己必将马到功成。可李煜偏偏不肯从容就死。

于是，赵匡胤软禁了南唐使臣李从善，他是李煜的胞弟，扣留了他，等于侮辱了整个南唐皇室。赵匡胤虽然并不苛待李从善，甚至专门安排了一座金碧辉煌的豪宅以供休憩，然而，皇室族人这样被软禁在异国他乡，说出去当真贻笑大方。于是，李煜屡次上书，乞求赵匡胤将从善放还，赵匡胤却总是置之不理。从善被软禁在北宋，他的王妃家人却在南唐，失去了丈夫的王府等于失去了主心骨，惶然失措的王妃苦求李煜出面想办法，却换来了李煜的一声长叹，他连自己都是自身难保，更何况是从善呢。

然而，王妃的凄苦在李煜心底留下了极深的印象，他几乎是感同身受。而这首《阮郎归》，就是李煜以从善王妃的角度为出发点而写的。东风起，时光去。春去秋来，满地落花残旧。心中的忧愁无人可解，只能借酒消愁，最终却依旧意兴阑珊。身边没有那个人的陪伴，纵使是艳妆以待的容颜也无人可赏。妆容因此渐渐颓败，如花的容颜也在时光里逐渐枯萎，黄昏时分，只能独自依靠着栏杆，愁肠百转。

留连光景惜朱颜，黄昏独倚阑。这种凄凉的心境，李煜说的恐怕不止从善王妃，还有他自己。能够这样残喘偷欢的时日已经不多了，趁着最后的灭亡没有来临，就尽力过好每一天吧。

在软禁从善的期间，赵匡胤也未放过李煜，放过南唐。他采用了反间计，通过兄弟二人除去了南唐名将林仁肇。林仁肇是南唐骁勇善战的一员勇将，在军民之中都声望甚高，曾为南唐立下了汗马功劳，在保卫南唐的战争中起到了关键的作用。李璟封其为润州节度使，后来又负命镇守武昌这个军事重地。李璟即位后，林仁肇屡次上书，为南唐出谋划策，愿意身先士卒，保卫南唐。甚至上书李煜，希望他能够同意他公然起兵反抗北宋，若是事成，李煜可一统天下，安然无忧，纵使失败，李煜也可上书赵匡胤要求平叛，进可攻，退可守。林仁肇忠心耿耿地为南唐思虑，连生死都置之度外，却换来了李煜一纸"不忠"的罪名，落得个身死国破的下场。

赵匡胤甚是忌惮林仁肇，于是故意在从善面前走漏风声，说林仁肇已然叛国，不日将和北宋里应外合，灭亡南唐。从善惊惧之下，将此消息秘密送回国内。当初三国鼎立时，诸葛孔明也曾用过反间计，熟读史书的李煜在收到密信之后，却未能看穿赵匡胤的阴谋，竟然赐林仁肇一壶毒酒，令其自杀身死。

自此之后，本来就国力衰弱的南唐又失去了一道屏障，赵匡胤再也没有了损兵折将的担忧，在他眼中，如今的南唐已经是一个可供北宋长驱直入而毫无反抗能力的弹丸之地。然而，纵使如此，赵匡胤也不肯将从善放回国。李煜对此徒然是无计可施，只能放纵心情于诗词当中，怀念兄弟，发泄不满。

玉瓒澄醪，金盘绣糕，茱房气烈，菊蕊香豪。左右进而言曰："维芳时之令月，可藉野以登高。矧上林之伺幸，而秋光之待褒乎？"余告之曰："昔时之壮也，情盘乐恣，欢赏忘劳。惆心志于金石，泥花月于诗骚；轻五陵之得侣，陋三秦之选曹。量珠聘伎，纫彩维艘。被墙宇以耗帛，论邱山而委糟。岂知忘长夜之靡靡，累大德于滔滔。怆家艰之如毁，萦离绪之郁陶。陟彼冈矣企予足，望复关兮睇予目。原有鸰兮相从飞，嗟予季兮不来归。空苍苍兮风凄凄，心踯躅兮泪涟洄。无一欢之可作，有万绪以缠悲。於戏，噫嘻！尔之告我，曾非所宜。"

——李煜·却登高赋

李煜这首赋淋漓尽致地抒发了自己对胞弟从善的思念之情，同时，他也怀念其他因为命运而逐渐疏离的兄弟们。身在异乡为异客，每逢佳节倍思亲。想必身在北宋的从善，虽然衣食无忧，但也是如同自己这般，深深地思念着他的故乡、他的亲人，还有他所熟悉的江南草木吧。

挥笔纵横的李煜，此时此刻心中不曾想到，他的这种思念，在不久的将来就会消散于无形，而他再也不能在自己的国土上见到分散的胞弟，他们重逢在异国的土地上，如同一个可笑的宿命。而邾时，南唐已永远地消失在这片土地上，他们也都成为了敌国的阶下囚，相对相望，不过是一声徒然的哀叹。

步步紧逼

岁月催人老。又是一年秋去春回，又是一年花谢花飞。太多世事在匆匆时光里变幻成遥不可及的过去。时光在老去，流年在消逝，唯一不变的是，只要时光在，就有梦想和希望。

希望是一个绿色的词，是春天的田野，绿茵如织，漫山遍野。让这个词充满心底的人，不论生活带来多大的失败和挫折，他都是人生的赢家。可希望不是凭空而来，也不是突然等待的。如果不曾为之付出汗水和心血，那希望最终只是一抹苍白的幻想。

我想，李煜是不懂这些的。尽管他懂得春花秋月的美，懂得莺歌燕舞的繁华，懂得琴棋书画的暗香，他有希望，却从来不指望将希望变成现实。我不知道在最后的岁月里，他是否曾在那一瞬间领悟过，明白过，然而，我情愿他至死都不悔不悟，无知的人，总有几分快乐的。

纵使翻然悔悟，可当一切都已尘埃落定，那瞬息的清醒换来的悔恨又有何用呢？不如对什么都无知无觉，继续在书山墨海里逍遥。

别来春半，触目愁肠断。砌下落梅如雪乱，拂了一身还满。

雁来音讯无凭，路遥归梦难成。离恨恰似春草，更行更远更生。

——李煜·清平乐

李后主的词总是清秀典雅的，如同宫装的仕女，一身幽香，翩然行走于红尘里，却不染尘色。这首写于胞弟从善被扣押之后的词，有泪，有愁，有伤。多情人总多心痛，他用笔墨将自己的悲哀言明，那样沉重的悲伤，仿佛字字都带着这多情君王的泪。

实际上，他所祈求的不过是一线安宁以及上位者的一丝怜悯。他以泪水和诗情，希望能够打动这位野心勃勃的帝王。人为刀俎，我为鱼肉。他有着为人宰割的认知，却从未采取过任何行动来改变自己的处境。他难道不曾想过，一将功成万骨枯，一位一心统一天下成就霸业的帝王，又怎么会因为他的泪水和乞求而有一丝半毫的退让？李煜的卑微和乞求，只会让赵匡胤步步紧逼，到处挑衅。

公元 974 年，也就是北宋开宝七年，后主李煜热情地接待了赵匡胤派遣的两位使臣，这两位使臣带来了一个令李煜手足无措的消息——汴梁的"礼贤宅"已经竣工，赵匡胤希望李煜能够前往汴梁去观礼。刚开始，赵匡胤并不想对南唐动武，毕竟一场战争付出的代价是沉重的。他希望李煜能够识趣地自己放弃一国之主的位置，乖乖做一个降臣，不费一兵一卒就纳土归降。能够这样，对于赵匡胤而言，自然是再好不过。

为了表示自己的仁厚大度，赵匡胤特意在汴梁的上好地段修筑了一座金碧辉煌的宅子，取名"礼贤宅"，意为自己乃是一个礼贤下士的帝王。这座宅子十分华丽，其内小桥流水、飞檐画壁比比皆是，既庄严宏伟，又充分考虑到了李煜的心情，充满了江南的意趣。"礼贤宅"完毕竣工后，犹如一座皇宫之外的宫殿，令人赏心悦目，那仿佛不是囚禁降臣的金笼，更像是李煜在汴梁的一所行宫。

　　如果李煜只顾自己尽享荣华富贵，像其他百般诸事都可尽数抛却的国主，那么放弃南唐，生活在汴梁的他必然会受到上宾的礼遇。但尽管李煜从未做过任何改变处境的努力，他却不愿真正地成为一个亡国之君。

　　他知道，这举足轻重的一步一旦跨出去，他不仅要承受青史上的骂名，还有内心的挣扎和煎熬。如果说他看不到后人的鄙夷，自然不会为之难过，但是良心的痛苦才是最难以承受的。他终究是传统的中国文人，哪怕再不忠不义，也有着几分铮铮的铁骨。

　　李煜心知肚明，赵匡胤此时的仁厚只是为了尽快让自己纳土入朝，一统天下。对此，他采取了拖延政策，既不出口应承自己将会尽快前往汴梁观礼，也不断然拒绝。面对李煜的躲避，赵匡胤则派了使臣梁迥前来南唐传旨，想要强迫李煜以"降臣"的身份陪同赵匡胤进行祭天大典。如果李煜不肯前往，梁迥就决定趁李煜给自己送行之际，强行将他带回北宋。

　　在南唐君臣的齐心协力之下，李煜借病不见，梁迥的阴谋未能得逞，然而赵匡胤并不在乎一次两次的失败，他要的是最终的胜利。未久，赵匡胤又派来了使臣李穆再次邀请李煜前往汴梁。由于上次称病的借口无法再次使用，李煜于清辉殿中接见了这位趾高气扬的使臣。尽管李煜对李穆处处以礼相待，用上宾的待遇宴请这位使臣，但这次会晤还是在双方的不悦中不欢而散。

　　李穆仗着自己的身份，对李煜口出狂言，十分不敬。尽管如此，李煜依旧忍气吞声，以理服人，婉言谢绝了赵匡胤的"邀请"。李穆在愤怒之下，公然出言威胁李煜，如果他再不就范，北宋就会出兵南唐，那时候南唐就将土崩瓦解，溃不成军。对方的狂妄，令再三退让的李煜也心生不悦，他终于正面回应自己是决不会前往汴梁当一个降臣的。就算非要兵戎相见，他也要为了这残破的南唐江山而战，决不会主动向北宋俯首称臣。

话已至此，双方都无话可说，李穆当即离开南唐返回北宋，向赵匡胤禀报此行结果。与此同时，李煜终于表明了自己的态度，当着南唐上下臣子的面，立誓自己将会为南唐而战，决不会成为北宋的降臣。"他日王师见讨，孤当躬擐戎服，亲督士卒，背城一战，以存社稷。如其不获，乃聚宝自焚，终不做他国之鬼。"铮铮的誓言，仿佛是掷地有声，一如先祖的气骨血性在李煜身上重生。这句话虽然来得太晚、太迟，但还是给予了臣子们莫大的信心。

有人说，世界上最了解彼此的，不是父母，不是爱人，不是兄弟，而是彼此的对手。这句话用在赵匡胤和李煜身上同样适用。当赵匡胤听到李煜的"誓言"之后，这位胸怀天下的帝王并不以为然，他笑了笑，说："徒有其口，必无其志。"显然，多年的试探和斗争，赵匡胤已经看出李煜在文学上虽能纵横一世，身为君王，却决不是一个合格的王者。他日，当李煜坐上前往汴梁的舟，望着已经改姓的半壁河山，他会明白，赵匡胤所说的是正确的，而他当日的誓言，不过是在无计可施之下的孤注一掷，他依旧未能践诺，为自己的江山勇敢地、光荣地流淌鲜血，付出生命。

盛开后的寂灭

晚雨秋阴酒乍醒，感时心绪杳难平。

黄花冷落不成艳，红叶飕飗竞鼓声。

背世返能厌俗态，偶缘犹未忘多情。

自从双鬓斑斑白，不学安仁却自惊。

——李煜·九月十日偶书

阴冷的夜，苦雨缠绵在梧桐间，一声声，一叶叶，如同哀婉哭泣的女子。夜晚宫深，持灯的宫娥都已露出倦色，一身白衣的男子却依旧埋首疾书，紧缩的眉目之间尽是萧索哀愁。笔端流淌而出的是一纸的愁绪，是轻薄的纸张载不动的愁绪。

是的，李煜给人的大多是这样的印象：单薄、清瘦、柔弱、哀愁。他的眉宇总是解不开，他的眼眸总是充满了惆怅。那些年少轻狂、肆意逍遥的时光，他仿佛从未经历过，他像是从生命开始的那一天就背负上了痛苦和悲伤。

如同以上这首《九月十日偶书》中所体现出来的负面情绪，在这段时期到达了极致。即将亡国的阴影如影随形地跟随在李煜的身后，他感到了一种令人窒息的沉闷。他开始害怕睡梦，害怕孤单，害怕独坐。唯一解脱的途径就是大量地饮酒、寻欢。可是短暂的狂欢过后总会醒过来，于夜深时分被窗外的鸦声惊醒。

四周一切都是静的，连呼吸的声音都显得格外突兀。枕畔的小周后酣然入眠，可她的双眉也是微微皱着的，或许，她亦是担忧无限，只不过从未在他的面前流露半分。爱是他的救赎，可是当爱也变得沉重，他不知道自己该何去何从。他忧愁悔恨，他试图力挽狂澜，可是连他自己都无法相信局势将会因为他的决定有任何的改变。或许，唯一改变的只是他自己。

南唐的探子回来禀告说，赵匡胤已经开始训练水师，想要将南唐收归囊中。南唐虽然国力弱小，但地理状况十分险要，不仅有重山做屏障，还有长江做天然的机关，想要令大批军马都渡过长江而无一折损，并不是一件容易的事情。当赵匡胤还跟着周世宗柴荣南征北战时，他就已意识到了这一点。因此，当他决定征讨南唐时，先要训练出一支精良的水师。

北宋开宝七年（公元 974 年）九月，这场毫无悬念的战争终于拉开了序幕，赵匡胤以曹彬为西南面行营马步军战棹都部署，挂帅出征。这个消息传到南唐的深宫之中，正沉溺在酒色之中的李煜忽然明白自己的好日子终于要与自己永远地诀别了。一时间，他惶惶然，不知该如何是好。

与李煜形成鲜明对比的是赵匡胤的进取，在出发之前，他面对三军将士，三申五令对于南唐百姓，绝对要秋毫不犯。对于南唐的皇族，也应该礼遇有加，绝不伤害。他要得的不止是一方土地，还有天下的人心。面对此次南征，赵匡胤精心制订了整个计划，他以颍州团练使曹翰为开路先锋，率精锐水军和骑兵重创并震慑南唐沿江守军。随后，主力兵分两路进发：一路由主帅曹彬亲自指挥，并由侍卫马军都虞侯李汉琼和贺州刺史田钦祚率部分舟师和步骑，自蕲州入长江顺流东下；另一路则由山南东道节度使潘美任指挥，同时由侍卫步军都虞侯刘遇、东上门使梁迥率步骑舟师，乘战船从汴梁水东门启程，沿汴水入长江。然后两路兵马在池州会合，由此从西向东进逼金陵。另外，赵匡胤还授末代吴越王钱俶为东南面行营招抚制置使，并以内客省使丁德裕为监军，沿太湖进攻，与前面两支队伍紧密配合，对金陵造成两面夹击之势。

显然，对于李煜而言，这是一次无比艰巨的背水一战。面对赵匡胤南下的大军，南唐同时采取了防御和求和两条道路。一方面，南唐将大量军力派往长江，希望能够阻挡宋军的行进，另一方面，南唐又向北宋主动上贡大量财物，乞和求宁，希望借此打消赵匡胤南征的念头，继续保住一方太平。然而，这次求和却失效了。枕畔之处，哪里容得下他人酣睡。赵匡胤想要吞并南唐完成大业的心是积蓄已久的，不论李煜是主动纳降或是有所反抗，都不会改变赵匡胤的野心。

此时，南唐上下纷纷为救国而向李煜进谏，其中，就有池州郭昭庆建议李煜不要过分相信长江的力量，而要对池州等要地加强兵力。而在当时，为了突破长江，赵匡胤就地取材，攻下池州等地的采石场，在长江上搭建浮桥，以渡兵力。这些中肯的建议，却被李煜一笑置之。他以为，自古以来素有"天堑"之称的长江并不是赵匡胤修建一两座浮桥就能够攻下的。于是，金陵城里，繁华依旧，繁华到所有的人都以为宋军的进攻不过是一个遥远的传说，一个虚伪的谣言。可李煜过分高估了长江，也过分低估了宋军的能力。

等到宋军已经渡过长江的消息传来，李煜才明白，自己的观点有多么可笑。当他坐在深宫之中享受最后的荣华时，宋军已悄无声息地从长江以北抵达了南唐境内。终于到了刻不容缓的时候，这位一向懦弱退让的君王也挽起了衣袖，决定进行最后的死战。这并不是李煜自愿的，这更像是他在毫无退路的情况之下无可奈何的抉择。既然已成定局，还不如殊死一战，好歹在史书上也留一个为国蹈死的名义。

李煜将澄心堂定为军机重地，特设"内殿传诏"，只准为数有限的重臣参与决策。这其中，除了心腹的谋士徐游、徐辽兄弟之外，还有谋划军国大政方针的陈乔、张洎等人。另外还有操持落实者，吏部员外郎徐元、兵部郎中刁，负责前线战争的新任"神卫统军都指挥使"皇甫继勋。李煜又命镇海军节度使郑彦华为主将，遴选精锐水师二万人乘战船西进；另以天德都虞侯杜贞为副将，率领步骑军一万五千人在长江的南岸向西行进。

李煜这是意在水陆两军密切配合，进兵采石场，抵挡宋兵，挽救国家。出师之日，李煜亲自在江岸为南唐军执酒壮行，殷殷叮嘱郑彦华："二位爱卿要鼎力合作，互为表里，精诚协力迎击宋师，我朝成败在此一举。望尔等深解朕意。"郑彦华信誓旦旦地回答说："臣遵旨效命沙场，粉身碎骨在所不惜。"不想郑彦华却是叶公好龙之人，当他指挥的战船溯流而上接近采石场时，刚与曹彬指挥的田钦祚部小试锋芒失利，便怯阵而拥兵不前。副将杜贞虽然竭力按照约定的计划行动，也就是当宋军沿浮桥南进至江心的时候，南唐军发起攻击，浴血苦战，但终因主将郑彦华按兵不动而贻误了战机，使得杜贞孤军奋战，南唐军伤亡惨重，被宋师打得溃不成军。

首战败北的消息很快传回金陵，李煜如感晴天霹雳。这场战争的严峻性，似乎超出了他可以承受的范围。既然已经无力回天，还不如尽力一搏。他公然与北宋决裂，废弃了北宋年号，暂时以天干地支为记时，南唐上下一齐抵御宋军。然而，这已经太晚了。所有可能挽回的机会都与南唐擦身而过。

这个曾经物华天宝、安居乐业的国家终于因为政治的落败、力量的衰弱、国君的昏庸和无能，即将消失在华夏大地上。

然而，一个国家的灭亡，不论是什么原因，都是令人唏嘘的。那终究是有过繁华时光，有过灿烂文明，有过民心和威望的国家。像一朵花盛开，经历过璀璨后无声寂灭，消失在尘埃里，风起风落，虽然是自然的抉择，但被惹起的情怀，总归不能风过无涟漪。

最后一次努力

当噩梦忽然之间成为现实，血淋淋地出现在眼前，任谁都希望这只是一个梦而已。如果只是一个梦，无论再重复多少次，都有清醒的那一刻。但李煜的这场噩梦却再也没有梦醒的机会。

城楼风高，城下的铁骑暗黄了不远处的天空，李煜定睛看去，遮天蔽日的军旗覆盖了自己的土地，而他们身后的江流上还停泊着无数战船。如果这些都是属于南唐的军队，那该多好啊。只可惜，所有的旌旗上都飘扬着一个刺眼的"宋"字。直至此刻，李煜才明白，自己的这个噩梦已经走到了终点，而另一个更加残酷的噩梦才刚刚开始。

他踉跄着走下城楼，步履沉重，神色悲哀。他想，或许这一次就是永劫了吧。可就在不久之前，他还是满怀希望地在萧萧的秋水之畔为他的军队送行，希望他们能够带回胜利的消息。这些年来，当年为南唐立下过汗马功劳的老将都已经纷纷离世，震慑一方的老将林仁肇也因赵匡胤的反间计枉死黄泉，李煜屡屡自毁长城的作为，使得战争一开始，南唐就面临无将可用的尴尬境地。

最后，李煜无奈之下只能选择任用年轻将领出战，其中皇甫晖之子皇甫继勋就在此战中起到了至关重要的作用。皇甫继勋此人曾经随父参加过滁州大战，却因在阵前贪生怕死而遭到了父亲的责打，他的父亲却因此战死沙场。皇甫晖战死后，中主李璟顾念他为国身死，对其遗孤加封进爵，荣宠有加。皇甫继勋因此仗着家世飞扬跋扈，恣意妄为，挥金如土，自辱门庭。

李煜在情急之下，任命皇甫继勋为守城重将，显然是一步错棋。南唐多年都是以重金求和，将士们都已多年未战，身娇体贵，打起仗来自然是软弱无力。加上主将皇甫继勋骄奢淫逸，为保住自己的荣华富贵，不惜动用手中权力敛财，招募新兵时百生名目，导致招募进来的新兵素质低下，根本担不起保卫家国的重任。战争开始之后，皇甫继勋在指挥中又犯了贪生怕死的老毛病，指挥不当，致使南唐很快丢掉了军事重地采石矶，那是南唐的最后一道防守线，宋军攻占采石矶后，挥兵金陵指日可待。

在这场力量悬殊的战争中，也出现了不少愿为南唐决一死战的军民，其中就有统军使张雄父子。张雄父子八人都是南唐军中猛将，他们原来负责镇守袁州、汀州等地，当宋军挥师南下时，他们可以选择生路，离开南唐。但当张雄得知金陵告急的消息后，毅然决定北上勤王。父子八人一同北上，途径溧阳，遇上宋军，八人都在血战里大无畏地为国捐躯。这些英烈的事迹传到李煜耳中，或许他会因此感到羞愧难当，但不论李煜心里何等惭愧，南唐的国势到底已经无力回天。

李煜和南唐面对的不仅是一个异常强大的国家，同时也面对着南唐的种种弊病：政治的腐败、军队的无力、国军的软弱以及百姓的水深火热，如此种种，都将导致这个国家走向穷途末路，土崩瓦解。

同时，李煜的识人不清，也令他遭到前所未有的困境。皇甫继勋在战败之后，依旧向李煜隐瞒了惨败的战况，令李煜误以为宋军暂时还未能攻占金陵。殊不知，那时宋军已渡过长江，屡战屡胜地占据了南唐境内的大多重镇。而北宋潜伏在南唐宫中的内应者，多年来深受李煜宠信，此时也对李煜报喜不报忧，以佛法麻痹李煜，令李煜对自己转危为安、化险为夷的命运深信不疑，这导致李煜沉溺在这种幻想中不可自拔，纵使南唐上下都身处水深火热之中，也不能让李煜警醒。这个扶不起的阿斗，更加愿意在佛法中寻求宁静和安慰。

宋军在南唐的招架无力中越战越勇。主帅潘美身先士卒，第一个冲向了战场。这种行为极大地鼓励了宋军的将士们。宋军势如破竹，很快就逼近金陵。李煜做了多年的噩梦，终于在此刻成为了现实——宋军兵临城下，令他迅速意识到自己多年来过着一种怎样的生活。他忍无可忍，惶然失措中下令将皇甫继勋等人斩首示众，就算南唐最终都要失败，但是这些人却是南唐这样快就崩溃瓦解的罪魁祸首。此刻，李煜终于清醒过来，这种清醒，付出的却是极其惨重的代价，而这个代价的名字就叫作亡国。

皇甫继勋多年来横行霸道，在战争时又暴虐昏庸，甚至公然迫害爱国人士，这些行为早已让民间对他恨之入骨，因而没等皇甫继勋被施以极刑，周围的士兵卫军们就对这个人纷纷拳打脚踢，送他归西。这些事情，令李煜看到了最后的希望——还是有子民站在他这边的，还有人并不希望这个国家就此灭亡。于是，他最后下令，督促各地守军前往金陵勤王。

这是李煜最后一次努力，尽管后来的事实证明这依旧是徒劳无功的，但那时的李煜一定是充实的，他的灵魂也必然不是苍白的。

最后防守的溃败

臣猥以幽孱，曲承临照。僻在幽远，忠义自持，惟将一心，上结明主。比蒙号召，自取愆尤。王师四临，无往不克。穷途道迫，天实为之。北望天门，心悬魏阙。嗟一城生聚，吾君赤子也；微臣薄躯，吾君外臣也。忍使一朝，便忘覆育，号啕郁咽，盍见舍乎？臣性实愚昧，才无异禀，受皇朝奖与，首冠万方。奈何一日自踵蜀汉不臣之子，同群合类而为囚虏乎？贻责天下，取辱祖先，臣所以不忍也。岂独臣不忍为，亦圣君不忍令臣之为也。况乎名辱身毁，古之人所嫌畏者也。人所嫌畏，臣不敢嫌畏也，惟陛下宽之赦之。臣又闻：鸟兽，微物也，依人而犹哀之；君臣，大义也，倾忠能无怜乎？倘令臣进退之迹不至丑恶，宗社之失不自臣身，是臣生死之愿毕矣。实存没之幸也。岂惟存没之幸也，实举国之受赐也；岂惟举国之受赐也，实天下之鼓舞也。皇天后土，实鉴斯言。

——李煜·乞缓师表

这篇文章写得不可谓不文采风流，感人肺腑。这些文字，有着李煜一贯以来以情动人的特点。他在其中将自己摆在了一个极其卑微的位置，近乎低入尘埃地恳求赵匡胤高抬贵手，放过南唐。只要宋军撤回，他做什么事情都心甘情愿。

他特意以江南才子徐铉为使臣朝见赵匡胤。对于徐铉的来意，赵匡胤自然是心知肚明的，尽管不论李煜如何苦苦哀求，他都已经在心中打定主意，决不会撤回北上，但对于名满江南的才子徐铉，这位素来爱才的帝王还是颇感兴趣的。

徐铉对于求和一事，竭尽所能，希望能够说服赵匡胤。他口若悬河，舌灿莲花，将李煜描述成一位仁厚爱民、喜好和平的君王，更是一位博学多才、精通诗词的文人。赵匡胤微微一笑，开口道："既然如此，那请徐先生背诵你们国主几句佳句可好？"

徐铉背诵的是李煜的《三台令》，其中有两句是：月寒秋竹冷，风切夜窗声。赵匡胤却讽刺说这两句不过是寒士语。徐铉忍不住反唇相讥，请求赵匡胤也说说自己的寒士语，赵匡胤欣然应允，朗声吟诵出了四句咏日诗：欲出未出光辣达，千山万山如火发。须臾走向天上来，赶却流星赶却月！

如果两诗比的是文学艺术，后者跟前者当然是无法相比的。但徐铉一听，就明白自己落入了赵匡胤的圈套。前者跟后者相比，实在过于委婉柔弱、清秀雅致，比不上后者气势开阔，有泱泱的王者之气。徐铉在这一回合中败下阵来，只能旁敲侧击地指出宋军此次出征，师出无名，纵使胜了，亦是胜之不武。赵匡胤听罢后怒不可遏，厉声道："卧榻之侧，不容他人酣睡！"既然对方如此将自己的野心赤裸裸地挑明，徐铉也无话可说，只能回到金陵，向李煜禀报说南唐到底已是无力回天。

宋军节节逼近，常州、润州……一个个军事重镇都宣告沦陷，甚至有深受李煜信任的将领带头投降宋军。在这种情况下，李煜是又惊又怒，却又无可奈何。乞和无望，南唐又频频失守，他只好将希望寄托在南都节度使朱令身上。朱令此人，血气方刚，身材高大，虎背熊腰，又争强好胜。林仁肇死后，朱令便接替他成为了镇南节度使。在他手中的 15 万大军是南唐兵力最为强盛的军队。李煜除了将最后的一线希望寄托在他身上，也别无他法。

朱令当机立断，开始训练水师，挥兵北上，同其他几支勤王军会合。很快，朱令北上首战旗开得胜，占据了湖口，而后决定调南都留守柴克贞，令他带兵移镇湖口，作为大军的后盾和后备。可是柴克贞未能及时前来，朱令怕贻误战机，只好忍痛放弃要塞湖口。临行之前，他与指挥舟军的战棹都虞侯王晖密议，针对当时隆冬枯水季节，巨舰不易在近岸浅滩航行的情况，准备以数百艘大筏载重开道，顺流直下，以雷霆万钧之势猛撞击采石浮桥，切断宋兵南下的通道，赢得时机，确保战船东进，金陵解围。

他的计谋原本十分缜密，然而却被曹彬的暗探得知，回报赵匡胤。赵匡胤下令王明派水师在朱令进军方向下流的洲渚间密布高大木桩，破坏南唐水师的行动计划。一时间，宋军在暗，南唐军在明。对于南唐军的计谋，宋军了如指掌，而宋军的行动，朱令却一无所知，依旧决定采取原定计划顺流而下。南唐军载着火油顺江而下，原想冲破宋军防守线，没想到风向忽转，大火转而烧向南唐军的船只。由于江流之中布满木桩，南唐军寸步难行，致使一时间江上火海烈烈，惨呼一片。胜败已成定局，朱令自感愧对李煜，遂投江自尽。

这场火，烧尽了最后一支力量强大的南唐军，烧破了南唐军的防守线，也烧完了李煜最后的满腔希望。他终于认了命，不再作困兽之斗，颓然沉默。他对着祖辈的灵位忍不住失声痛哭。如今这一切，或许都是命里的因果，他必然要经受这样的失败和痛苦，承受这残酷的命运。

宋军已在金陵城下重重盘踞，这座昔日繁华如梦的城池，在战争烟火的熏燎之下显得那样彷徨萧索。谁家玉笛暗飞声，凄凉的笛声静默萦绕，这座城池里的人们谁都没有说话。他们不知道自己的明天会是怎样，又有什么在等待着他们。这包括红墙绿瓦里落寞的君王。

国难当头

　　江南可采莲，莲叶何田田。每次想起这句诗，总会令人想起盛夏里的江南。"接天莲叶无穷碧，映日荷花别样红。"总有那么多诗人妙笔留下了那些风情。璀璨、骄傲、明艳、温婉、柔软、朦胧……那么多美好的词汇，仿佛都可以用在同一个江南身上。我想，这是一个值得所有人留恋和向往的地方。

　　李煜亦是深爱着这片土地的。他在诗词中说："遥夜亭皋闲信步，乍过清明，渐觉伤春暮；数点雨声风约住，朦胧澹月云来去。桃李依依春暗度，谁在秋千，笑里轻轻语。一片芳心千万绪，人间没个安排处。"（李煜·蝶恋花）诗写的总归是江南的风景，清明谷雨，桃李争春，朦胧的月色和朦胧的雨雾，染几分仙气，飘飘然的。

　　他是最典型不过的江南人。江南的云和雨，最容易孕育出温柔秀气的男子，眉目温和，性情宁静。他亦是忧愁的，如同江南连绵不尽的雨水，在漫长的梅雨时节里堆积了汪洋的哀伤。这样的人离开了这片土地，大约就如同魂魄脱离了肉体，桃花脱离了枝头，再繁华璀璨，亦是索然无味。

　　在汴梁的李煜，最终再也没有写出"人间没个安排处"那样清新婉约的词句。人间的万千风景虽好，汴梁也是别有风韵，豪宅总也有通幽的曲径和明珠般的流水。可那些都不是他生活了大半生的江南。此后，他魂牵梦萦，勾勒那座梦乡的模样，可他写得最多的还是满满的伤感，愁绪不解，愁眉不展。

那年的农历十一月，天气寒冷，已近新春，金陵古城却再也没有即将过年的气氛，整座城市都陷入了即将亡国的惶然和伤痛里。城外的宋军已经做好了攻城的所有准备，主帅曹彬派人通知李煜，希望他不要再做无谓的挣扎，尽早投降北宋，他依旧可以享受尊荣和富贵。

李煜痛定思痛，令长子仲寓前往汴梁请降，自己依旧在深宫之中闭门不出。曹彬再度敦促，李煜依旧拖延时日，置之不理。曹彬再三思量之下，决定不日攻城。他在攻城之前特意嘱咐三军绝对不可伤害城中的一草一木，盟誓之后，他立刻进行战前动员和攻城部署，随后全线出击，强渡护城河，并攀墙攻城。

宋军和吴越王派来的军队开始联合攻城。那一天，战鼓震天，厮杀声四面而起。烽火硝烟，燃烧了金陵城的碧空。南唐守将率部拼死抵抗，联军则屡次发动强攻。

金陵最终被联军攻破，南唐将士退守城内，双方在城内展开了激烈的巷战，彼此伤亡惨重，血流成河。虽然曹彬在战前三令五申破城后不得杀戮平民，不得焚烧古迹，但拖延多日的战争令将士产生疯狂的报复心理，这导致城破之后，他们的行动失控。

联军中的吴越军甚至焚烧了升元阁，造成了当时骇人听闻的血案中最为残忍的一桩。升元阁原称瓦官阁，乃是南朝时期梁武帝所建。这里曾收藏了魏晋时顾恺之的名画维摩诘像、狮子国奉献的白玉佛像等海内外奇珍，在佛教界颇有盛名。联军破城之前，金陵城一些士大夫及豪民、富商、妇孺数百人为躲避战乱而逃到此处。没想到，吴越兵入城以后，罔顾人命，竟然放火焚寺，其间无一人幸免于难。吴越兵还在此时狂欢作乐，强迫俘虏的教坊乐工奏乐侑酒。国难当前，乐工慷慨就义，拒不操琴演奏。吴越兵恼羞成怒，将乐工全部杀死，以泄心头之恨。

辘轳金井梧桐晚，几树惊秋，昼雨新愁，百尺虾须在玉钩。
琼窗梦断双蛾皱，回首边头，欲寄鳞游，九曲寒波不溯流。

——李煜·《采桑子》

深宫之中的李煜面对这样的残酷血案，却只能眼睁睁地看着自己的子民遭受凌辱。国破，家亡。一个国家的灭亡不是史书上的寥寥数语，隐藏在其中的血迹和魂魄使得每一个字都如重千钧。面对如此国难，李煜痛苦难当。他明白，自己应该为这场战争中所有死去的人们负责任。他没有成为一个带领他们走向太平盛世的君王，甚至都无法成为守卫这片土地的主人。

鸦声暮，寒气重。这位柔弱的君王一时间泪流满面。他放下了手中的笔，像平日里一样慢慢站起，蹒跚着走向澄心堂。在那里，等待着他的是他的心腹和近臣们。也是在澄心堂，他最后一次以君王的名义和臣子们商议国家大事，也就是他们应该如何前往宋军中请降。

当时的气氛，凝重而苍白。李煜最后一次走向他的王座，他知道，之前不管自己如何卑微地向赵匡胤俯首称臣，在他的国土上，他依旧是高贵的王，被子民信任崇拜、景仰爱慕。然而，从今以后，这种生活将要同他永远地告别了。他的国土将被署上另一个名字，而他的子民也将忘记曾经尊荣的姓氏，为另一个截然不同的姓氏而骄傲。想到这里，李煜不由泣不成声。

堂下的臣子亦是无言以对。他们看着他们的国主从王座上颓然而起，慢慢走向殿外。那里，曹彬已率领三军，井然有序地列出了一条漫长的道路。李煜奉表献玺，肉袒出降，他无比沮丧地托着皇帝玺绶，走在神色各异的宋军之中，他的身后跟随着他的重臣和皇室子弟，每个人的脸上都写满了凝重凄凉。

谁甘心成为亡国之臣，谁又愿意在黄泉之下无颜面见先辈？又有谁愿意离开生活了半生的故里，前往一无所知的异乡寄人篱下地生存着？但那都是他们必须要面对和经历的，今日之后，他们都将是没有国、没有家的人。

一曲清歌别江南

纳降仪式，是李煜心中永远的伤痛。他经历了前所未有的耻辱，也经历了从天堂到地狱的轰然转变。他的人生里，值得欢喜的事情是那样少，令他流泪的事情却是那样多。他小心翼翼、如履薄冰地走向曹彬，姿态卑微得如同小丑。生死都被掌握在他人手中的滋味，确实是不好受的。甚至连提问都轻声细语，唯恐他人一个不满，就放火烧了整座金陵城，如同当日他们焚毁升元阁那般。他小心地问："在下今后如何行止？尚望元帅不吝赐教。"曹彬回答说："圣上已修筑华丽楼阁以供阁下居住，衣食住行，俸禄优厚。只是俸禄终究有限，阁下可先行回宫准备行装，多带金银，以备不时之需。"曹彬的言语中透露出的宽慰之意，令惶惶不安如同惊弓之鸟的李煜稍微安慰。

曹彬容许李煜先行回宫，下属却担忧李煜自尽而无法向赵匡胤交代，曹彬却不以为意。经过几次交锋，他已断定李煜不会如此。果不其然，虽然当初唐宋两军交战在即时，李煜曾立下豪言壮语，誓同南唐同生共死，如今国破家亡关头，他却踌躇起来，犹疑不决，不敢放弃生命，走上绝路。这位生性懦弱的君王，毕竟不曾勇敢决绝过，他以迟疑的姿态怯弱了半生，此时，亦是如此。

他没有殉国的勇气，屡屡食言，在这点上，他甚至比不上净德尼院的女尼们。她们在得知宋兵入城、南唐亡国的消息，又看到远处燃起的熊熊烟火时，以为南唐皇室已起火自焚，因而也放起了一把大火，将整座寺院都付之一炬，自己也投入火海，以身殉国。那些刚烈的女子大多出身名门，是深宫里的宫娥，不愿将年华虚度在深宫里，情愿以身常伴清灯，让佛禅清静一心。她们本可以还俗，回归尘世，安然终老，在家国大义之前，她们却慷慨地选择了一条不归路。

四十年来家国，三千里地山河。凤阁龙楼连霄汉，玉树琼枝作烟萝。

几曾识干戈。一旦归为臣虏，沉腰潘鬓消磨。最是仓皇辞庙日，教坊犹奏离别歌。垂泪对宫娥。

——李煜·《破阵子》

李煜愧对的又何止是三千宫娥，他伤害和辜负的更是整个南唐，所有对他曾怀抱希望的人民。离开南唐的日子终究到来。他带着后宫妃子、皇室子弟以及南唐重臣来到江边，随着曹彬登州北上，离开了这片他生活了多年的土地。他的心情沉重得近乎压抑，而身后诸人，亦是满面凄哀之色。

那天，天气十分阴沉，乌云低垂，几乎顷刻间就要压落，很快，雪色密布。或许是苍天也能感知人情，于是在天气温润的江南落了雪，为李煜一行人送行。霏霏的雨雪茫茫而下，李煜登上船头，最后一次凝视着他的家国。苍茫的雪色里，一切都遥不可见，唯有宫殿的飞檐远远地露出嶙峋飞舞的一角，犹如画壁上挂着的梦。他急忙低下头，掩住眼眸中的泪光。

多年前，他的先祖李昇建立了南唐，将之前的亡国之君送离金陵，走的亦是水道。当时，作为胜利者的李家，欢喜之中无人想到那个被送走的人的凄凉。多年后，他们的子孙也成为了亡国之君，惶惶如同丧家之犬般地走上了离国的路。风水同样萧萧索索，两岸青山的样貌都没有变化，仿佛唯一变化的只是故事里的主人公。这支船队带着曾经的君王逆流而上，穿过遥遥的青山和绿水，奔赴向另一座历史悠久的古城。

他们先是顺流东下，到了扬州之后又沿着运河北上。这条古老的河流无声流淌，仿佛喜悲苦忧都与它无关。老臣徐铉感于心中的空虚苍茫，站在潇潇的风口，忍不住吟诵出了一首凄凉的诗：

别路知何极，离肠有所思。

登舻望城远，摇橹过江迟。

断岸烟中失，长天水际垂。

此心非桔柚，不为两乡移。

　　　　　——徐铉·过江

只有经历过那样巨大人世变幻的人，才能写出这样沉痛的字句，一字一句都沉重无比。他们渡过的仿佛只是一条江流，可他们知道，其实他们离开的是一个永远都回不去的时代，他们怎能不感到茫然和痛苦呢？

船队到了楚州淮阴再入淮水西南行，沿途经洪泽湖至泗州临淮而入汴水，再经虹县、宿州、宋州、雍丘等地，最后驶抵汴梁。时年正是深冬，汴水冰冻，船只无法通行，赵匡胤唯恐夜长梦多，当即下令沿途州县衙，设法开水。各地官吏奉旨查办，冒着风雪酷寒，采用各种方法疏通河道。

北宋开宝九年（公元 976 年），北宋南征的队伍终于抵达宋都汴梁。前后历时一年的战役终于正式宣告结束。那天，恰好是正月初二，新的一年刚刚拉开序幕，汴梁的人们在烟火和爆竹中庆祝新年的来临和军队的凯旋归来。整座城市都沉浸在一种欢天喜地的气氛中。

然而，对于战俘李煜而言，这必定是他最为煎熬痛苦的一个新年。当他踏上北宋的土地时，他仿佛是惶惶然的流浪儿，在这片陌生的土地上不知如何是好。前来迎接和验收的是赵匡胤的四弟秦王赵廷美，他十分热情地款待了李煜，两人谈论诗词，以文会友，仿佛这不过是一场普通的朋友聚会，没有战争，也没有敌对。一切都是平和的，只有朋友之间的谈笑风生。

秦王的友善，令李煜暂时卸下了重负，他开始以一种全新的眼光打量着北宋的京都。汴梁如同金陵一般，亦是位于江河之畔，虽然没有江南的美丽风景，但也别有韵味，往来商旅如流，行人如织，极是热闹繁华。他收回了打量的目光，开始安慰自己——虽然自己失去了国家，但还好，还有命在，心爱的人也陪伴在自己的身侧，这算得上是不幸中的万幸了。多年之前，他就已经接受了自己的宿命，现在，不过是跟着宿命的安排颠沛流离罢了。

新的风景

柳丝长，春雨细，花外漏声迢递。惊塞雁，起城乌，画屏金鹧鸪。

香雾薄，透重幕，惆怅谢家池阁。红烛背，绣帷垂，梦长君不知。

——李煜·更漏子

一个新的地方总会有新的风景。走进北境的李煜离开了他的江南，离开了他的家国，过往种种，俱往矣，唯独不变的，是她的笑颜，他一直贪着的暖意。那亦是他如今苍凉的人生中唯一的慰藉——千里迢迢，她一路跟随，荣辱喜悲，她无畏无惧。此时的小周后已经不是当年那个为爱而生的少女，也不是高贵端庄的一国之后，她只是亡了国的女子，跟着自己的夫君，随着宿命漂泊。

这更加验证了她爱上的只是李煜，并非南唐的君王。她爱他，于是愿意包容他的好和坏，她纵容他的任性、温柔、孩子气，放纵他沉溺故梦；她承担当年的骂名，却在亡国之后还愿意跟着他接受命运的安排，哪怕成为囚徒。时光流逝，她的容颜也在老去，可与日俱增的是她的爱和勇气。因为爱他，所以她经得起金银的雕琢，也能忍受苦难的折磨。

李煜信佛，我不知道小周后是否也信仰神佛，但唯一可以确定的是，爱就是她的信仰，一个有信仰的女人，无论生活多么艰难，纵使日日风刀霜剑严相逼，她也会绽放出璀璨的光芒，坚定地走下去。

"香雾薄，透重幕，惆怅谢家池阁。红烛背，绣帏垂，梦长君不知。"或许，她始终不知，自己爱上的是一个多么优秀的词人，开篇断代，犹如一个时代的开创者。他断送了自己的家国，却在另一方天地开辟了自己的国土。可是知不知道又有什么关系呢？她已甘愿生死相随，又何惧风雨飘摇。

普光寺。这座素来香火鼎盛的寺庙，在那年接待了这对曾贵为国君和王后的夫妇。这是一座闻名遐迩的大寺，李煜身在江南时就听说过它的盛誉，如今天命弄人之下流离至此，又怎能不前去看看呢？他不顾老臣们的阻止，得到曹彬的同意之后，毅然带着小周后一同前往。

时年，正值新春，往来的香客们熙熙攘攘，一派香火繁盛。妙龄的少女结伴而来，对着佛祖拜了又拜，不知求的是什么，总归是一脸盈盈笑意，半袖满怀憧憬。曾经的帝后二人，却在重重看守之下来到这座寺庙，一举一动都有人严密监守。在宝相威严的神佛之前，两人一同跪下，祈求佛祖庇佑，往后的一切不求荣华富贵，但求此生平安顺遂。为此，李煜甚至捐出了千两白银的巨额香火钱。他们跪下的那一刻，一定十分虔诚。除了神佛，他们已经再无所依靠。

抵达汴梁之后，赵匡胤并没有立刻召见李煜，他将李煜安置在一座守卫森严的住所里，自己则和臣子们商议该如何举行"受降献俘"仪式。此时的李煜，已是北宋案板上的鱼肉，任他们随意宰割而毫无还手之力。李煜不知道赵匡胤会如何安排自己，虽说曹彬已告诉自己赵匡胤绝不会亏待自己，甚至为自己修筑了华美的庭院，但那终究是在战争之前。在战争发生之后，他不知道赵匡胤还会不会信守"诺言"，善待自己的家人和臣子。

正月初四，北宋举行了盛大的纳降典礼，在李煜表示自己愿意归降之后，赵匡胤下令宣读了当初征讨南唐的檄文，其间将李煜形容成一个暴虐无道、不知天命的君王，而自己的南征正是天命所归。李煜如今身为战俘，寄人篱下，自然是不敢有所违抗，只好忍气吞声，任由赵匡胤摆布。看到李煜逆来顺受，赵匡胤十分满意，下令宣读他之前就准备好的诏书：

"江南伪主李煜，承奕世之遗基，据偏方而窃号。惟乃先父早荷朝恩，当尔袭位之初，示尝禀命。朕方示以宽大，每为含容。虽陈内附之言，罔效骏奔之礼，聚兵峻垒，包蓄日彰。朕欲全彼始终，去其疑间，虽颁召节，亦冀来朝，庶成玉帛之仪，岂顾干戈之役。蹇然弗顾，潜蓄阴谋。劳锐旅以徂征，傅孤城而问罪。洎闻危迫，累示招携，何迷复之不悛，果覆亡之自掇。

"昔者唐尧光宅，非无丹浦之师；夏禹泣辜，不赦防风之罪。稽诸古典，谅有明刑。朕以道在包荒，恩推恶杀。在昔骡车出蜀，青盖辞吴，彼皆闰位之降君，不预中朝之正朔，及颁爵命，方列公侯。尔实为外臣，庆我恩德，比禅与皓，又非其伦。特升拱极之班，赐以列侯之号，式优待遇，尽舍尤违。可光禄大夫、检校太傅、右千牛卫上将军，仍封'违命侯'"。

"违命侯"，李煜心知这是一个带有侮辱性的封号，赵匡胤是故意这么赐封的。但他如今无权无势，不过一介亡国之君，又哪里能够反抗分毫呢？他只能怏怏不乐地接受了这个封号，当他的"违命侯"。跪在他身侧的小周后侧过脸，凝视着眉目紧锁的夫君，忽然莞尔一笑。李煜明白过来——违命，违命，这又何尝不是一种骄傲呢？世上能有几人敢于违背天命？他轻轻握住她的手，于心中暗然道：不管赵匡胤如何伤害侮辱他，他依旧不是一无所有之人。

从"违命侯"到"陇西郡公"

　　李煜成为违命侯没过多久，平静的生活再度生起波澜，先是老臣徐铉、张洎被赵匡胤委以重任，他们原本是无惧赵匡胤的帝王威严，敢于在他的面前仗义执言的，这份勇气反而令对方龙颜大悦，对他们赏识有加。再是未久，那年的 11 月，赵匡胤竟然驾崩于深宫之中，此前并无预兆。

　　赵匡胤死后，继承皇位的不是他的儿子，而是跟随他多年戎马的胞弟赵匡义（后为避其兄太祖讳改名赵光义）。在赵匡胤灵前，赵匡义手持其兄遗诏，才得以继承大宝。遗诏的真假已无从判别。然而，李煜的命运却因此发生了巨大的变化。

　　当年 11 月，赵匡义下令废去李煜"违命侯"的封号，改封"陇西郡公"，公侯爵子男，按照爵位等级来看，改侯为公，李煜的地位似乎有所提升。但实际上却并非如此，李煜的处境更加困窘，陷入某种诡异而无法伸张的境地。

　　赵匡义素来爱好读书，后人说他嗜书成痴，他自己也不止一次在公开场合提及自己的爱好。在即位之后，他认为原来宫中的三个书院过于狭窄，特意下令修建了崇文院，将原先三个书院的收藏尽数搬入之后，还增添了许多珍本。其实，赵匡义并不是一个毫无雄才大略的皇帝，他懂得收买人心，礼贤下士，一改往日北宋重武轻文的风气，下令优待大江南北的士子文人。只是，这些并不意味着他能够善待李煜，或许，这其中也有着文人相轻的缘故。

即位之后的赵匡义曾多次召见李煜入宫，与他一同前往崇文院观书，然后故意笑问："据闻卿在江南亦喜读书，更喜收藏。此中孤本、善本多是卿的爱物。不知卿归顺本朝后是否常来书院披览？"每每面对这种情况，李煜总是无可奈何，总是满怀悲愤，却只是不敢有所反抗。赵匡义此举，只不过是为了侮辱伤害他，只是他如今寄人篱下，连性命都掌握在他人手中，只能忍气吞声。

崇文院中的书籍字画，有很大一部分来自南唐，来自李煜的精心收藏。南唐亡国之后，这些珍贵文物被运往汴梁，成为了崇文院的一部分。试想，沦为阶下之囚的李煜，面对这些熟悉的事物，如何能够不回忆起往昔？想当年，轻衣挑灯的君王深夜不眠，描摹着珍贵的书画，于一旁细密地落下自己的感言看法和鉴赏。而如今，物是人非，字画上面还有自己的一字一句，它们的主人却已经不再是自己。

更令李煜痛苦的还是赵匡义对妻子的伤害。南唐降宋之后，小周后循例被封为郑国夫人。名号虽然华贵，但却毫无意义，赵匡义又哪里会真正地将她当作郑国夫人。他时常将小周后召入宫中，肆意调笑，百般凌辱。从前堂堂的一国之后竟然被当作可以肆意玩弄的宫娥艺伎，深爱着李煜的小周后不堪凌辱，每次从宫中回来之后，都对着丈夫失声痛哭，以泪洗面。后来，元人张宗在其画《太宗逼幸小周后图》中说：一自宫门随例入，为渠宛转避房栊。太宗，就是宋太宗赵匡义，显然，此事并非是子虚乌有的野史传闻。沦为囚徒的李煜夫妇确实在身体和精神上都受到了十分深刻的伤害。

面对此情此景，李煜感到十分痛苦。失去了自己的国家的他，已经日夜都生活在痛苦和自责当中；如今为人夫君的他，又无法保护自己的妻儿，只能眼睁睁地看着她受尽欺辱，心中的悲愤几近喷薄而出。看到李煜的无能为力，赵匡义更加乐此不疲。小周后成为了战争的牺牲品，对于赵匡义的所作所为，她心中恨不得能将他食肉寝皮，可转念一想，自己和丈夫的性命都掌握在他手中，他只要轻轻一捏，就能够令他们死无葬身之地。为了丈夫，她只好咬牙强忍。

李煜也并不比她好过，每当小周后被强行带入宫中时，他都会忍不住陷入痛苦之中。虽然小周后并不是他的发妻，可他对她的感情却并不比对娥皇的少。她小小年纪就愿意放弃一切跟随着一个如此失败的自己，不要名利，不要荣华，只要跟着他，哪怕走到如今如此惨然的境地中，她都不曾后悔。而如今，窗下落花，凄冷山水，偌大的繁华里，自己是备受监禁的笼中鸟，她也因此受到牵连。如若她当初没有选择自己，纵使下嫁一个默默无闻的寒士，今日又何至于会受到这样的伤害和侮辱。

晓月坠，宿云微，无语枕频倚。梦回芳草思依依，天远雁声稀。莺啼散，余花乱，寂寞画堂深院。片红休扫尽从伊，留待舞人归。

——李煜·喜迁莺

望着空荡荡的厅堂，冰冷得寒气陡生的墙壁，自己被烛光画出的长长影子，李煜不禁泪落长衫，他想起当年初遇时，她灿然的笑靥，明艳、放纵，如同秋水的双眸盈盈澹澹，就这样抓住了自己的心。他们有过甜蜜的往昔，也有情浓得化不开的誓言。往事中的一切美好都历历在目，只是骗不过自己如今的孑然一身。他孤身坐在窗前，月落西沉，云边微瑕，天边隐隐传来鸟鸣，划过的流莺和花影转瞬即逝，映衬此处的清冷花厅，一如雪上加霜。他抬眸，脖颈已僵硬，晨色已近，夜色已去，可是他等了一宿的人却依旧不见踪影。他不知道自己将要等到什么时候，他只知道，自己除了等待，也只能等待。

降宋之后的李煜不再是年少时那个凡事都由父亲担待着的少年，可以纵情山水，无忧无虑；亦不是初为人父的君王，身侧美眷如花，谁都赞叹他的文采与情思；也不是南唐的末代后主，纵使家国残破，在自己的小小天地里依旧有人为自己出谋划策、遮风挡雨。过往里的人们都已成为了故事，那些追随自己、保护自己的老臣们也不知前往何处，有的在黄泉，也有的另投了明君。他们是对的，他不是合格的君王，亦不是合格的丈夫，不论是对家或是对国，他都是无颜以对。

曚昽的天光里，寂寞悲伤的昔日君王扬起脸，明烈的日光映照在他的脸庞上，照出了他两鬓斑驳的青霜。时光似水流年，原来不经意里，他也已老去，不复过往青春年华。

梦回南唐

清明，谷雨。大暑，小暑。霜降，冬至。二十四节气，亦是 24 种人生。降宋后，这一时期的李煜私以为是霜降时分。大寒降至，即将走向生命的尾声，却依旧有着夺目的光彩。寒霜熠熠，绽放着最后的流光溢彩。他的诗词人生亦是如此。走进这段人生的李煜经历了此前难以想象的痛苦，他的心境亦是有了极大的改变。苦难磨砺人生，苦难里的李煜，他的文学才华被这种残酷的命运激励出来，越发地光彩耀眼。

是的，赵匡义可以侮辱他、伤害他，用各种残忍的方式打压他，却无法掠夺他在文学上的成就。相反地，在某种程度上，他对李煜的伤害成为了一个契机。尽管李煜无法从政治上反抗他，如我们所愿地推翻赵氏王朝，重新建立南唐，而后一统天下，名列三皇五帝。他没有那样的才能，也没有那样的勇气，然而，他可以在另一个领域功垂千秋，昭彰青史。

　　林花谢了春红，太匆匆。无奈朝来寒雨晚来风。
　　胭脂泪，留人醉，几时重？自是人生长恨水长东！
　　　　　　　　　　　　　　　　——李煜·乌夜啼

　　初春时节，当深山中绽开了第一抹水红，被幽禁在重重楼阁中的李煜推开小窗，眺望一城山水。他想起了烟雾缭绕的昔日，岁月是这样匆匆，过往的亭台楼阁、三千宫娥都化作灰烬青烟，无声散去。他回忆起他的人生，只觉得如同黄粱一梦，笑话一场。浮生袅袅，谁的人生如他一般跌宕回环，兜兜转转，起落成阶下之囚。他怅然无语，心中的愤懑、惆怅、哀伤、痛苦交织成无法抑制的情愫，从笔端倾泻而出。

　　如今嫣然盛开的花，终有一日会随风飘散，盛开得璀璨，凋谢得也疾速，人们甚至都无法捕捉一缕花影，它就已飘然而去。时光太匆匆，命运太弄人，他多想回到当初，只要命运给他一个同所有好好告别的机会，而不是记忆中的匆匆错过，留下如今无限惦记与感怀。

　　李煜是一个多情的人，正是因为他的多情，专注一切温柔的、含情脉脉的事物，不论是文字还是人，才断送了他的南唐江山。但也正是他的多情，令他纵使被幽禁高楼，依旧能够温柔地感受身侧的一草一木，作出无数华彩的词作。他怀念昔日"落花满地香满衣"的生活，因此能够写出

"烛明香暗画堂深，满鬓清霜残雪思难任"的词句；他细腻地感知着自己内心的细微活动，因此能够描摹出"剪不断，理还乱，是离愁。别是一般滋味在心头"的伤感。

纵使只是听到遥远的楼外农妇洗衣的声音，他也能留下精彩的作品：

深院静，小庭空，断续寒砧断续风。无奈夜长人不寐，数声和月到帘栊。

——李煜·捣练子令

夜深人静之时，独守空楼的李煜难以入眠，思绪是不任人管束的飞鸟，即使李煜想要安静地享受月色，亦是难以成行。他只能听着楼外远处隐隐约约的捣衣声，伴着寂寥的风声，任由思绪如泉涌。如此静夜，如此怅然时分，听到这声音，难免想起自己寄人篱下的处境。就算只是一介寒妇，亦是自由的，她有着自己的家，自己的亲人，自己的人生，她可以自由地行走在天地之间，不会像自己一样，一举一动都要受到严密的监视，处处都不能顺心如意。

他只能像在南唐时一样借酒消愁。赵匡胤在位时，李煜的供奉之中包括每日三石酒的供奉。赵匡胤驾崩，赵匡义即位后，这项供应就悄然终止了。身在汴梁的李煜无法同在南唐时相比，有求必应，人人都在奉承讨好。他也没有丰厚的财富供他挥霍，继续以往纸醉金迷的糜烂生活。他只好上书给赵匡义，希望他能够看在自己亡国的份儿上，宽厚地对待自己。赵匡义见到之后，为了表示自己的宽厚大度，便给李煜添了300万钱的酒钱。酒的问题总算是得以解决。

酒喝多了，自然会醉。人醉多了，往往就会做梦。那一晚，他梦到了千里之外的故国。亦或者，只是故乡。他梦到自己行走在江南的春花绿树里，林间隐约有莺啼，婉转娇憨的，伴着淡淡的琵琶声，宛如天籁。身侧萦绕着幽幽的芬芳，那是久违的花香。北国虽然也有花，可总比不上江南的温柔，连香气里都有淡淡的甜。他走出美好的春光，走进一个车如流水、马如龙的城市，城市里的人们都在安居乐业地生活着，街市上人流熙熙攘攘，灯花如繁星，明艳了一座城，亦明亮了他的双眸——那是他的金陵城，他生活了数十年的金陵城。

欢喜里，他随着人流走到秦淮河畔，一切如旧，流水浮浮，歌声婉婉，画舫小舟穿梭在人们的目光和叫喊里。他抬眸，将所有都牢记在心底。总是要在失去之后，才知道珍惜。这座城市还属于他的时候，他不曾将它放在心上，直至今日，这里终于成了他人的国土，他才知道，他是那样爱着这里，爱着他的家国。

梦始终是要醒来的。很久没有睡得这样安谧，李煜留恋着梦境中的一切。如今的李煜，也只能在梦中寻觅他过往的荣耀和辉煌，来安慰现实里他那颗百孔千疮的心。他默然回首，仿佛要望向梦里的繁华和流彩，可是回首里看到的不过是一堵冰冷的墙，隔着墙，他知道，墙外又是一座墙。他的生死就被困在这些重重的深墙里了，一生一世，无望，亦无尽。

（一）

闲梦远，南国正芳春。船上管弦江面绿，满城飞絮滚轻尘。忙煞看花人。

（二）

闲梦远，南国正清秋。千里江山寒色远，芦花深处泊孤舟。笛在月明楼。

——李煜·望江梅二首

梦境里的美妙被永远地凝固在笔墨上。这是一个永远不会被惊醒的世界，他可以安心地徜徉其中，回味其中的一分一毫：春深时分的南国、清秋时节的南国。秦淮河上飞流而过的画舫船只渐渐从城市来到了两岸青山相对出的地方，满城飞絮逐着水流而来，落入芦花的深处。绮丽而宁静，如同当年月明楼上一曲笛声吹落梅花，吹断惆怅。

七夕的轮回

北宋太平兴国三年（公元 978 年），七夕夜，南唐降王李煜身死寓所。赵匡义追封其为太师，加封吴王，最终落葬邙山。那年，是李煜的第 42 个年头，42 年前的七夕，他呱呱降生在繁华的金陵城里，开始了他灿烂而悲惨的一生。42 年后，他身中剧毒，痛苦地死在异国的土地上，结束了他遗憾而圆满的人生。

生于七夕，又死于七夕。这仿佛是一个轮回，亦是一个笑话。贾宝玉在林黛玉死后，茫茫然里魂魄出窍，懵懂无知里询问鬼差，鬼差只问他所寻何人。他道是："姑苏林黛玉。"却不知李煜走向奈何桥时，报的身家姓名是否是"南唐李煜"。他的家，他的国，已经覆灭，成了灰，成了烟。纵使成了北宋的降王，他依旧只是这片土地上的孤魂，无国，亦无家。

或许，李煜从未想过自己也会死。风里浪里，那么多次的刀山火海，他都侥幸留下命来，苟且偷生。他或许以为自己会是在漫长的屈辱中慢慢老去，平静地接受死亡。可是命运却赋予他一种屈辱且神秘的死亡方式。这令后人们都百生疑窦，却没办法给出一个正确的答案。历史总归只是一个人的历史，相信与否，也是一个人的事情。

当然，对于李煜的死因，最为公认的说法是赵匡义下的毒手。那年的七夕节，是李煜 42 岁的寿辰。随着李煜一同来到汴梁的后妃宫娥们为了讨他的欢心，特意安排了一场精心编排的表演。庭院里彩灯盈盈，歌舞声乐，一如当年身在南唐时。只是什么都不一样了，天上的牛郎织女年年相会，地上的人们却日渐白头。面对妃子们的苦心，李煜挤出了一个笑容，但是，她们都知道这只是在强颜欢笑，默默地忍受着心里的屈辱和悲哀。

冰冷的酒入了喉，一路熊熊燃烧，仿佛一场滔天的火。他忍不住掷开手中金杯，长声道："春花秋月何时了？往事知多少。小楼昨夜又东风，故国不堪回首月明中。雕阑玉砌应犹在，只是朱颜改。问君能有几多愁？恰似一江春水向东流。"那是他最为人熟知的诗篇，亦是他最后的放纵和豪气，这更是生性柔弱的李煜对赵氏王朝的反抗，在这里，他找回了他的尊严和人格。

身侧的妃子们听到，亦是泪眼婆娑，已经有熟知音律的女子轻声歌唱，忧愁悲伤。渐渐地，这缕歌声有越来越多的声音相和——她们虽然未曾经历李煜的悲伤，但是失去故国，沦为孤魂的痛，她们都能够感同身受。

这件事被赵匡义的暗探探询得知，很快，赵匡义也听到了风声。他勃然大怒，往日积累起来的恨意成了燎原的大火，他觉得，势必不能再将李煜此人留在世上了。这个人不知天高地厚，不知知恩图报，他已是忍无可忍！帝王的杀心是最可怕的，更可怕的是李煜对此事的浑然无知。他只是顺从自己的内心，却没想到即使自己对对方俯首称臣，极尽卑微，也换不来对等的回报。

赵匡义将素来同李煜交好的秦王赵廷美召入宫中，借说自己对李煜的文采十分欣赏，今日恰逢七夕佳节，又是李煜的生辰，希望赵廷美能够前往李煜的府邸，将自己的赏赐传达给他。秦王一向同李煜颇为投机，两人对诗词歌赋都很有研究，赵匡义这样一说，赵廷美便欣然答允，当夜就将赏赐送到了李煜的府邸。

由于送来赏赐的是秦王，李煜毫无戒备，更不会想到赵匡义会这样毫不掩饰地将毒药放在酒中。是夜，李煜喝下了赵匡义赏赐的美酒，即刻毒发，四肢抽搐，痛苦难当。赵匡义毒死李煜的药，相传为牵机，是他和太医研制多时的密药，服用者顷刻之间就会七窍流血，毒发身亡。经过一番痛苦的煎熬，李煜终于闭上了双眼。时年，不过 42 岁。这位风流了一生、痛苦了一生、荒唐了一生、优美了一生的词人，在经历了文人、皇子、君王、阶下之囚等多种身份的转换之后，终于成为了政治斗争的一缕亡魂。

或许，他毒发时，死不瞑目，直至黄泉亦是觉得冤枉。他还年轻，并不老，他还有很多美酒未曾喝完，还有满腹的好词未曾出世，他还不想就这样去面对父亲和祖父，以及那么多的南唐亡臣。或许，闭上双眼的那一刻，他是无怨无悔的，甚至含笑而去。亡国后的生活是那样的痛苦，这已经让他生无欢，死无趣了。只是偏偏自己没有结束生命的勇气，只能任由命运摆布。能够以这种方式终结，离开这个满是血泪的尘世，未尝不好。

不论是不甘，还是无怨，他都无法逃脱死亡的命运，无法逃脱任由后人评说的命运。他死后，旧臣徐铉奉命为他撰写了墓志铭。在墓志铭里，徐铉不失偏颇地评定了李煜的一生，不论是功，还是过，徐铉都极其公允地记录下来：李煜为人，乃是以儒家修心养性的说教，以及佛门普度众生的信条为言行准则，既宽人又爱物。可遗憾的是，由于他不善变通，结果物极必反，善成了恶，最后落得个自食苦果的结局。而李煜为政则是躬行仁义，但是在五代十国"用武之世"，这种适用于太平盛世的政策已经无济于事。至于李煜为文则独具特色，"精究六经，旁综百氏"、

"洞晓音律，精别雅郑"。李煜不仅写就了雅颂文赋凡 30 卷，杂说百篇，而且续写了《乐记》，堪称旷世奇才。

李煜死后未久，整日以泪洗面的小周后便随之而去。在众人的努力之下，小周后得以与丈夫合葬在邙山。在天愿作比翼鸟，在地愿为连理枝。当初花前月下的海誓山盟，终究得以实现。在人间，他们受尽了百般折磨，依旧相依相守，直至死亡将他们分开。

在黄泉，他们依旧是恩爱夫妻，生死相随，可歌可泣。天长地久有时尽，此爱绵绵无绝期。这之于李煜而言，不啻是人生中最后的圆满。直至终局，他也不是寂寞的，他依旧有爱相随。这，就已经足够。

下篇

花自飘零水自流——李清照的爱恨别愁

拨开历史的烟尘，一位千年以前才貌双全、闻名当世的奇女子款款走来，她就是李清照。幼时的李清照生活在名山与秀水当中，无忧无愁，无欲无求，笔下竟会生出"争渡，争渡，惊起一滩鸥鹭"的美好；嫁作他人妇时，她生活在离别和相思中，日思夜盼，别恨难穷，竟叹出"花自飘零水自流，一种相思，两处闲愁"的孤独。每一个时期的李清照，都有一种耐人寻味的滋味。走近李清照，体会她的爱恨别愁。

第一辑
生命中无比烂漫的春

那一年豆蔻正梢头

如梦令·常记溪亭日暮

常记溪亭日暮，沉醉不知归路。兴尽晚回舟，误入藕花深处。争渡，争渡，惊起一滩鸥鹭。

"大明湖畔，趵突泉边，故居在垂杨深处；漱玉集中，金石录里，文采有后主遗风。"这是郭沫若先生为位于济南趵突泉边的李清照纪念堂所题之词。郭老此言，寥寥数语，却说尽了易安的一生。但可发一噱的是，趵突泉边，本不是易安的故乡。历来，人们认定李清照是济南历城人，而她实际的故乡却在山东明水。可无论是济南还是明水，都是一样的青山绿水。青山是不变的崔嵬，绿水是亘古地流淌。易安的名字，和这青山绿水一样永恒。

"四面荷花三面柳，一城山色半城湖"，幼时的李清照就生活在这样的明山与秀水中，无虑也无忧，无欲也无求。那时候的生活多好，日子像河水一样流淌，没有惊涛，也没有骇浪，只有偶然泛起的点点浪花，如同跳跃的音符，那是生命乐章中最欢快的点缀。宋哲宗元符二年（公元1099年），易安出嫁的年纪近了，为了择一位好夫婿，其父李格非将她接到当时的都城汴京，半是无奈，也半是期待。李清照就这样离开了生养她的家乡山东明水，那一年，她16岁。

　　京都，无疑是最繁华的所在，她尽情地挥洒着自己的才情，很快便在诗坛崭露头角。但这一切，都不曾冲淡易安对故乡的怀念与追忆。那一座山，那一弯河，那一叶扁舟，还有她自己，那个无虑也无忧的人儿……所有的所有，一切的一切，早已深深地镌刻在她的心间，无时无刻不在她的记忆里鲜活。故乡的风物，从前的光景，同游的侣伴，逝去的华年，时时萦绕在她的脑海间，秀口一吐，便吟出了这首《如梦令》。

　　幼时的易安会是什么样子呢？我曾无数次地在脑海里描画她的面影，却始终拼凑不出她的模样。记得沈从文先生在《边城》中这样描写翠翠，那个精灵一般的姑娘："翠翠在风日里长养着，把皮肤变得黑黑的，触目为青山绿水，一对眸子清明如水晶。自然既长养她且教育她，为人天真活泼，处处俨然如一只小兽物。人又那么乖，如山头黄麂一样，从不想到残忍事情，从不发愁，从不动气……"或许幼时的易安也是这样一个姑娘吧。我知道，此言一出，会有太多的人嗤之以鼻。人们只知道易安是"一代词宗"，是"绝世才女"，却忘记了，她也有过"娉娉袅袅十三余"的美好华年，她也有过"豆蔻梢头二月初"的难忘过往。人们总是神化她，殊不知，神是用来景仰的，而人，才是用来爱慕的。人们总是细数她的苦难，殊不知，她生命中的欢乐也曾那么多。

出身官宦人家，父母皆擅文辞，易安又自然是与翠翠不同的。她自幼饱读诗书、博学多识，无论是对政治还是对人生都有着非凡的领悟。如果说，翠翠是在用她的清灵感悟着世界，那么易安不仅感悟着世界，更感染着世界。

在古代，女孩子到了 15 岁要举行"笄礼"，俗称"上头"，就是把头发绾起来，表示到了出嫁的年纪了。按照当时的风俗，上头之日，女孩子是要外出游玩的，因而这一天常常选在天气温和的时节。南朝梁简文帝就曾写过这样的诗句："婉娩新上头，湔裙出乐游。"或许这就是易安此次出游的缘由。如此重要的日子，自然要大书而特书一番。

溪亭日暮，"落霞与孤鹜齐飞，秋水共长天一色"，还有那少女们娇俏的脸庞倒映在河水中，还有那姑娘们放肆的嬉笑声飘散在斜阳里。这样的时刻，怎能不啜饮几口清酒呢，为着那充满快乐也充满伤感的从前，为着那充满期待又充满未知的今后。只是啜着啜着就醉了，醉在了酒里，醉在了如画的风景里，醉在了美好的华年里，更醉在了如歌的岁月里。不要笑这些女孩子吧，她们刚刚亲手埋葬了自己最美好的华年，她们的放肆，她们的任性，她们的恣意，她们的狂欢，或许也一并埋葬了。以后的岁月里，那漫长到近乎无望的岁月里，她们是妻、是母，却难能再是此刻的自己。就让她们痛快地放肆一回吧，为着那将尽的青春。

"日暮倒载归，酩酊无所知"，只是这日子如此重要，只是这欢乐这般难得，如何忍心"酩酊无所知"呢？每一分钟都弥足珍贵，每一秒钟都使人流连。

人生若朝露，行乐需及时。这样的放诞不羁，或许只属于青春年少时节。花落了还会再开，月亏了还会再圆，而逝去的岁月呢，它们永远不会再回来。也正因此，易安才更珍惜这次的出游，就算兴尽了，也还是要去那藕花深处走上一遭，那是青春的终曲，是年少时节最后的狂欢。

而那叶扁舟偏又陷在了藕花深处，怎么办？怎么办？归途在哪儿？看似焦灼，但也只是"看似"而已，易安怎会真的害怕找不见归路呢？她只是看着被惊起的鸥鹭，清浅一笑。

有时候，快乐总是在不经意间。设想一下，如果不是沉醉不知归路，如果不是误入藕花深处，如果不是惊起一滩鸥鹭，谁知道会不会有这许多的欢乐，谁知道多年以后还会不会记得这个夜晚和这个夜晚里的美好呢？这样更容易被铭记吧，那些曾经拥有的点滴。

据说，李清照创作了这首词之后，其父李格非隐去其姓名，请友人与同僚赏鉴，众人纷纷称赞，时人竞相传阅，却都不相信是出自一位 16 岁的闺阁少女之手。有人认为是苏轼所作，更有甚者，认为这首词有神仙气，当是出自吕洞宾的手笔。

后人曾给予易安这样的评价："易安倜傥，有丈夫气，乃闺阁中之苏、辛，非秦、柳也。"易安自然听不到这些评价，可就算她听得到，相信这些旁人视为溢美之词的言语，之于她，也不过如清风过耳。"丈夫气"如何，"闺阁气"又如何，"苏、辛"怎样，"秦、柳"又怎样，易安怎会在意呢。她从来不想做什么大丈夫，她只是一个待字闺中的少女，只是大家闺秀的躯壳从来不曾缚住她的真性情——明水的一山一水涵养出的真性情，过往的高洁之士熏陶出的真性情——当这些真性情喷薄而出，自然便成为了"倜傥风流"。易安是有意为之吗？她才不会，她只是在书写着自己的真心罢了。

如梦，如梦，所有的关于青春的一切，不正像一个温存而绮丽的梦吗？

"袅娜少女羞，岁月无忧愁"，岂不正是此刻的易安？

溪亭日暮里，藕花深处中，蓦然回首，易安恍然还是那个东邻少女，娉娉袅袅，豆蔻正梢头。

海棠依旧

如梦令·昨夜雨疏风骤

昨夜雨疏风骤，浓睡不消残酒。试问卷帘人，却道"海棠依旧"。"知否，知否？应是绿肥红瘦。"

宋代惠洪和尚的《冷斋夜话》中，记载了这样一个故事：昔时，唐明皇在香亭召见杨贵妃，恰巧此时的杨贵妃宿醉未醒。唐明皇只得命侍女搀扶着杨贵妃登上香亭。酒后的杨贵妃，香腮上娇红点点，不知是因酒醉而红，还是因残妆而艳，鬓发缭乱，金钗横斜，自有一番说不出的韵味。杨贵妃本就娇软的身躯，因醉酒而更显无力，不能为唐明皇行礼。明皇不气反笑，因说道："这哪里是贵妃醉酒，分明是睡眼惺忪的海棠。"这就是"海棠春睡"的由来。或许也正是因为这个缘故，海棠又被称为"花中贵妃"。

风流名士们，自然免不了竞相吟咏这尤物。

东坡先生曾有诗云："东风袅袅泛崇光，香雾空蒙月转廊。只恐夜深花睡去，故烧高烛照红妆。"东风、香雾，都不过是这"花中贵妃"的布景，只有它才是主角。夜深了，月亮最是不解风情，转过了回廊，还怎能看清这娇艳的俏脸？这海棠也会睡去吗？而如若再不得见这美好的容颜，岂非人生第一等的憾事？姑且点上一支高烛，借着那点点烛光，把这海棠

下篇 花自飘零水自流——李清照的爱恨别愁

147

看个够。人说东坡先生最恨海棠无香，殊不知，这才显得造物主的公平。海棠的容颜已然那般美好，若是再有那馥郁的芬芳，岂不占尽了春色，旁的花还要不要活呢？而即便海棠无香，也未见有不爱海棠者。

诗人郑谷也作过一首《海棠》诗："春风用意匀颜色，销得携觞与赋诗。秾丽最宜新著雨，娇娆全在欲开时。莫愁粉黛临窗懒，梁广丹青点笔迟。朝醉暮吟看不足，羡他蝴蝶宿深枝。"难有人敌的莫愁都已经成为了海棠的陪衬，足见诗人对海棠的爱慕之深。就算是最善画海棠的梁广，也难以画出它的韵味来。最美的景致，总是丹青涂抹不出的。那穿花的蝴蝶，最引起他的忌妒，只为它们能够靠近海棠一亲芳泽。

词人刘克庄在《满江红》的下阕写道："时易过，春难占。欢事薄，才情欠。觉芳心欲诉，冶容微敛。四畔人来攀折去，一番雨有离披渐。更那堪、几阵夜来风，吹千点。"旁人只看到海棠花开时的娇媚，只有刘克庄看到海棠花落时的落寞。诗人的苦，化作了泪，抛向了海棠，流向了心里。他不忍，不忍再看下去，看到这海棠的彻底凋残；他不忍，不忍再写下去，将海棠的凄苦悉数展露在读者的面前。只有诗人才有这般细腻的情怀，给予海棠无限的怜惜。

诗人是敏感而多情的，一枝花的开与败总是能够引起他们的喜与悲。

易安是爱花的，又怎能不爱这冶艳的海棠？而花会开就总是会败的。偏逢上这风雨交加的夜，这树海棠的命运岂非太过凄苦？花开之时，人们越是爱慕它的娇艳，败落之时，也就越是伤感它的凋残。正如我们不愿看见美人迟暮一般，也没有人愿意看见一树海棠的凋零。"花开堪折直须折，莫待无花空折枝。"而这醉人的海棠，又有谁忍心摘下呢？无他，只有趁着它还灿烂着，贪婪地将它看个够。

天空开始飘雨了，不是"天街小雨润如酥"，也不是"随风潜入夜，润物细无声"，而是狂风暴雨。海棠的娇躯，怎经得起这般摧折？

无情的风雨，不要去摧折它了吧，你就那样艳羡它的美吗？到了忌妒的地步，一定要将它彻底摧残净尽才罢休。风雨不只磨折着这海棠，也磨折着易安的心。她不愿见证到海棠的凋零，她也不愿错过最后一次欣赏这海棠的机会。心乱成了一团麻。是这天气搅乱了她的心，带来了不绝如缕的愁绪，这无情的风雨，这将尽的春。喝上三杯两盏淡酒吧，酒，最是能消忧，浇灭了这满怀春愁。喝着喝着，便沉沉地醉了，便沉沉地睡去了，只是睡梦里，依然惦念着那树海棠，它们还好吗？可还在盛开着，一如从前的模样吗？

天光大亮了，最牵肠挂肚的，还是那树海棠。她多想掀开那道帘，看一看那魂牵梦萦的花。可她又多怕见到满枝尽是绿叶，再无一朵海棠。韩偓有诗云："昨夜三更雨，临明一阵寒。海棠花在否？侧卧卷帘看。"诗中之人尚敢卷开帘子去看一看那海棠，而易安却连卷帘的勇气都不曾有。张炎云："莫开帘。怕见飞花，怕听啼鹃。"易安的心境恐怕也是如此吧。

丫鬟走了进来，依旧是如往昔般的笑靥，了无忧愁，她又怎知那海棠经历了命运怎样的折磨。

"那些海棠，它们还好吗？"她终于问出了这句藏在心间良久的话。

"和平常并无大分别呀！"丫鬟的语气那般的轻松，还透着隐约的笑意。

呵，怎么会无大分别呢？经历了那样的凄风和苦雨，经历了那样的摧残和磨折，还会无大分别吗？

"知道吗，你知道吗，那绿叶一定占满了枝头，而那花朵一定凋零了太多！"

是在说花，也是在说自己。

此时的易安，大概还是一个待字闺中的少女。女人总是害怕容颜衰老。一朵花的凋零，注定引起她们时不我待的悲哀。海棠花落了，明年还会再开，而年华流逝了，又怎会再重来？

花有重开日，人无年少时。

"去年燕子天涯，今年燕子谁家？三月休听夜雨，如今不是催花"。不是催花，催的又是什么呢，怕就是这容颜将老吧。休管她是不是"一代词宗"，休管她是不是才华盖世，此时的她，只是一个待字闺中的少女，等待着心上人的垂爱。

宋代陈郁在《藏一话腴》中这样评价这首小词："李易安工造语，《如梦令》'绿肥红瘦'之句，天下称之。"王士祯更是称赏它"人工天巧，可称绝唱"。这首小词的出现，更加奠定了她"词女"的地位，追捧之人日众。

《红楼梦》中，红楼儿女们也是结过"海棠诗社"的。而当大观园已成为过往，当众人纷纷流落他方，一切都已成为生命中曾有过的装点，偶然回首，美好得不像真实存在过一样。或许对于易安也是如此，当很多年后回顾这样一个清晨，回顾"绿肥红瘦"的慨叹，方知一切不过是富贵闲愁。

只因那惊鸿一瞥

点绛唇·蹴罢秋千

蹴罢秋千,起来慵整纤纤手。露浓花瘦,薄汗轻衣透。

见客入来,袜刬金钗溜。和羞走,倚门回首,却把青梅嗅。

说起秋千,总是会想起那许多俏丽的脸庞,和那许多飘飞的衣袂。秋千,多少欢歌结在上面,又多少绮梦系在上面。罗裙飘荡,笑语欢腾。随着秋千的一摆一摆,欢歌散向了远方,绮梦也飞向了远方,飞向那不知名的尽头,飞向少年的心里,落地生根。

"满街杨柳绿丝烟,画出清明二月天。好是隔帘花树动,女郎撩乱送秋千。"那是秋千架下的相遇。草长莺飞,初春时节,烂漫的不只是春景,还有懵懂的少女与少年。少女的秋千缭乱了花树,缭乱了莺歌燕舞的春。那白马金羁的少年是否也看到了这一幕,如同亘古中的惊鸿一瞥,从此,就算隔了千万里,过了几十年,还是忘不了当年的那个人。

"墙里秋千墙外道,墙外行人,墙里佳人笑。笑渐不闻声渐悄,多情却被无情恼。"那是秋千架下的思恋。矮矮的一道墙,挡住了院中的人儿,却挡不住思念的心,那笑语是对着我发的吗?告诉我她的心儿也和我的一样,告诉我她的思恋也同我的一般。为何那笑声渐渐微弱了呢?是她的思恋渐渐淡了吗?是她的心渐渐冷了吗?心儿揪紧了,步子急促了,那矮矮的墙挡住了我的去路，却无法把我的思恋一并挡住。只是从此看到了秋千就听到了那银铃般的笑，看到了那如花般的脸。

吴文英词中云："西园日日扫林亭，依旧赏新晴。黄蜂频扑秋千索，有当时、纤手香凝。惆怅双鸳不到，幽阶一夜苔生。"那是秋千架下的追念。虽然那面容早已不在，只剩下"愁草瘗花铭"，但死亡可以止息生命的脚步，却从来无法止息痛苦的追念。曾有过的誓言怎会忘？曾有过的美好怎会消？秋千架成了她最别致的墓碑。丝丝绿柳浮动，仿若她的衣袂飘摆，这一世，都忘不了她的容颜和我的爱恋。

秋千架下有着多少故事啊，岁月的车轮滚滚向前，那些逝去的往昔，或许早已淹没在历史的尘埃里。只有那秋千依旧随风荡着，荡着……

"一声笑语谁家女，秋千映、红粉墙西。"是谁家的女儿，在这撩人的春色里荡着秋千？她没有严整的妆容，也没有华丽的衣衫，只有脸颊上的点点绯红和随风飘荡的袅娜娇躯。多么娇俏的一个姑娘。许是荡得久了，累了，乏了，只见她轻巧地跳下秋千。她才不会背面秋千下，何须那般矫揉造作，这里是我的后园，我的天地。露浓花瘦，初夏时节了，难怪手上汗津津的，倦极了，姑且不去管它。秋千架上春衫薄，怎禁得起那淋漓的香汗？汗湿了罗裙，勾勒出袅娜娇躯，散乱了发丝，平添出几分娇媚。

那渐渐近了的，是脚步声吗？惊走了莺，惊飞了燕，也惊住了我的心。发丝缭乱，罗裙透湿，怎能让人看到我这般狼狈，姑且逃开这是非之地，躲他一躲，避他一避。仓皇中，划破了袜，也掉落了钗，只是，她的面孔依旧那般动人，像极了那青春萌动的小周后：

"花明月黯笼轻雾，今宵好向郎边去。衩袜步香阶，手提金缕鞋。画堂南畔见，一向偎人颤。奴为出来难，教君恣意怜。"

可是闺阁中的女儿也可以这样恣肆吗？王灼在《碧鸡漫志》中这样评

价她："作长短句，能曲折尽人意，轻巧尖新，姿态百出。闾巷荒淫之语，肆意落笔。自古缙绅之家能文妇女，未见如此无顾藉也。"易安固然听不到这话，可就算她听到了，也不过付之一笑罢了。"闾巷"怎样，"荒淫"又如何？她不奢求世人的赞美，也不在意世人的诋毁，只是这血肉是真的，情意也是真的，又有什么好怕，又有什么不能说？这也时时顾虑，那也时时小心，空负了那几十年光阴，岂非白白来这世上走了一遭？

眼看那青梅都已成熟，该是有多么香甜！姑且停下我的脚步，嗅一嗅它的馥郁芬芳。可不要以为我在偷看你的模样，我只是爱这初熟的青梅。在不经意间，那少年的容颜却早已落在眼里，印在心间。

借口，从来都是蹩脚的理由。而只有他，值得她如此大费周章。

青春，本来就是用来放肆的。就算是和羞走，也还是要倚门回首。那是怎样多情的回眸！或许正如秦观所说，"金风玉露一相逢，便胜却、人间无数"；或许是杨贵妃看向唐明皇的那一眼，从此"回眸一笑百媚生，六宫粉黛无颜色"；又或许是崔莺莺看向张生那一眼，"东风摇曳垂杨线，游丝牵惹桃花片，珠帘掩映芙蓉面"。只那一眼，便是一世一生。

这首小词，像极了韩偓的《遇见》："秋千打困解罗裙，指点醍醐索一尊。见客入来和笑走，手搓梅子映中门。"如此相似的经历，岂非让人质疑？古代本就有斗诗的传统，又或者这本就是易安敷衍其事，显示自己的诗才也未可知。只是我宁愿相信，一切都是真实的写照，而那渐渐近了的脚步声，确乎属于那个太学生，那个让她梦萦与魂牵了一生的人儿——赵明诚。

元代伊世珍在《琅嬛记》中记载了这样一个故事。赵明诚到了该娶亲的年岁，父亲要为他择一佳妇。一天，赵明诚白日里做了一个梦，醒来以后忘记了梦境，却只记得三句话，"言与司合，安上已脱，芝芙草拔"，他把这三句话告诉了父亲，询问父亲是否有深意在其中。父亲为他解释道："这是预示你要娶一位会作词的女子当妻子。'言与司合'，是一个'词'字，'安'字去掉上半边，是一个'女'字，'芝'、'芙'去掉草字头，是'之夫'二字。'词女之夫'，难道不是这个意思吗？"后来，李清照果真嫁给了赵明诚。

是冥冥中注定的佳偶天成，还是有心之人的雕虫小技？

当时，李清照的父亲李格非和赵明诚的父亲赵挺之分属于不同的政治派别。北宋时期的政治斗争是极为严酷的，而此时却恰好和缓了下来，而这或可看作是赵李二人结合的"天时"；李清照千里迢迢从山东明水来到都城汴京，来到赵明诚的所在，这姑且算作"地利"；而"人和"呢？或许只有赵明诚才能为这个词做最完美的注解。是他的圈套吗？套住了父亲。是他的网吗？网住了易安的真心。

人们总是爱听故事，只是故事中人的悲喜，或许他们永远难以真正体会。谁有一双眼，能看尽平生？谁又曾想到，他们日后的岁月里会充满那么多的伤痛？只是就算他们知道，也不会后悔今日的一个回眸。那一瞥，已落雁惊鸿。

秋千架下，梅子树边，女儿的一颗心早已被撩拨乱。

我的容颜，只为你灿烂

浣溪沙·春景·小院闲窗春色深

小院闲窗春色深，重帘未卷影沉沉。倚楼无语理瑶琴。

远岫出云催薄暮，细风吹雨弄轻阴。梨花欲谢恐难禁。

梨花院落，春色正浓，却为何不打开窗子，将这春光欣赏？细看来，哪里只是没有开窗，连那重重的帘幕都不曾卷起，屋子里是昏昏暗暗的一片。她的满怀愁绪，是因了什么？又或者，是因了谁？是那个太学生吗？听说他做了一个饶有深意的梦，那梦里是怎么说的来着，"言与司合，安上已脱，芝芙草拔"，合起来是四个字"词女之夫"。哪里会有这么奇怪的梦呢？说的又多像是自己，难不成是他有意为之？她不敢去想，稍一提及，就飞红了双颊。听说那人爱好金石收藏，这一点倒是像极了自己。不是说好不想了吗？怎么思绪偏偏由不得自己，飞到那不知名的所在，那少年的心里。

尽日都是如此这般，百无聊赖。谁能看破我的思绪呢，谁又能解我的百结愁肠？或许，只有瑶琴能够真正懂得，我也只将心事诉与它听。

昔时，司马相如在卓王孙家里见到了新寡的卓文君，那是一种怎样的相逢，只觉得"动地惊天"四字都不足以概括。司马相如的一曲《凤求凰》，撩动了卓文君的芳心，激起了卓文君的爱恋。"何缘交颈为鸳鸯，胡颉颃兮共翱翔"，司马相如将他的心事付与瑶琴，是呼唤，呼唤他心中的人儿，是期盼，期盼与她共结连理。"双翼俱起翻高飞，无感我思使余悲"，幸运的是，卓文君感受得到他的真心。从此，千里万里，她都追随到底；从此，眼里心里都只有一个你；从此，百年千年，一段佳话流传至今。

"梦入江南烟水路，行尽江南，不与离人遇。睡里消魂无说处，觉来惆怅消魂误。欲尽此情书尺素，浮雁沉鱼，终了无凭据。却倚缓弦歌别绪，断肠移破秦筝柱。"（晏几道）人们总认为，鱼雁传书是最浪漫的表白，可字迹总是会模糊，湮没无闻，最后一样了无痕迹，又如何证明两颗心曾紧紧贴近？什么才是永恒的呢？或许除了一颗真心，真的再别无他物。那就让我把满怀的心事付与瑶琴吧，我知道，你总会懂。

"夜初长，人近别，梦断一窗残月。鹦鹉睡，蟋蟀鸣，西风寒未成。红蜡烛，半棋局，床上画屏山绿。搴绣幌，倚瑶琴，前欢泪满襟。"（冯延巳）在寂静的夜里，轻按琴弦，却为何会有满怀的愁绪和满襟的泪？原来是因了那个人的离开，只有愁苦和寂寞与她相伴。从前，我们总是质疑所谓的相思是否真的存在，到最后我们才发现，没有过彻骨的相思，只不过是因为那个人从未出现过，当他出现在你的生命里，你才终于品尝到相思的滋味。弹一曲离愁别绪，诉说尽我的相思，等待着他的归来。

我心上的人儿，你可曾听懂我的琴曲，你可曾读懂我的心事，你又可曾知道在那无数个黎明与无数个暗夜里，我是怎样思念着你？

云无心以出岫，又是薄暮时分了，又是一天将要过去。我只有伴着我的孤独，伴着我的相思，伴着我的爱恋，看着云卷云舒，看着日出日落，看着年华如流水一般逝去，再不回头。从前的溪亭日暮，从前的百花深处，一切多美好，只是如今想来，只觉得百无聊赖。那是回不去的曾经，寻不到的过往，因为有了一个他，因为我深深地把他思念，再无他法。而他呢，他也同样思念着我吗？他的思念也会如我一般吗？思念真的会有尽头吗？我不知道，我只知道每一天都是无尽的凄苦，我只知道每一天都是痛楚的煎熬。"本想不相思，为怕相思苦，几番细思量，宁可相思苦。"比起思念的痛苦，我更怕从来不曾拥有这份思念。可几经辗转，依旧不后悔当初的遇见。

云渐渐地暗了，斜风细雨，最恨这恼人的天气。经过了风雨的摧折，那满园的梨花也凋落了许多吧？那么我的年华呢，是否会随着这梨花的枯萎也一并枯萎，是否会随着这梨花的凋落也一并凋落？我怕容颜逝去，我厌风雨凄苦，我恨这恼人的残春。

"萋萋芳草忆王孙。柳外楼高空断魂。杜宇声声不忍闻。欲黄昏。雨打梨花深闭门。"（李重元）雨打梨花，从前看来是多么烂漫的景致，到如今，只觉出无名的愁绪。相思的凄苦，而今终于懂得。

"淮阳多病偶求欢，客袖侵霜与烛盘。砌下梨花一堆雪，明年谁此凭栏杆？"（杜牧）明年的我自己呢，又将身在何方？还会有此时的心境与此时的梨花吗？我看不到那么远的以后，我只看到明年的我，依旧深深地爱恋着他。

"梨花淡白柳深青，柳絮飞时花满城。惆怅东栏一株雪，人生看得几清明？"（苏轼）人生短促，我也莫可奈何。青春年少，分明是春天的气息，我却只拥有秋的心境。就算将这人生看破，就终于能减轻这思念了吗？又或者是思念更甚也未可知，只因爱得很深，很深。

在这梨花院落里，我也曾看过云卷云舒，我也曾看过夕阳西沉，我也曾看过月色溶溶，而今，为何只见这并不缤纷的落花。是我的心，早已被思念所占据，早已被爱恋所填满，再容不下其他，再也不复当年的光景。

"一曲新词酒一杯，去年天气旧亭台，夕阳西下几时回？无可奈何花落去，似曾相识燕归来，小园香径独徘徊。"（晏殊）或许这才是我此刻的写照吧。我明白，花开花落自有时，可终究难掩失落与悲伤。我知道，韶华易逝终难禁，可怎样也逃不开痛楚与伤怀。我的眼里满是等待的焦灼，他为何还迟迟不来看我？

花开花落，我也莫可奈何。容颜将老，我也别无他法。我还是要用我将尽的青春，等待着你，虽然这等待让我备受煎熬，我还是只愿把我的青春付与你。我的容颜，只为你而灿烂，此刻，永远。

我的心没有凋零

浣溪沙·淡荡春光寒食天

淡荡春光寒食天，玉炉沉水袅残烟。梦回山枕隐花钿。

海燕未来人斗草，江梅已过柳生绵。黄昏疏雨湿秋千。

寒食节，通常在清明节前的一两天。梁代宗懔在《荆楚岁时记》中是这样记载的："去冬节一百五日，即有疾风甚雨，谓之寒食，禁火三日。"关于寒食节，有一个流传久远的故事。相传在春秋时，晋国发生内乱，介子推帮助晋文公出逃，并最终辅佐他夺得王位，而正当晋文公想要封赏他时，他却逃到山中隐居起来，晋文公放火烧山，想要逼他出来，介子推却抱着树干烧死在山中。为了悼念介子推，于是便有了寒食节，禁火光、食寒食的习俗也因此产生。

这是一个春光和煦的日子，香炉里的沉香快要烧尽了，只剩下袅袅余烟，正如晏殊所云，"翠叶藏莺，朱帘隔燕，炉香静逐游丝转"（晏殊）。这样明媚的日子，她为何不去踏青游玩，白白地躺在这里，岂不辜负了这醉人的春光？或许反倒是陆机，最能猜透小女儿的心思，"幽居之女，非无怀春之情"？是什么扰了她的清梦吗？只见她不情愿地睁开了惺忪的睡眼，凌乱的发丝铺散在枕头上，无限的娇羞，无限的妩媚。梦见了谁呢，是那个太学生吗？那个她倚门回首时瞥见的少年，那个"词女之夫"，如若果真如此，那真可谓是绮梦了。可不管那梦境有多美好，醒来之后依旧是了无痕迹。她的怅恨是因为这个吗，还是因为在这淡荡的春光里依旧寻不见他的影踪？

春光正好，往年成双飞来的海燕，今年怎么错过了归期？望穿了秋水，也望不见它们的踪迹。是为了怕那待字闺中的女儿看见它们成双而难过心伤，所以它们迟迟不归来吗？不过，她也真的艳羡这千万里不离不弃的追随。她和她那心上的人儿，也会有这样的光景吗，会吗？又是在何时？

海燕误了归期，伙伴们可不能负了这无限春光，她们欢快地斗起了百草。斗百草，最早的记载见于《荆楚岁时记》："五月五日，谓之浴兰节。荆楚人并踏百草，又有斗百草之戏。"一直到唐宋，都还延续着这样的传统。晏殊的《破阵子》中也写过这样的句子："燕子来时新社，梨花落后清明。池上碧苔三四点，叶底黄鹂一两声。日长飞絮轻。巧笑东邻女伴，采桑径里逢迎。疑怪昨宵春梦好，元是今朝斗草赢。笑从双脸生。"那些少女们该是多么欢快，而当年沉醉不知归路的易安呢，她为何不加入这些少女的行列？曾经的欢快呢，曾经的洒脱呢，随着年华的流逝也一并流逝掉了吗？她也想重拾旧日的笑语欢歌，重拾往昔的灿烂年华，只是有些事，过去了就是过去了，不再回来。那些小女儿的情趣，属于昨天，属于那被埋葬的过往，却不属于现在。现在萦绕着她的，是无尽的相思与哀愁，还如何找回那错过了的自己？那个自己，在属于她的年华里灿烂着，而现在的自己，独自品咂着相思的况味。昔日的伙伴们呼唤着她，"快来啊，和我们一起！"她无暇顾及，也不想理会，她的容颜而今只为一人姣好，她的所有，都已化作了等待的焦灼。一切像极了席慕容的一首小诗：

如何让你遇见我

在我最美丽的时刻

为这

我已在佛前求了五百年

求佛让我们结一段尘缘

佛于是把我化做一棵树

长在你必经的路旁

阳光下

慎重地开满了花

朵朵都是我前世的盼望

当你走近

请你细听

那颤抖的叶

是我等待的热情

而当你终于无视地走过
在你身后落了一地的
朋友啊
那不是花瓣
那是我凋零的心

幸运的是，她的心没有凋零，而他们，也终于共结连理。

江梅的花期已过，清明，早已不是属于它们的季节。杜甫有诗云："梅蕊腊前破，梅花年后多。绝知春意好，最奈客愁何？雪树元同色，江风亦自波。故园不可见，巫岫郁嵯峨。"梅花，注定属于那素裹银装的冬，柳絮才是春的主角。就算还有几分留恋和几分不舍，也终难抵挡梅花渐落，梅子渐熟。

冬天是属于梅花的，春天是属于柳絮的。又是一年柳絮翩飞的时节。杜甫有诗云："肠断江春欲尽头，杖藜徐步立芳洲。颠狂柳絮随风去，轻薄桃花逐水流。"不要这样漫天地飞吧，是要告诉她已是春深了吗？是要告诉她又是一年光景了吗？那逐着流水东去的，哪里只是柳絮杨花，分明还有她的青春，和她的娇艳年华。她又能怎样呢？父亲要为她择一门好亲事，却迟迟定不下婚期，可怕，容颜将老；可恨，那心上人身在何处；可恶，这杨花还是漫天飘飞。

又是黄昏了，最是那难耐的时刻。黄昏过去了，又是那漫长的无尽头的黑夜，人说黑夜恼人，可在她看来也不过如此。自从遇见了他，终日浸在思念的凄苦里，白天，黑夜，哪里会有什么大分别。"纱窗日落渐黄昏，金屋无人见泪痕。寂寞空庭春欲晚，梨花满地不开门。"不开门，锁住的哪里只是那个人儿，还有那颗孤寂的心。易安，真真能道得出个中三昧。

下雨了，丝丝细雨打湿了她的秋千。秋千，唐明皇呼之为"半仙戏"，最是少女们喜爱的游戏。那里有过她多少欢乐啊，而今看来，早已是恍如隔世一般，在她的身上，再也找不到当年无忧少女的半点痕迹。她是真的有过那样的欢乐吗？或许连她自己都会去质疑。曾经，怎能沉浸在那样小小的幸福与喜悦里，无法自拔？而如今，当世易时移，非复当年的光景，她的生命里，从此只装得下他一个人。爱情从来都这般无理。

"楼外垂杨千万缕，欲系青春，少住春还去。犹自风前飘柳絮，随春且看归何处。绿满山川闻杜宇，便作无情，莫也愁人苦。把酒送春春不语，黄昏却下潇潇雨。"这首《蝶恋花》，出自朱淑真之手。一样的垂杨，一样的柳絮，一样的黄昏，一样的细雨，或许还有那一样的百结愁肠。也许，真的只有女儿，才能体会女儿的心，才能读懂女儿的情愁。

寒食节里的百无聊赖，与家国无关，只是一场春事，有关相思。

思念，落梅如雪

浣溪沙·髻子伤春慵更梳

髻子伤春慵更梳，晚风庭院落梅初。淡云来往月疏疏。

玉鸭熏炉闲瑞脑，朱樱斗帐掩流苏。通犀还解辟寒无？

在古代，女子到了 15 岁的时候，要举行"笄礼"，表示成年，也表示到了婚嫁的年纪。从此，散乱的发丝归拢了起来，梳成了一个髻子。揽镜自顾，那髻子怎么斜斜地垂着，是它也为着这春天而伤怀吗？姑且让它垂着吧，她已无心再打理，她也恨这恼人的春，更恨连这春也将尽。

又一阵晚风吹过那寂寞的庭院，吹落了几瓣梅花，吹拂着她的一怀愁绪。一片花飞减却春，要不了多久，就又是"风飘万点正愁人"了。她的寂寞，她的孤独，谁能懂？她是多怕那繁花落尽的时刻，送别那一个个昔时盛开的容颜，而镜中的她自己呢，是否繁华也将要凋零尽？

摽有梅，其实七兮。求我庶士，迨其吉兮！

摽有梅，其实三兮。求我庶士，迨其今兮！

摽有梅，顷筐塈之。求我庶士，迨其吉兮！

摽有梅，其实三兮。求我庶士，迨其谓之！

那是远古的《诗经》中的一首短诗，与此时的易安可谓是异代知音。又或者，古往今来，但凡有落花，便有女儿的凄苦。她们怕，怕时光荏苒，非复旧日时光；怕年华消逝，美好岁月不再；怕容颜渐老，求我庶士不来。那个口口声声诉说着爱恋的人儿呢，呵，他从未表白过他的真心，可"词女之夫"不正是最好的倾诉吗？而今他在哪里，在何方，他看不到这落梅吗？看不到随风飘零的少女的心吗，还有她的思念，她的一往情深？

所幸的是，还没到那"砌下落梅如雪乱，拂了一身还满"的时节。空寂的庭院里，只有淡淡的云和溶溶的月。她就这样看着，看着梅花一瓣一瓣地凋，一片一片地落。从今起，她只有日日数着那梅花，看着它日渐稀少，最后终于全都凋谢，一并凋谢的，或许还有她的容颜，她的青春年少的心。

那玉鸭形的熏炉多么别致，那炉中的瑞脑也名贵异常。昔时，她是多么爱这香料，总是燃着一室芳馨。而如今呢，那些瑞脑也只是闲闲地被抛掷在熏炉里，她已无心理会。髻子低垂，她无心梳理；瑞脑闲掷，她无心点燃。她的心思飞向了哪里，她的愁绪又是为着什么？是谁夺走了她的快乐，她的青葱岁月，她的无忧时光？她恨他吗，那个偷走了她的心的人？怎会，殊不知，思念虽有淡淡的悲和淡淡的愁，却也自有它淡淡的快乐。思念是心间翻滚的暖流，有时流得慢一点，如细水淙淙，心中是那样的温暖，那样的满。有时候流得快一些，如江潮奔涌，心中是那样的痛楚，那样的苦。可无论是快乐还是悲苦，她还是感恩上苍让她遇到这样一个人儿，从此，她的心有了寄托之所。

"红罗覆斗帐，四角垂香囊。"那樱桃红色的罗帐多么华贵，那丝丝流苏又是多么精美。每一个少女都曾期待着这样的睡榻吧，躺在里面，一定舒服极了。可她为何迟迟不肯安歇？只见她轻轻地把目光调转，落到那昔年留下的犀角上。

《开元天宝遗事》中记载着这样一个故事：开元二年（公元 714 年）

的冬至时节，交趾国进贡了一株犀牛角，颜色是明黄色的，灿烂得好比耀眼的黄金。使者命人用金盘装着这犀牛角，放置在大殿之中，顿时有阵阵的暖气袭来。皇上不解，询问是何缘故，使者回答说："这犀牛角叫作辟寒犀，名贵异常，我国上一次进贡这犀牛角，还是在隋文帝之时。"

不知这珍奇的犀角，还能不能赶走屋子中的逼人寒气，屋内这般冰冷，她又怎能安睡呢？只是不知，究竟是这屋子冷，还是她的心更冷几分。屋子冷，尚且可用犀角避寒，可心冷呢，又能有谁来温暖？思念的岁月是漫长而凄苦的，又能与何人道，又能向何人说？

人们都说，易安生活优渥，虽算不上富贵，但也绝不寒酸，为何有这般愁苦？殊不知，她也自有她的难处。襁褓丧母的悲哀，怎是一般人所能经历？又怎是一般人能够明白？虽然后母对她极好，但终究不是亲生，始终隔着一层。她的相思，她的爱恋，怎能对后母道呢？"泛彼柏舟，在彼中河。髧彼两髦，实维我仪。之死矢靡它。母也天只，不谅人只！"如果是亲母，或许她也能这样耍赖撒娇吧，只是没有那"如果"，她只有把一切愁苦悉数藏进心间，恹恹地，总觉不出生活的滋味。

晏殊曾作了一首名为《玉楼春》的小词："绿杨芳草长亭路，年少抛人容易去。楼头残梦五更钟，花底离愁三月雨。无情不似多情苦，一寸还成千万缕。天涯地角有穷时，只有相思无尽处。"

此刻，那绵绵流淌在易安心底的，恰是那无尽的相思。

酒浓亦难解相思

浣溪沙·莫许杯深琥珀浓

莫许杯深琥珀浓，未成沉醉意先融。疏钟已应晚来风。

瑞脑香消魂梦断，辟寒金小髻鬟松。醒时空对烛花红。

酒，从来都是诗人骚客的朋友。易安自然也是爱酒之人，"常记溪亭日暮，沉醉不知归路"，尽兴时，有酒；"昨夜雨疏风骤，浓睡不消残酒"，伤感时，有酒；"三杯两盏淡酒，怎敌他、晚来风急"，痛绝时，亦有酒。那深深浅浅的一滴一口，滋润着味蕾，沁入了心脾，是否真的能把悲伤带走？更多的时候，来不及细想就已沉醉，醉入另一个世界里，另一个天地间，再无凄苦。那杯越是深，那酒越是浓，才越能尽兴，才越能消忧。那琥珀色的杯中物，浸润着愁肠，缓缓流淌，只化作几滴相思的清泪，顺着那娇俏的脸庞滴滴落下。

韦庄在《菩萨蛮》中写酒："劝君今夜须沈醉，樽前莫话明朝事。珍重主人心，酒深情亦深。须愁春漏短，莫诉金杯满。遇酒且呵呵，人生能几何。"姑且醉上一回又何妨，怎能辜负了主人的情意深重。春宵一刻值千金，快乐总是那么短，痛苦又往往那么长。还说什么酒斟得太满，干尽了这杯吧，明天会如何，前途会怎样，休去管，如果苦涩注定那么多，又何妨苦中作乐。

黄庭坚在《定风波》中写酒："把酒花前欲问溪，问溪何事晚声悲。

名利往来人尽老。谁道。溪声今古有休时，且共玉人斟玉醑。休诉。笙歌一曲黛眉低，情似长溪长不断。君看。水声东去月轮西。"淙淙的流水，带走了时光，带走了华年，却带不走悲伤的心。曾几何时，那溪水的声音是多么欢快，而今听来，却只觉得伤悲。那溪流是多么长啊，仿佛一生一世也寻不见它的边际，恰似我的情愁，流不尽，无断绝。抬望眼，只见一轮明月，缓缓向西沉去。

陆游在《蝶恋花》中写酒："禹庙兰亭今古路。一夜清霜，染尽湖边树。鹦鹉杯深君莫诉。他时相遇知何处。冉冉年华留不住。镜里朱颜，毕竟消磨去。一句丁宁君记取。神仙须是闲人做。"那冉冉的年华，你以为留得住它们的消逝？你又何曾留住那东去的河水！时光消磨了一切，消磨了那镜里昔日的容颜，休，休，想这些做甚，徒增烦恼，不如斟满你的鹦鹉杯，把一切的愁苦，咽进肺腑。

只是，酒真的能够消忧吗？又或者，酒入愁肠，只能化作凄苦的泪？

才饮了几杯，便有了醉意，或许酒不过是她的借口，她只是寻找一个理由，可以放肆地笑，可以放肆地哭，可以放肆地对他思念与爱恋。而今夜的酒，注定要扮演这样的角色。

习习晚风中传来疏朗的钟声，是"杳杳钟声远"吗？无奈，她没有这般心境，欣赏不了这样的淡远。

瑞脑香燃尽了，易安的魂梦也已断绝，那用辟寒金制成的金钗曾经是她最心爱的物件，而今只斜斜地坠在发髻间，发髻松了，发丝散乱了，休去管。常言道得好，"女为悦己者容"，而她的"悦己者"在哪儿，她又为谁而容？从前怎知道思念这般痛苦？当年姐妹分明道，莫把真心付与他。付出了真心，就一定要承受这许多的痛楚吗，只是为何她从不后悔，她只是在思念的痛楚中品味着爱情的甜蜜？怕只怕，容颜憔悴，终将苍老；盼只盼，他不要辜负了这真心才好。

酒会醉，也终究会醒，醉时的时光多好，只一瞬，便忘了烦恼。醒来的时光多难熬，只有红烛伴着她，又是这般寂寞的光景。点点烛光，映红了她的脸，却无法照亮她幽寂的心，她的心太冰冷，哪里是辟寒金能够温暖得了的？那冰冷是因了他，也只有他才能温暖她的心房。她中了爱情的毒，而解药握在他的手中。

"无情不似多情苦，一寸还成千万缕。天涯地角有穷时，只有相思无尽处。"（晏殊）如果注定了"思念"是人生这幕戏中的一出，她只有努力扮演好自己的角色。

易安在《词论》中曾经这样批评秦观的词："譬如贫家美女，非不妍丽，而终乏富贵态。"何谓"富贵态"呢，是"琥珀浓"，还是"瑞脑香"，是"辟寒金"，还是"烛花红"？再多的布景也不过是布景，始终温暖不了主人的心，而所谓的"富贵"，也不过是昔时留下的物件，而今早已染了斑驳的尘埃。昔年的盛景早已不再，她自己不是也说过"家贫"吗？那许多的愁苦也会与这相关吗？只是易安不是最淡然的女子吗，怎会流连这些身外之物？又或许是愁苦之人，最容易感时伤事，他们的眼中看不见欢乐，他们的心间也只能感受悲凉。

春晚愁深，此一重悲也；昔时盛景不再，此二重悲也；不知情归何处，此三重悲也。当重重悲伤袭来，她又怎能不凄苦愁绝？

易安还会有昔时的欢乐吗，那样无虑无忧的华年？会的吧，当他们的两颗心终于贴在了一起。而那一天何时会来临，她不知道；会不会最终也不会来临，她不去想，她只是紧紧地守护着自己的爱情，就算一切终将是无望，她也在所不惜，她只是将她最美好的华年付与了他。

酒再浓，杯再满，也终难消解思念的哀愁。

花影，残酒，盼重逢

浣溪沙·绣面芙蓉一笑开

绣面芙蓉一笑开。斜偎宝鸭衬香腮。眼波才动被人猜。

一面风情深有韵，半笺娇恨寄幽怀。月移花影约重来。

    绣面，是唐宋以前就有的习俗。女孩子们总是担心自己不够娇艳，偏要在面颊上贴上许多花样才开心。你看那女孩的面上贴的是什么，原来是一朵娇艳的芙蓉，倒当真应了白居易的那句诗，"芙蓉如面柳如眉"。只见那女孩清浅一笑，芙蓉便绽放开来。还记得王昌龄写过这样的诗句，"荷叶罗裙一色裁，芙蓉向脸两边开"，嫣然一笑，绽开的到底是芙蓉，还是少女美丽的面庞？总之，少女那娇艳的脸早已和芙蓉美到了一处。

    那宝鸭状的金钗，镶满了五彩宝石，斜斜地簪在发髻上。那芙蓉是多么娇艳，那宝鸭又是多么俏皮，衬着那少女的脸，更显得俏丽多姿。只见她眼波一转，顿觉顾盼生姿，那眼眸清亮如斯。"骨重神寒天庙器，一双瞳人剪秋水"，诗鬼李贺，自然是驱驰语言的天才，而我终究不信那目光，美得过这女郎。她是想到了什么呢？只见她低下了头，如一朵水莲花般，不胜娇羞。是怕人猜到她的心思吗？可她分明不曾言语，而此地也分明没有旁人。她是怀着怎样的情愁和怎样的温柔啊！是爱情吧？也只有爱情，能让一个女孩子如此娇羞。

相见时分有多么快乐，离别时分就有多么痛苦。在爱情里，快乐与痛苦总是相伴而生的。一日不见，如三秋兮。多想每天都看到他啊，多想每刻都伴在他身旁。可恨人之多言，亦可畏也，终究不能尽日一处相守，所以，也便有了相思的无尽苦楚。

思念的时光是多么难熬，思念的痛苦是多么难耐。在爱情里，从来没有理智可谈，因为它本来就是最烂漫的情感。姑且放纵一次又何妨，放下了矜持，掩起了娇羞，不管什么人言可畏，也不顾所谓的礼义廉耻，只为她深深地思念着的那个梦中人。取一张短笺，写上她的埋怨，写上她的凄苦，写上她的娇嗔，落笔处，却只写得出七个字，"月移花影约重来"。如能见到那梦中的人儿，所有的嗔怪都变成了等待，所有的烦恼都变成了期许。别笑她，她只是中了爱情的毒，就算深受其苦，她也只享受这甜蜜的温度。"重来"，可见已不是第一次月下相见了。不是没有万千顾虑，也不是没有胆战心惊，无奈相思的痛苦真真地无法抵挡，她终究要在爱情面前俯首称臣。

还记得《诗经》里的那首短诗吗？

静女其姝，俟我于城隅。爱而不见，搔首踟蹰。

静女其娈，贻我彤管。彤管有炜，说怿女美。

自牧归荑，洵美且异。匪女之为美，美人之贻。

那是一种怎样多情的等待！他等她等得搔首踟蹰，她看他看得笑弯了腰。芳心萌动，也只有那几年的光阴，错过了，这一生便再难有那样的心境了。等待的光阴最是难耐，而青春年少的人儿最不怕这磨折。当许多年后，蓦然回首，他才知道，他的等待从来都只给了她一个人，也只有她，值得他承受那许多苦楚。那红色的箫管，一直紧握在他的手心，只因为看到了它，便看到了她的巧笑嫣然。青春年少的爱情最是美好，一如这春光，无限多情，无限缱绻。只有道学家们，最是不解风情。《毛诗序》说："《静女》，刺时也。卫君无道，夫人无德。"何必把它打扮得如此冠冕堂皇，殊不知"思无邪"这话，出自孔圣人之口；何必附着上那许多牵强的理由，殊不知少男少女的爱恋，本就是人之常情。

"待月西厢下，迎风户半开。拂墙花影动，疑是玉人来。"

待月西厢，是张生和崔莺莺的过往。怎样骄矜的少女，也抵挡不了那般多情的目光。她等得月亮都已西沉，为何还迟迟不见他的影踪？墙边的花影晃动，是她那心上人到来了吗？心跳得那样紧，面孔也已然一片绯红。

"月移花影约重来"，那是易安和明诚的真实写照吗，又或者只是她灵魂深处的期盼？在无尽的焦灼的等待中，她无数次地设想过那样的约会吧。"月上柳梢头，人约黄昏后"，那该是怎样多情的相逢。人们总是不愿承认这首小词出自易安之手，他们总觉得易安唱不出那样的靡靡之音，可他们不知道的是，她只是一个少女，她也有她的无限情愁啊！

迷离的花影里，隐约的月色中，那面似芙蓉眉似柳的少女，伫立凝望。"似此星辰非昨夜，为谁风露立中宵。"只为那多情的少年，只为当年的那一眼，就已注定此生沉沦。

梅花锁了春寒

渔家傲·雪里已知春信至

　　雪里已知春信至，寒梅点缀琼枝腻。香脸半开娇旖旎，当庭际玉人浴出新妆洗。

　　造化可能偏有意，故教明月玲珑地。共赏金尊沉绿蚁，莫辞醉此花不与群花比。

　　那雪花还在漫天飞舞的时节里，就已经知道了春的归期，是谁走露了风声，没守住这秘密？"前村深雪里，昨夜一枝开"，是那傲雪凌霜的寒梅，透露了春的消息。寒霜里，也只有这梅能与那飞雪嬉戏，旁的花哪里受得了这冰霜的洗礼？

　　朵朵寒梅，点缀着那斜逸的枝，那枝条本来清癯的身子，经过了清霜与白雪的浸润，竟也丰腴了起来。好一个"琼枝腻"，着一"腻"字来形容那梅枝，也真亏易安的如花妙笔，或许，也只有她能想得出这样的言语。这梅枝，多像是《卫风·硕人》中那美丽的女郎："手如柔荑，肤如凝脂，领如蝤蛴，齿如瓠犀，螓首蛾眉。巧笑倩兮，美目盼兮。"那女郎是怎样的显达，"齐侯之子，卫侯之妻。东宫之妹，邢侯之姨"，又是怎样的美丽不可方物。这梅枝，又多像是曹雪芹在《红楼梦》中所描画的那初次登场的贾迎春："肌肤微丰，合中身材，腮凝新荔，鼻腻鹅脂，温柔沉默，观之可亲。"贾迎春是怎样的富贵，又是怎样的自有一番韵味，自然担得起一个"腻"字。可那梅枝竟也有那般富贵多情吗？易安是怎样爱着那梅啊，连那枝干都恍然成了最动人的少女。

如果梅枝都担得起这样的美誉，梅花又该承受怎样的赞赏？易安最是那擅言辞之人，这又岂能难得住她？"香脸半开娇旖旎，当庭际、玉人浴出新妆洗"，回味处，细思量，梅花的美果然还要胜过那梅枝几分。古代有这样的习俗，女子出嫁前几天，要用细线绞掉脸上的汗毛，修齐鬓角，谓之"开脸"。香脸半开，那梅花不正像极了绞净面庞的少女？出嫁，嫁与谁呢，嫁与那寒霜吗，还是嫁与那飞雪？易安才无暇去管，她只在乎她将情归何处。是那个太学生吗？那个她苦苦思念的人儿，那个也一样苦苦思念着她的人儿。或许这正是易安出嫁前的闲言碎语。

如水的月光，浸润着那娇艳的梅，一如当年，"春寒赐浴华清池，温泉水滑洗凝脂"，只有杨贵妃配得上"春寒赐浴"，也只有这梅担得起这多情的月光。蓦然回首，只见那寒梅正在习习寒风中，溶溶月色里，摇曳，徘徊。她不就是当年的杨贵妃吗？杨贵妃有她的绝代风华，这寒梅也有她的冷傲冰霜。

"疏影横斜水清浅，暗香浮动月黄昏。"这是造物主多情的眷顾吗？月也会有阴晴圆缺，为何偏偏今夜的月色如此温柔如水？而这样的梅不正是应该在这样的夜里欣赏吗？月玲珑，花影朦胧，这样的美景，怕不是在梦中吧？在这人世间，此景又能得见几回？哪怕只有这一次，此生便已了无遗憾。

良辰美景，是这如水的月夜、多情的梅；赏心乐事，是女儿的情怀终于有了寄托之所。这样的痛快淋漓，怎能没有一杯酒呢？尽饮此杯，为这娇艳的梅，为这溶溶的月，为了她那从此再不孤独寂寞的心。

"绿蚁"，是酒的代称，白居易在《问刘十九》中这样写道："绿蚁新醅酒，红泥小火炉。晚来天欲雪，能饮一杯无？"原来，古时候酿酒是要过滤的，没有过滤过的酒，酒面上会浮起一层细细的沫。偏逢上那酒是绿色的，那泡沫便也是绿的了，乍一看去，就如同一层绿蚁一般，多么妙趣横生的联想！

　　此时此刻，在这如水的月光中，易安正端起她满斟的金尊。怎能怕喝醉了呢？不干尽了这杯，岂不辜负了这美好而多情的夜，岂不辜负了这独占花魁的梅？又或者，酒未饮，她就早已沉醉，醉在了这如画的仙境里，醉在她多情的期盼里，醉在她如缕的情丝中。

　　"此花不与群花比"，也只有这寒梅，担得起这般赞誉。易安所咏之寒梅，当为腊梅不假。那腊梅并没有如何高贵的出身，范成大在《范村梅谱》中这样记载道："蜡梅，本非梅类，以其与梅同时，香又相近，色酷似蜜脾，故名蜡梅。凡三种，以子种出，不经接，花小香淡，其品最下，俗谓之狗蝇梅。经接，花疏，虽盛开，花常半含，名磬口梅，言似僧磬之口也。最先开，色深黄如紫檀，花密香秾，名檀香梅，此品最佳。蜡梅，香极清芳，殆过梅香，初不以形状贵也，故难题咏。山谷、简斋但作五言小诗而已。此花多宿叶，结实如垂铃，尖长寸余，又如大桃奴子在其中。""山谷"，是黄庭坚的号，黄庭坚曾作五言小诗云："金蓓锁春寒，恼人香未展。虽无桃李颜，风味极不浅。""简斋"是陈与义的号，陈与义也曾作五言小诗云："一花香十里，更值满枝开。承恩不在貌，谁敢斗香来。"那范成大何其糊涂，哪里是那腊梅难题咏，分明是俗人不识这腊梅的气骨。易安何曾只在意花的好颜色，又何曾吟咏过纷飞的桃李。她爱着的，分明是那腊梅的芳魂一缕。

　　王十朋在《梅花》诗中赞美它道："园林尽摇落，冰雪独相宜。预报春消息，花中第一枝。"是这梅，最早把春来报；是这梅，不畏严寒，不畏凄苦；是这梅，终不屑于和群芳争宠。当夏天百花正好，梅躲避着这番热闹。当秋天群芳凋残，当冬天百花连枝叶也埋进那残雪里，梅才终于凌寒开放。为什么不开在盛夏里，是怕姿色比不过那群芳，终归逊色吗？没有，怎会！她只是喜欢这寒冬，她只愿绽放在这样的季候。当百花凋残，再无一朵花、一片叶时，她终于绽露了她的芳姿，是去陪伴那寂寞的寒冬吗，还是她本身就享受这种孤独？只是当春回大地，群芳斗艳，她却只把目光抛向天的尽头，把那繁华让与繁花。正如陆游在《卜算子》中所言："驿外断桥边，寂寞开无主。已是黄昏独自愁，更著风和雨。无意苦争春，一任群芳妒。零落成泥碾作尘，只有香如故。"任凭那群芳去忌妒吧，她没奈何，更不愿与她们言语。去争夺那温柔的春光吧，只是不要打扰她的休憩。

"此花不与群花比"，这是怎样直白的赞誉，若出自旁人之口，定然没有这般非凡的气度，只有易安说得出这番气魄，道得出这份磅礴。看似是在说梅，其实是在说自己。而易安，不正是傲骨凌霜的梅花一朵？易安也曾以梨花自比，"远岫出云催薄暮，细风吹雨弄轻阴。梨花欲谢恐难禁"，却始终只是小女儿情态；易安也曾以菊花自况，"东篱把酒黄昏后，有暗香盈袖。莫道不销魂，帘卷西风，人比黄花瘦"，而她终究是个女子，何必强求那番旷达。只有梅，像煞了易安；也只有易安，配得起这梅。历史上，多少女性，书写了多少篇章，只是到了今时今日，大多已湮没无闻，只有易安，在那漫长的历史中，独自璀璨。

在她的一生中，写过太多咏梅的诗篇，这或许是最初的一首。她是用她的生命去写诗的，也自然是用生命去感受那梅。此时的梅，是怎样的高傲与冷艳，恰似此时的易安。她是有理由高傲的，富贵传家，诗书继世，优渥无虞的生活，门当户对的婚姻，命运之神是怎样眷顾着她啊，把所有的美好都奉与她。只可惜，世间没有永远一帆风顺的人生，她的悲苦，在那以后的无尽的岁月中，绵延不绝。到了那一天，那梅花也已堪怜。只是这是日后的故事，留待日后再细细诉说，慢慢品读。

第二辑
生命中无比焦灼的夏

春光尽，百花残，芍药独放

庆清朝·禁幄低张

禁幄低张，彤阑巧护，就中独占残春。容华淡伫，绰约俱见天真。待得群花过后，一番风露晓妆新。妖娆艳态，妒风笑月，长殢东君。

东城边，南陌上，正日烘池馆，竞走香轮。绮筵散日，谁人可继芳尘。更好明光宫殿，几枝先近日边匀。金尊倒，拚了尽烛，不管黄昏。

禁宫中的帷幕低低地垂着，朱彤色的阑干紧紧地围着，为何如此用尽心机，偏不让人将它的芳姿欣赏？人们禁不住好奇，是怎样名贵的花，值得如此大费周章？为只为百花都

下篇 花自飘零水自流——李清照的爱恨别愁

已凋尽，只有它守着这残春。当它也终于黯然地凋零，就再也没有了满园春色。

容华，从来只形容美丽的女子。曹植在《杂诗》中说："南国有佳人，容华若桃李。"这独占残春的花，仿佛幻化成了美丽的江南女子。刘长卿在《王昭君歌》中写道："那知粉绘能相负，却使容华翻误身。"这独占残春的花，恍然又成了沉鱼落雁的明妃。绰约，也从来只形容美人的风姿。白居易在《长恨歌》中说："楼阁玲珑五云起，其中绰约多仙子。"而这花，不正像极了不事雕琢的仙子吗？它不要艳妆，视那粉黛如累赘，洗净了铅华，谁说天然不是另一种娇美？

春天尽了，百花也凋残了。有怎样多情的盛开，就有怎样无情的凋零。风露不解风情，摧残着那一个个娇弱的身躯，终于散尽了最后的芳魂一缕。而只有它，殷红了面颊，如同新妆的少女。它有着怎样的妖冶、怎样的艳丽啊。那清风因了它的美而心生怨恨，那明月因了它的美而满心欢喜，它就是有这样的魔力，连日神都要为它驻足流连，不忍离去。

东君是日神，将那夜色驱散，让那月亮躲藏，"青云衣兮白霓裳，举长矢兮射天狼。操余弧兮反沦降，援北斗兮酌桂浆。撰余辔兮高驼翔，杳冥冥兮以东行"。这是古老的《楚辞》中的句子，赞美东君。或许一切都不过是他着意安排的结果，他迟迟不愿离开，他的照耀，只为装点它的芳华烂漫，只为欣赏它的绝世之美。

易安偏好打这哑谜，不肯将花的芳名传递，是它也那样自私吗，不愿让旁人一睹它的艳丽娇美？有人猜测，是那天香国色的牡丹，也只有它担得起这赞誉。殊不知"牡丹落尽正凄凉，红药开时醉一场"，牡丹没有那样的气魄，那样的精魂一缕，它经不起这风露的洗礼。当牡丹早已凋尽，最终消弭了存在过的痕迹，只有芍药还在绽放它的芳姿。岂不晓"东君着意占残春，得得迟开亦有因"，那芍药总是迟迟地开放，它不愿与那群芳争美，它只愿证明它才是这残春中的唯一。怎不闻"芍药开残春已尽。红浅香乾，蝶子迷花阵"，当群芳凋尽，芍药依然摇曳在春风里，只有当它也终于凋落，人们才知道春是真的离去了，是它，终结了春的气息，带走了春的痕迹。

此时此地，那独占残春者，分明是芍药无疑。

"溱与洧，方涣涣兮。士与女，方秉蕳兮。女曰观乎？士曰既且，且往观乎？洧之外，洵訏且乐。维士与女，伊其相谑，赠之以芍药。"（《诗经·郑风》）三月三日天气新，溱洧畔的约会是多么美好，我的心事只有你能知晓。相逢有几多美好，离别就有几多烦恼。临别之时，别在你襟上的那一朵，是芍药。

"恨春易去，甚春却向扬州住。微雨，正茧栗梢头弄诗句。红桥二十四，总是行云处。无语，渐半脱宫衣笑相顾。金壶细叶，千朵围歌舞。谁念我鬓成丝，来此共尊俎。后日西园，绿阴无数。寂寞刘郎，自修花谱。"（姜夔）千朵万朵，随风飘转，他是再也没有那样的华年，如这红花般艳丽。几十年时光一晃，鬓已成霜，他的艳羡，悉数写在眼里。那二十四桥边，不知年年为谁而生的，是芍药。

《红楼梦》中写道："四面芍药花飞了一身，满头脸衣襟上皆是红香散乱，手中的扇子在地下，也半被落花埋了，一群蜂蝶闹穰穰地围着她，又用鲛帕包了一包芍药花瓣枕着。众人看了，又是爱，又是笑，忙上来推唤挽扶。"她是多么潇洒，又是多么娇憨，她大嚼鹿肉，大饮美酒，却丝毫不见半点娇羞，直说"是真名士自风流"，也只有她，能在这多情的春里醉卧花丛。湘云醉眠，那铺散了她一脸一身的，是芍药。

千叶扬州种，春深霸众芳。

多少人爱慕着它的绝代风华，难以尽数，只知道易安定然是那其中的一个。东城边，南陌上，易安驾着香车，驱着宝马，把它的芬芳追逐，只为看尽它的容颜，记取心间，此生再不忘怀，此生也再无遗憾。那芬芳醉了她的心，染香了她的车轮。正如陆云在《喜霁赋》中说："戢流波于桂水兮，起芳尘于沉泥。"竞逐芳尘，是怎样的浪漫？而追逐的，又何曾只是那芳香的尘土？《宋书·谢灵运传》中有这样的句子："屈平、宋玉，导清源于前；贾谊、相如，振芳尘于后。"这"芳尘"同样代表美好的名声。那芍药，竟也有梅一样的品格，莲一样的风雅吗？否则易安怎会爱着这芍药，仅仅因为它占尽了残春吗？牡丹花开富贵，自是美得倾国倾城，却从未见易安吟咏，易安爱的，不仅是它的芳姿，还有它的芳魂。是它的坚守，延驻了这残春。

更娇艳妖冶的芍药，还是在那御花园中吧。分明是北宋的宫殿，又为何偏说成"明光宫"？易安自有她的高明之处。"明光宫"，那是汉代的宫殿，为汉武帝所修建。《三辅黄图》中这样记载道："未央宫渐台西有桂宫，中有明光殿，皆金玉珠玑为帘箔，处处明月珠，金陛玉阶，昼夜光明。"又说："武帝求仙起明光宫，发燕赵美女二千人充之。"燕赵本多佳丽，而昔年那明光宫中的美女自然美丽不可方物。不知今时今日，这御花园中的芍药是否差可比拟？

有名花，自然要有名酒。尽饮终日，不要停歇吧！快斟满你的酒，快端起你的杯，趁着这欢乐年头。怕只怕酒喝干了，筵席散了，花也不再开了。姑且一醉方休又如何，烧尽了这烛，不管黄昏日暮，不管夜深露浓。

此时的易安，刚刚嫁与赵明诚，还沉浸在新婚的喜悦与温存中。或许，那同游之人中，就有她那新婚的丈夫也未可知。那时候的赵明诚还只是太学生，只有初一和十五才能够和易安团聚。每当这个时候，他们总是把那金石字画细细欣赏，短暂的团圆，也显得弥足珍贵。佳偶天成，说的也不过如此了吧。此时的她，触目所见，尽是美好，此时的她，正活在她生命中的春天里。

"一声啼鸩画楼东，魏紫姚黄扫地空。多谢化工怜寂寞，尚留芍药殿春风。"（苏轼）当百花凋残，只有芍药收拾着一片残春。此时的易安，只是看着那芍药，品咂着那残春中淡淡的花香与淡淡的哀愁，她又怎会知道，在不久的以后，有怎样的大风波等待着她。如果说此时是她生命中的春天，那么此刻也已经是残春了吧。可谁又能说，浑然不觉不是另一种美好？起码此刻的她，没有怨恨，也没有伤悲，只有满心的欢喜，暖暖地萦绕心头。

又是一年桂花开

鹧鸪天·暗淡轻黄体性柔

暗淡轻黄体性柔，情疏迹远只香留。何须浅碧深红色，自是花中第一流。
梅定妒，菊应羞，画栏开处冠中秋。骚人可煞无情思，何事当年不见收。

"不是人间种，移从月中来。广寒香一点，吹得满山开。"人们总是喜欢传说，仿佛世间之物再美好，也终归会显得凡俗，只有赋予了几分仙气，才不负这千万里飘香的桂花。

唐代段成式在《酉阳杂俎》中记载道："旧言月中有桂，有蟾蜍。故异书言，月桂高五百丈，下有一人，常斫之，树创随合。人姓吴，名刚，西河人，学仙有过，谪令伐树。"这就是吴刚伐桂的故事。难不成那月宫中也有满堂芳馨。

《晋书·郤诜传》记载，当年晋武帝问郤诜如何来评价自己，郤诜答道："我就像月宫里的一段桂枝，昆仑山上的一块美玉。"后来，便演变成了"蟾宫折桂"的典故，用来代指金榜题名。还记得《红楼梦》中黛玉对宝玉的嘲谑，"这一去，可是要蟾宫折桂了"。桂，从来就有着那么多的寄托。

八月，是桂花开放的季节，也因此，古人又称八月为"桂月"。而中秋——那月亮最亮最圆的夜晚，也恰在八月，或许就是因为这个原因，芬芳的桂才与那皎洁的月有了亘古的关联。"桂子月中落，天香云外飘"，桂花何以有着那样的芬芳？只因它来自月宫，不着凡俗。

那桂花有着怎样的颜色，它的黄不是灿烂的金黄，也不是尊贵的明黄，而是轻黄，还是那暗淡的轻黄，仿佛凝着淡淡的一缕哀愁。它从不稀罕什么好颜色，它从不思谋取悦于人，它自有一番别样的风流。

它的娇躯是那般柔软，经得了这秋风的吹拂吗？它的性情是那般温柔，让人忍不住去问候。

"人闲桂花落，夜静春山空。月出惊山鸟，时鸣春涧中。"（王维）桂花，在那深涧中自开自败，从不强求人的怜惜，也不争夺人的宠爱，花落了，从此被人忘怀，它也从来不去在意。"亭亭岩下桂，岁晚独芬芳。叶密千层绿，花开万点黄。"（朱熹）桂花，在那岩石下自荣自枯，恰是那人迹罕至的所在。因其喜开在岩下，故而得名"岩桂"。你笑它不与众人言语，它只说它享受这般孤寂。就算花朵飘零，终于消弭了存在过的痕迹，就算被人遗忘，终究无人知晓它曾生长在这岩底，可它的芳馨却依旧飘荡在天际，不绝如缕。

它不需要娇艳的色彩和俏丽的容颜，它只有一缕芳魂，在这世间飘荡。如此这般，在那群芳之中，也已是将那花魁独占。

梅花看见了它的芳姿，也会妒火中烧吧；菊花嗅到了它的香气，也会自愧弗如吧，只因它卓绝的风韵。而我们何曾忘记，易安是怎样吟咏那梅，"造化可能偏有意，故教明月玲珑地。共赏金尊沉绿蚁，莫辞醉、此花不与群花比"；易安又是如何赞赏那菊，"细看取，屈平陶令，风韵正相宜。微风起，清芬酝藉，不减酴醾"。而如今，无论是那高洁的梅，还是那淡雅的菊，竟都不如眼前这径自飘香的桂。

画阑边，一树桂花静静地开着，静静地吐露着它的芬芳。当此时，荷花已经凋残，梅花尚未吐蕊，菊花虽在盛开，却始终没有桂的香气。在这中秋时节，她终于成为最美丽的风景，最多情的存在。

此时的易安，大概与明诚新婚不久，正茂风华！此时的赵家堪称荣耀满门，赵挺之已做了当朝宰相，确乎是"炙手可热"。赵明诚身处这等官宦之家，又会有怎样的似锦前程！易安总是觉得自己"家贫"，和那煊赫一时的赵家相比，也确实如此。李清照的父亲李格非为人淡泊，从不争名逐利，所谓的"家贫"，又未尝不是"清高"的另一种表达。而易安自己呢，她虽则没有显赫的家世，却有那难以匹敌的盖世才华，"词女"的赞誉早已遍布京城。你有你的荣耀，我有我的才情，正如舒婷的那首《致橡树》所说的：

> 我必须是你近旁的一株木棉，
>
> 作为树的形象和你站在一起。
>
> 根，紧握在地下，

叶，相触在云里。

每一阵风过，

我们都互相致意，

但没有人

听懂我们的言语。

此时的易安，有着怎样的自得与自傲！这样的情怀，或许也只有青春年少的那几年才会有，因为没有经历过那么多的沧桑，此心未老。

"莫羡三春桃与李，桂花成实向秋荣。"这是桂，也未尝不是易安自己。此时的她，正在她最美好的华年里吐露着芬芳，播撒向天际。

是我更娇，还是花更俏

减字木兰花·卖花担上

卖花担上，买得一枝春欲放。泪染轻匀，犹带彤霞晓露痕。

怕郎猜道，奴面不如花面好。云鬓斜簪，徒要教郎比并看。

在宋代，总有那卖花人穿梭在寻常巷陌中，兜售他们的一篮春色。蒋捷的《昭君怨》如实地记录了当时的场景："担子挑春虽小，白白红红都好。卖过巷东家，巷西家。帘外一声声叫，帘里鸦鬟入报。问道买梅花，买桃花。"走过东街，踏过西陌，他的花担虽小，却还是透露了春的消息。

那娇俏的女郎，在花担旁驻足流连，许久，终于买到了极好的一朵。是梅花？是桃花？谁去管它！只见它含苞未放，是怀着怎样的秘密，竟不肯将芳馨倾吐。朝霞映红了花蕾，仿佛美人脸上涂抹了胭脂的新妆。晨露凝在花瓣上，恰如那清泪凝在美人的面庞。它哭了吗，怪罪那卖花郎无情地将它摧折？而若非如此，谁又得以一睹它的芳姿？我们不禁猜测，等到它终于绽开了欢颜，定然堪比那满园的春色。

想要把这花儿带回去，让那心上人也嗅一嗅它的芬芳，看一看它的俏丽，却旋即打消了这念头，若是他发现她不如这花的颜色好，岂不弄巧成拙？他到底会怎样说，是她更娇俏，还是它更艳丽？带着几分忌妒和几分怀疑，她把那花斜斜地簪在云鬓间，偏要和它比上一比。她又怎会真的在意一朵花的美丽，她所在意的，只是他的心意。

整首小词，到这里就结束了，再也没下文。而那心上人说了些什么，我们终究不得而知。倒是唐代无名氏的《菩萨蛮》给出了一种答案："牡丹含露真珠颗，美人折向庭前过。含笑问檀郎：花强妾貌强？檀郎故相恼，须道花枝好。一向发娇嗔，碎挼花打人。"那美人穿堂而过，手里拿着沾染了晨露的牡丹，清浅一笑，问向她那心上人，"是我更娇，还是花更俏？"她怎会真的不知他的心意，不过要他亲口说出而已。而他偏要恼她一恼，气她一气，偏要说她的娇艳不及那花的容颜，她即刻便发起了娇嗔，不仅发娇嗔，还掷碎了花，捶打了人。她又怎会不知，那是他的戏语，不过为了增添浓情蜜意。

明代风流才子唐寅，也作过一首类似的诗——《妒花》："昨夜海棠初着雨，数点轻盈娇欲语。佳人晓起出兰房，折来对镜化红妆。问郎花好奴颜好？郎道不如花窈窕。佳人闻语发娇嗔，不信死花胜活人。将花揉碎掷郎前：请郎今日伴花眠！"

　　是怎样相似的巧合，或者本就是诗人们在敷衍一事也未可知。只是女人们对花的忌妒是真的，对容颜的在意是真的，对那心上人的爱更是真的。

　　女人们是怎样珍惜着自己的容颜，直看得比生命还要重要几分。还记得那集万千宠爱于一身的李夫人吗？"北方有佳人，遗世而独立。一顾倾人城，再顾倾人国。宁不知倾城与倾国，佳人难再得"，她受到了多少荣宠，说不尽，道不完。汉武帝曾将陈阿娇幽闭于长门宫；"生男无喜，生女无怒，独不见卫子夫霸天下"，而卫子夫最终也不过惨淡收场；钩弋夫人亲手将亲生子推向皇帝的宝座，最终却被汉武帝以防范女主乱政而立子杀母。这是一个怎样残暴的君王，但他也有他的温柔，只是他的温柔只有李夫人拥有。据说，李夫人在病逝前，曾用被子覆盖住自己的容颜，只为不愿武帝目睹她的病容。最终，留在武帝记忆最深处的，还是她那如往昔一般的娇俏的脸。就算在她仙逝后，武帝也还是苦苦地思念着她，并特意写作了《李夫人赋》，其中有这样的句子："既往不来，申以信兮。去彼昭昭，就冥冥兮。既不新宫，不复故庭兮。呜呼哀哉，想魂灵兮！"宠爱的尽头，大抵也不过如此吧。

　　女人们在意着自己的容颜，她们害怕有一天"色衰而爱弛"，她们害怕有一天承受美人迟暮的悲凉，到那时将是怎样的惨淡收场。

　　《减字木兰花·卖花担上》这首小词，多不见于李清照的词集。赵万里在辑录《漱玉词》的时候，没有选入这首小词，他说道："案汲古阁未刻本《漱玉词》收之，'染'作'点'，词意浅显，亦不似他作。"无独有偶，《李清照集》中恰也有这样的言语："此词汲古阁未刻本《漱玉词》及《花草粹编》收之，然词意浅显，疑非易安作。"殊不知，易安作词，哪里能句句都是那样高深的言语。"词意浅显"，大抵不过是一句并不巧妙的借口，而真实的理由，怕还是王灼在《碧鸡漫志》中所说的，"闾巷荒淫之语，肆意落笔。自古缙绅之家能文妇女，未见如此无顾藉也"。

这词中所言，会是易安真实的写照吗？我们无从知晓，我们只知道，此时的易安与赵明诚新婚不久，正是你侬我侬的浪漫时节。易安曾在《金石录后序》中，记录了他们生活的点滴。当时的李格非官至礼部员外郎，赵挺之也已做了吏部侍郎，但易安和明诚的生活还是十分拮据的。那时候，明诚在太学中读书，每逢初一、十五回家探望的时候，总是典当几件衣服，换上几文钱，去那相国寺买上一点瓜果，搜罗一些碑文，两个人就这样相对着赏玩，却已是快乐无限。幸福，从来与贫富没有太大关联，只要两颗心紧紧地贴在一起，便已是无上的追求。

人们总是因了"词意浅显"，便断定并非易安的言语，或对易安发出诸多责备。我们知道，此时的易安也是一个妙龄女子，她也曾有过那般娇俏玲珑，她也曾与心爱的丈夫闺中嬉戏。男人写女人，未免总是隔了一层言语，难以尽意。只有身为女儿的易安，真正懂得那女儿的千般柔情，万种愁思，落笔处，定然是一种别样的境界，或许这正是易安之于词史的意义。

我宁愿相信这首小词是易安所作，无论世人有着多少非议。易安的一生太苦，何妨苦中作乐。

恩爱如斯

瑞鹧鸪·双银杏·风韵雍容未甚都

风韵雍容未甚都，尊前甘橘可为奴。谁怜流落江湖上，玉骨冰肌未肯枯。

谁教并蒂连枝摘，醉后明皇倚太真。居士擘开真有意，要吟风味两家新。

在《史记·司马相如列传》中曾有这样的记载："相如之临邛，从车骑，雍容闲雅甚都。"所形容的，自然是临邛那醉人的风物。而在此，易安偏偏说"风韵雍容未甚都"，那双银杏并没有什么特别之处，它的风姿也不过如此。

"柑橘为奴"的典故出自丹阳太守李衡。《襄阳记》中记载了李衡的故事：李衡在武陵龙阳汎洲上建造宅院，种植了一千株柑橘，将死之时对他的儿子说道："武陵龙阳有千头木奴，不但不会向你索要衣食，每年还会供给你一千匹绢布，这也足够负担你的吃穿用度了。"称柑橘为"木奴"，便是起源于此了。李商隐在《陆发荆南始至商洛》一诗中也有这样的句子："青辞木奴橘，紫见地仙芝。"

易安岂不奇怪，分明说那双银杏"雍容未甚都"，又为何让这柑橘为婢为奴？却原来，那双银杏有着玉骨冰肌，就算飘零江湖，也终究不肯枯萎。易安爱花，却从来不只爱着它们的芳姿，更爱着它们的芳魂。若果然，那银杏有着这般"不肯枯"的气度，也就难怪易安要让那柑橘为奴了。

是谁摘下了那双并蒂银杏？只见它们相依相偎，像是那醉后的唐明皇与杨贵妃，紧紧地依靠在一起。《唐人遗事汇编》中记载了这样一个故事：唐明皇与杨贵妃在华清宫中玩赏，一夜酒醉，清晨时分才渐渐苏醒过来，两个人就那样紧紧地依偎在一起，欣赏那初开的木芍药，唐明皇亲手摘下了最娇艳的一枝，与杨贵妃一同品赏它的美丽。昔时，唐明皇与杨贵妃是何等恩爱，"七月七日长生殿，夜半无人私语时。在天愿作比翼鸟，在地愿为连理枝。天长地久有时尽，此恨绵绵无绝期。"（白居易）那双并蒂银杏，可也是恩爱如斯？

　　"屏障重重翠幕遮，兰膏烟暖篆香斜。相思树上双栖翼，连理枝头并蒂花。敲凤髻，颤乌纱。云慵雨困兴无涯。个中赢取平生事，兔走乌飞一任他。"这首《鹧鸪天》出自宋代石孝友之手，相思树上，有鸳鸯比翼双栖，连理枝头，同样有花开并蒂。"枝头并蒂"，从来都与"鸳鸯比翼"并提，是对爱情的最美好的期待。

　　"居士"是李清照的自称，虽然此时的她还未曾有那"易安居士"的雅号，但"居士"那潇洒的心境却是一以贯之的。此时的她，可谓是春风得意，是怎样的自得，又是怎样的自傲，懂得的人自然可以想见。多情而多思的易安，将那双并蒂银杏轻轻剥开一看，里面不正有着两个花心吗？那两个花心紧紧靠近，正如两颗心紧紧相依。那是焦仲卿和刘兰芝的两颗心，那是唐明皇和杨贵妃的两颗心，会否也是赵明诚和李易安的两颗心？那是易安的期许，只留待日后成真。若不是"居士"，谁有这般的雅兴呢？若不是"居士"，谁会有心将那并蒂银杏掰开？自诩多情的诗人们，总是只看见花开并蒂，就以为是爱情的极致，就大加称赏。殊不知，将那花儿掰开，却是别有一番天地。那双花心紧紧依偎，不曾分离。那是身的不弃和心的不离。

意，可以当作"臆"，代表花心；也可以当作"意"，代表心意。刘禹锡著名的《竹枝词》中写道："杨柳青青江水平，闻郎江上唱歌声。东边日出西边雨，道是无晴却有晴。"那是一种含蓄，又是另一种直白。人们总是不愿直面这首小词出自易安的手笔，这也是其中的一个原因吧，只是他们不懂，易安的词何曾有过那种学究气，她的词大多浅近而易懂，大多畅快而淋漓。这一切，是明水的一山一水滋养的结果吗？是她有意为之返璞归真的结果吗？抑或是易安的天性本就如此。

还记得《红楼梦》中"寿怡红群芳开夜宴"的场景吗？香菱抽了一支并蒂花签，题为"联春绕瑞"，并有一句诗，"连理枝头花正开"。这句诗，便是出自朱淑真的《落花》："连理枝头花正开，妒花风雨便相催。愿教青帝长为主，莫遣纷纷落翠苔。"花开得越是好，越是少不了风雨的侵扰，更何况是这连理枝头的并蒂花呢？那风雨更是要加深了几分忌妒吧，一定要来报告春尽的消息，一定要来将它们摧折净尽才甘心。倘若可以永远是春天就好了，就没有这些风雨、落花了，那并蒂花也自然不用承受凋零的痛苦了。

月不常圆花易落，一生惆怅为伊多。

花会开，也自然会落，那是自然的轮回，是花的宿命，逃不了的劫。就算是花开并蒂，也终究要承受风雨的摧残，也终究要承受飘零的悲苦。

而那人呢，那终日不知愁苦为何物的易安呢？她的惆怅又是为了谁？

可怜黛玉葬花时，一语成谶亦未知。还记得当年黛玉葬花的时候吟出的那首诗吗，"可怜春残花渐落，便是红颜老死时。一朝春尽红颜老，花落人亡两不知"，谁知日后，字字句句竟然悉数应验在她身上！花落了，春残了，黛玉也玉殒香消了。是怎样悲情的巧合，又或者当真是一语成谶？是命运的玩笑？是造物主的安排？谁又能说得清呢。只是易安那句

"谁怜流落江湖上，玉骨冰肌未肯枯"，不也正是一句可怕的谶语吗？她不过是在赞赏那双并蒂银杏的气骨，却不知经历风雨、流落江湖的，不只是那双并蒂花，还有彼时彼地的自己。而如今的她，沉浸在爱情的幸福与甜蜜里，怎能知道日后会有那凄风苦雨的岁月？就算他年真的如此，那玉骨冰肌，却是始终不曾枯萎。

花开并蒂，是关于爱情的最美好的誓言，那双银杏用了自己的一生去呵护这誓言，无论是春光正好，还是风雨摧残。

云的深处，天的尽头

一剪梅·红藕香残玉簟秋

红藕香残玉簟秋，轻解罗裳，独上兰舟。云中谁寄锦书来？雁字回时，月满西楼。

花自飘零水自流，一种相思，两处闲愁。此情无计可消除，才下眉头，却上心头。

离别，最是伤感的时刻，偏逢上这淡淡的秋，岂不倍增忧伤。正如柳永所说："多情自古伤离别，更那堪冷落清秋节。"而如今，易安所面对的，正是这痛苦的离别和这淡淡的秋。

那红红的荷花落了，凋尽了最后一丝芬芳。孤独的人，只有品味着自己的孤独，哪里还有心情把那残荷欣赏。那似玉的竹席上也只留下了一片冰凉，只因没有了他的温度。冰冷的何尝只是这竹席，分明还有她那颗寂寞的心。

　　轻轻解下罗裙，独自泛舟湖上，那兰舟是何等的名贵！任昉在《述异记》中记载道："木兰川在寻阳江中，多木兰树。昔吴王阖闾植木兰于此，用构宫殿。"又说："七里洲中有鲁班刻木兰为舟，至今在洲中。诗家所云木兰舟出于此。"而她为何始终不肯将那欢颜绽放。"兴尽晚回舟，误入藕花深处"，她也曾泛舟湖上，彼时的她，没有这名贵的木兰舟，却有着永生难忘的快乐逍遥。而如今，木兰舟虽好，欢笑却已不再，只有那萧索与寂寞终日伴她身旁。

　　昔时，窦滔移情宠姬，其妻苏蕙织锦作《璇玑图诗》，共八百四十字，纵横回旋，皆可为诗，文辞哀婉，感动了窦滔，两人复恩爱如初。锦书，便也成为了书信的代称。

　　抬起那迷离的眼眸，望向苍天。云的深处，天的尽头，一行大雁正缓缓地向南飞去，是在报告秋来的消息，还是为有情人寄去思念的信笺？"流水淡，碧天长，路茫茫。凭高目断，鸿雁来时，无限思量"，在那无数个南归与北来的雁阵中，寄托了多少离人的哀思！

　　那一轮满月照亮了西楼，也照亮了她的窗。月儿圆了，可惜的是，人不能团圆。再美好的月光，又同谁去欣赏？！

　　"槛菊愁烟兰泣露，罗幕轻寒，燕子双飞去。明月不谙离恨苦，斜光到晓穿朱户。昨夜西风凋碧树，独上高楼，望尽天涯路。欲寄彩笺兼尺素，山长水阔知何处。"（晏殊）一样的秋夜，一样的月光，一样的离别，一样的感伤，一切都与易安的情怀相似，或许世上的离别尽皆如此也未可知。最是那不解风情的月，那样明亮地照耀着，照耀着离人的悲伤。经过昨夜西风的摧残，一树的绿叶都已凋尽，天涯路远，还是望不见离人在哪方。想要把思念写成短笺，拜托那鸿雁带到离人的身旁。怕只怕山长水阔，那鸿雁能否带去她的消息？一切的担忧，不过是因了情浓。

花儿自开自落，何曾在意人间的喜与悲，它们有自己的花期，人们岂能奈何得了？那门前的流水，径自向东流去，带走了春，带走了夏，却为何带不走离人的悲愁？她是怎样地思念着那远方的人儿啊！她知道，他的思念也同她的一般。恰似柳永在《望海楼》中所言："想佳人妆楼颙望，误几回、天际识归舟。争知我，倚阑干处，正恁凝愁。"这是一种怎样的默契，只有情到深处才能有如此心意。就算分隔两地，有着这般心境，岂不就是天堂？

"此情无计可消除，才下眉头，却上心头"。据说，易安的这句流传千古的词，恰是化用了范仲淹《御街行》中的诗句："都来此事，眉间心上，无计相回避。"王士禛在《花草蒙拾》中说："俞仲茅小词云：'轮到相思没处辞，眉间露一丝。'视易安'才下眉头，却上心头'，可谓此儿善盗。然易安亦从范希文'都来此事，眉间心上，无计相回避'语脱胎，李特工耳。"所谓的"点铁成金"大概也不过如此了吧，只有易安，有着这般魔力。那是女儿的柔情，男人终究难能体会。

那眉间心上都难以回避的，那才下了眉头却又旋即袭上心间的，只是对新婚丈夫的思念吗？若非如此，又有什么值得她如此挂肚牵肠？

宋徽宗崇宁元年（公元 1102 年）七月，易安的父亲李格非被列入元祐党籍。九月，宋徽宗亲手书写元祐党人的名单，并刻成石碑，立于端礼门前。朝廷规定，元祐党人不得在朝为官。而此时的赵挺之，却可谓是春风得意，六月被授予尚书右丞，八月被授予尚书左丞。时人张琰记录了当时的情况：李清照欲救其父，曾献诗赵挺之，其中有这样的句子，"何况人间父子情"。而赵挺之与李格非身处不同的政治派别，身为当朝宰相，却也不曾施与援手，"炙手可热心可寒"，心寒的是谁，莫不就是那易安？政治，从来与女人无关，却给女人带来莫大的苦难。当时，易安出嫁不过短短两个年头，就要经历夫妇离散的悲苦。易安的一生，以此为起点，开启了苦难的历程。这是她苦难的序幕，那苦难太多，我们不曾看见尾声。

据说，"一剪梅"这一词牌，出自周邦彦的"一剪梅花万样娇"。后又称为"玉簟秋"，自然是因了易安这一首，这也足以见得这首词的影响之大。

多少人，给了她多少赞誉。李廷机在《草堂诗馀评林》中说："此词颇尽离别之情，语意超逸，令人醒目。"梁绍壬在《两般秋雨庵随笔》中说："易安《一剪梅》词起句'红藕香残玉簟秋'七字，便有吞梅嚼雪，不识人间烟火气象，其实寻常不经意语也。"只是再多的赞誉，在这样的诗作面前，都变成了饶舌，都失却了意义。这样的作品，从来毋须任何人为之说话，它的存在本身就已经是最好的证明。

她的一生，欢乐的时光那样少，痛苦的岁月却那么多。

她的一生，经历了太多常人无法经历的一切。

她的一生，就是一段传奇。

"常恐秋节至，凉风夺炎热。弃捐箧笥中，恩情中道绝"，班婕妤的一生，何尝不是一段传奇；"莫道无归处，点点香魂清梦里。做杀多情留不得，飞去。愿他少识相思路"，柳如是的一生，又何尝不是一段传奇；"风华绝代倾城恋，海外飘零只自哀"，张爱玲的一生，又何尝不是一段传奇。那些女子的一生无不是传奇，却又无不为那传奇误了一生。人们总是喜欢听故事，却总是不在意故事中人的悲喜。每每想到这里，就不由得忆起舒婷的一首小诗，《神女峰》：

在向你挥舞的各色手帕中
是谁的手突然收回
紧紧捂住了自己的眼睛
当人们四散离去，谁
还站在船尾
衣裙漫飞，如翻涌不息的云
江涛
高一声
低一声

美丽的梦留下美丽的忧伤
人间天上，代代相传
但是，心
真能变成石头吗
为眺望远天的杳鹤
错过无数次春江月明

沿着江岸
金光菊和女贞子的洪流
正煽动新的背叛
与其在悬崖上展览千年
不如在爱人肩头痛哭一晚

她们可曾期待，成为那传奇中人？或许她们，终其一生，也不过只想在爱人的肩头痛哭一晚。只是生命这场戏，从来由不得戏中人做主。人生是舞台，她们不过是这舞台上的名伶，收获了无尽的鲜花、无尽的掌声、无尽的赞美，到头来，却看不清楚自己最初的模样。她们的心还在吗？她们的灵魂还在吗？世人喜欢她们打扮成传奇中人的模样，而她们自己呢，她们自己的苦、自己的乐呢？她们自己的悲、自己的喜呢？谁人会真正在意？她们看似占尽了风光，却原来并不是她们想要的春色。

与新婚夫婿离别的凄苦，对父母弟兄未来的担忧，当时，悉数压在了她的心头。或许我们忘记了，此时的易安只是一个 19 岁的少妇，她怎能承受这许多苦楚？可她终究还是承受了下来，现今的，未来的，一切的一切，所有的所有……

爱无尽，思念亦无涯

醉花阴·薄雾浓云愁永昼

薄雾浓云愁永昼，瑞脑销金兽。佳节又重阳，玉枕纱橱，半夜凉初透。
东篱把酒黄昏后，有暗香盈袖。莫道不销魂，帘卷西风，人比黄花瘦。

总是会有那么一个人，不期然地出现在你的生命里，轻轻地撩拨你的心弦，渐渐地左右你的悲喜，从此，你的命运便与他系在了一起，再无分离的可能。他，是你命中注定的遇见，是你的劫，你逃不开，也躲不掉。你甚至不知他是何时出现的，或许是早春，沾衣欲湿杏花雨，吹面不寒杨柳风；或许是初夏，接天莲叶无穷碧，映日荷花别样红；或许是晚秋，停车坐爱枫林晚，霜叶红于二月花；或许是浅冬，白雪却嫌春色晚，故穿庭树作飞花。只是从此，不管是春风春鸟、秋月秋蝉，抑或是夏云暑雨、冬月霜寒，都无法阻挡你们的相思与追随。

如果可能，易安是会追随着明诚到世间任何一个角落的，这一点，我从不怀疑。只是当时，易安被驱逐出京城，收不住的相思与爱恋，藏不住的婉转与柔情，只能通过翩飞的雁，带给远方的那个人。鸿雁长飞光不度，鱼龙潜跃水成文，好在，就算山长水阔，易安的心事，他也总是看得清楚。

佳节又重阳，多少文人骚客驱驰重阳于笔端。"尘世难逢开口笑，菊花须插满头归"、"还似今朝歌酒席，白头翁入少年场"，这是嘉会寄诗以亲；"他乡共酌金花酒，万里同悲鸿雁天"、"人情已厌南中苦，鸿雁那从北地来"，这是离群托诗以怨。而其中最著名的，莫过于王维的那句"遥知兄弟登高处，遍插茱萸少一人"了。欢会是快乐的，而在欢会的时节独自一人，难免倍增其苦楚。王维明白，易安同样懂得。团聚的节日，与他们无缘，快乐是别人的，他们不愿流连。

多少人把离恨写入诗词，从此不朽，屈原如此，李商隐如此，易安亦如此。开篇只一"愁"字，便写尽了易安的万千心绪。因何而愁呢？是因了被逐出京的忧郁，还是因了形单影只的萧索？或许都不是，只因那个人，他不在，世界就都是暗淡的，更休论是在这团圆的时刻。如果在这样快乐的日子里注定孤独地过，就不如"拟把疏狂图一醉"了。把酒东篱下，在盈盈暗香中追慕陶潜的风姿，又是一种怎样的潇洒？把酒东篱一陶然，萧条异代不同时，或许她才是陶潜最好的知音。阵阵西风吹来，吹动了帘栊，也吹动了闺中少妇的心。为着思念，她已经瘦弱似黄花，而见面依然无望。她还要等待多久呢？她不知道，她只知道，爱无尽，思念亦无涯。或许不再思念是一种解脱，那又如何证明那个人曾在她的生命里停驻。为了爱他，为了证明对他的爱，她宁愿忍受思念带来的一切痛楚与磨折。怎能说不是凄苦的呢，又怎能说不是销魂的呢，但为了他，一切的苦，或许都是另一种甜。

人言"闺中少妇不知愁"，易安自然是知道愁的滋味的。当一个女人经历了离别，经历了相思，经历了政治的波折，也经历了家庭的离散，她怎还会不知愁为何物？但此时此刻，易安的愁，更多的只是富贵闲愁吧，是"为赋新词强说愁"，因为她还能把酒东篱，因为她还能玩味暗香盈袖。而当她尝遍了人世苦楚，或许反而"欲说还休"，只得道一声"天凉好个秋"。

站在命运的车轮上，去看彼时的易安，她是那样地值得怜惜。或许此刻的她觉得生命的最大折磨莫过于思念，而生命的最大苦楚也不过婕好之叹与庄姜之悲，她怎会想到她的一生中会有那么多的劫数，她怎会预见她的一生要经历那么多的悲苦？夫死、家亡、国破，件件都是常人无法承受的痛，而她瘦弱的肩，竟承受了那么多的苦难。此刻，正是她命运的转折。此前，是无尽的温存与无尽的甜蜜；此后，是无边的磨难与无边的哀愁。

关于这首《醉花阴》，有一个故事记载在元代伊世珍的《琅嬛记》中：重阳时节，易安思念明诚太甚，便作《醉花阴》一首寄给明诚。明诚读罢，对易安的文采深深叹服，自愧弗如。但男人的天性使然，他们总是争强好胜，尤其是在自己心爱的女人面前，更是不愿怯阵。明诚下决心，定要写出一首能胜过《醉花阴》的词。于是他谢绝宾客，废寝忘食，三个日夜过去了，明诚写了五十首词。他把易安的词混杂在这五十首词中，一并交给自己的友人陆德夫。陆德夫玩味再三，说道："只有三句最好。"明诚急忙问道："是哪三句?"陆德夫缓缓吟诵道："莫道不销魂，帘卷西风，人比黄花瘦。"正是出自易安的《醉花阴》。

说是逸事，自然难辨其真假，但却可从一个侧面看出世人对易安才华的感佩。

林语堂在《武则天正传》中说过这样一句话："若是命运不肯创造一个伟大的女人，一个伟大的女人会创造自己的命运。"易安是伟大的吗?当然!"一代词宗"是后人给她的评价，在中国词史上，大抵也只有苏轼、辛弃疾之属能与之比肩而立了吧。她的伟大，确乎是命运造就的。"欢愉之辞难工，而穷苦之词易好"，如果不是经历了那么多的离乱与悲苦，那么多的萧索与凄凉，易安或许不会有这般伟大。而这伟大，对于她自己来说重要吗?如果可以选择，她宁愿与爱人厮守终生，而不是孤独终老;她宁愿儿孙满堂，而不是后嗣无人。无奈的，只是命运从不由我们做主。易安不是武则天，她更像是张爱玲，她自有她的伟大之处，却也可以在自己深爱的人面前，低到尘埃里。

此时的易安，只是端起斟满了的酒杯，在微醺里，品咂她的离愁别绪……

恰似那寒梅一朵

玉楼春·红酥肯放琼苞碎

红酥肯放琼苞碎，探著南枝开遍未。不知酝藉几多香，但见包藏无限意。

道人憔悴春窗底，闷损阑干愁不倚。要来小酌便来休，未必明朝风不起。

唐代元稹在《离思》中写道："自爱残妆晓镜中，环钗漫篓绿丝丛。须臾日射胭脂颊，一朵红苏旋欲融。"最爱的，莫过于清晨看着她镜中的娇颜，只消片刻，当阳光映红了她的面颊，就如同一朵初绽的梅，尽情绽露她的芳华。"红苏"，即"红酥"。借一朵梅，形容妻子娇艳美好的容颜。

陆游在《钗头凤》中写道："红酥手，黄滕酒，满城春色宫墙柳。东风恶，欢情薄。一怀愁绪，几年离索。错、错、错。"还记得曾经的你，用那双红润的手端起那满斟酒的杯，与我共品美酒。那宫墙柳怎可攀折，而如今的你也终于与我渐行渐远。经过了多少如梭岁月，却依然难忘你的深情，借一朵梅，形容你那曾经红润细腻的手。

有元稹为之说项在前，又有陆游为其揄扬在后，那梅的红润与多姿，自然不难想见。那娇艳的梅，终于肯把芳馨倾吐，那玉一般的花苞也终于肯把美丽释放。

偷眼观瞧，那南枝上，可曾开遍了红梅？李峤在一首名为《梅》的诗中这样写道："大庾敛寒光，南枝独早芳。雪含朝暝色，风引去来香。妆面回青镜，歌尘起画梁。若能遥止渴，何暇泛琼浆。"张方为其作注，有这样的言语："大庾岭上梅，南枝落，北枝开。"那南枝上的梅，总是最先开放的。而如今，南枝上尚且不曾开遍了红梅，可见那红梅也不过初初绽放而已，还不曾占尽了满园芬芳。

它们酝酿着怎样的芬芳，又是怀着怎样的柔肠，竟不肯将那芳姿轻易绽放。

"道人"，也是易安自称。无论是"居士"还是"道人"，易安在意的，不过是那般无拘束的情怀和那般萧散不羁的心境。而此时此刻，连这自称"道人"的易安，竟也得不到那番萧散和那种不羁了吧！在那寂寞的窗下，在那梅花开放的地方，她一个人品尝着孤独的滋味，暗暗憔悴。

"街南绿树春饶絮，雪满游春路。树头花艳杂娇云，树底人家朱户。北楼闲上，疏帘高卷，直见街南树。阑干倚尽犹慵去，几度黄昏雨。晚春盘马踏青苔，曾傍绿阴深驻。落花犹在，香屏空掩，人面知何处？"(晏几道) 倚遍了阑干，为何还迟迟不肯离去？只为在那楼上看得见她的椒房；只为那绿荫深处，她曾停驻。而如今，绿波依旧东流，落花依旧飘散，那曾经的人儿，如今在何处停留？不知，不晓。又能奈何，又能怎样，不过倚着这阑干，伴着这愁苦。

"湿云不渡溪桥冷，蛾寒初破东风影。溪下水声长，一枝和月香。人怜花似旧，花不知人瘦。独自倚栏杆，夜深花正寒。" (朱淑真) 月光下，一枝寒梅静静地吐露着它的芬芳。花有重开日，人无再少年，多么地惹人妒忌，又是多么地让人无可奈何。独自倚着那阑干，惆怅，彷徨。夜深了，寒冷的何曾只是那梅，分明还有那凄凉的心。

"菡萏香销翠叶残，西风愁起绿波间。还与韶光共憔悴，不堪看。细

下篇　花自飘零水自流——李清照的爱恨别愁

201

雨梦回鸡塞远，小楼吹彻玉笙寒。多少泪珠何限恨，倚阑干。"（李璟）荷花落尽了，连那荷叶也凋残，飒飒西风吹来，吹皱了绿波，也吹乱了离人的心。春光渐晚，年华渐逝。这几分萧瑟，这几分落寞，令人不忍去看。在鸡塞那苦寒之地，终于寻见了离人，阵阵依稀的细雨，声声凄凉的玉笙，却原来又是梦一场。抛了多少眼泪，也抛不尽这离愁别绪。离人在何方？只得倚着这阑干，望向远方。

阑干，从来与孤苦相伴，从来与寂寞相生。每当惆怅难解，便倚靠着阑干。惆怅也是有重量的，它沉沉地压在心头，压得久了，难免喘息不得。那阑干能否分担这重量，分担这惆怅？难怪人们总是伫倚危栏，却原来是因了愁苦太多。而易安为何竟连那阑干都懒得去倚，是孤独太重，还是惆怅太浓？

要想在这花下醉一场便快些来吧，谁知明天是凄风还是苦雨，而那风雨过后，还会剩下几枝红梅？承受着那风雨摧残的，何曾只是这红梅，分明还有此时的易安。政治风波打击着那年迈的父亲，也牵连到了她，因而不得不与那新婚的夫婿分隔两地。心中的凄苦，谁人能知，谁人能晓，又要向谁去倾诉？只有这红梅懂得吧，因为它也承受着这恼人的天气。

易安爱着那梅，她用她的生命吟咏着梅，也借着那梅感知自己的生命。"髻子伤春慵更梳，晚风庭院落梅初，淡云来往月疏疏"，她曾从那梅中感知自己的年华将逝。"共赏金尊沉绿蚁，莫辞醉，此花不与群花比"，她曾从那梅中，感知自己的不同流俗。而此时此地，"要来小酌便来休，未必明朝风不起"，她也正从那梅中感知着自己的无尽凄楚。她正是那梅，那梅也恍然成了她自己。易安不语，却是最能懂得那梅花的品格；梅花不语，却是最能读懂易安的肝肠。子期、伯牙也不过如此吧，在这如水的夜，在这寂寞的小园，只有她们相互懂得，相互慰藉，相互怜惜。真正的理解，是不需要用语言来传达的。此时此刻，此情此景，便是如此了。

憔悴春窗底，闷损阑干边，易安恰似那寒梅一朵。

天各一方，盼归期

行香子·七夕·草际鸣蛩

草际鸣蛩，惊落梧桐，正人间天上愁浓。云阶月地，关锁千重。纵浮槎来，浮槎去，不相逢。

星桥鹊驾，经年才见，想离情别恨难穷。牵牛织女，莫是离中。甚霎儿晴，霎儿雨，霎儿风。

"七夕"，又称"乞巧节"。东晋时期的葛洪在《西京杂记》中有这样的记载："汉彩女常以七月七日穿七孔针于开襟楼，人俱习之。"这便是古代文献中关于"乞巧"的最早记载。《荆楚岁时记》中也记载道："七月七日为牵牛织女聚会之夜。是夕，人家妇女结彩缕，穿七孔针，或以金银鍮石为针，陈瓜果于庭中以乞巧。"这一天，女孩子们要穿针乞巧，要拜双星，还要在院子中摆满各式瓜果，以祈求心灵手巧。在《荆楚岁时记》中，还有一段这样的记载："天河之东有织女，天帝之子也。年年织杼劳役，织成云锦天衣，天帝哀其独处，许配河西牵牛郎。嫁后，遂废织纴。天帝怒，责令归河东。唯每年七月七日夜，渡河一会。"

曹丕的《燕歌行》中有这样几句："明月皎皎照我床，星汉西流夜未央。牵牛织女遥相望，尔独何辜限河梁。"那牛郎织女究竟犯了怎样的过错，竟然要在这天河的两头苦苦凝望？古往今来，多少文人骚客，感叹着他们的遭遇，体味着他们的悲喜。而这个中凄苦，或许只有易安最懂。

"蛩"，是蟋蟀。草间的蟋蟀径自叫着，惊落了梧桐。韦应物曾写过这样的诗句："寒蛩悲洞房，好鸟无遗音。"岳飞也曾有过这样的诗篇："昨夜寒蛩不住鸣，惊回千里梦，已三更。"梧桐叶落，莫不是"一声梧叶一声秋，一点芭蕉一点愁"。蟋蟀径自鸣叫着，梧桐径自飘落着，见一叶落，而知天下秋。或许，一切不过是物候使然，在这七夕节里，谁会去在意一只蟋蟀的秋吟，或是一叶梧桐的飘零？而易安却偏偏会，只因这节日之于她，本就是多余，只因霜风凄紧，她和丈夫依然天各一方。

天上的牛郎织女被天帝分隔在银河的两头，人间的易安与明诚却也被帝王分离异乡。一样的冲不破的权势，一样的说不尽的悲苦，一样的断不了的柔情。

"云阶月地"，指的是那天上的宫殿，此语出自杜牧的《七夕》诗："云阶月地一相过，未抵经年别恨多。最恨明朝洗车雨，不教回脚渡天河。"那天上的牛郎织女，隔着关锁千重，那重重的锁，那道道的门，岂是他们所能冲破的？而那人间的易安和明诚呢，又何尝不是如此？

"浮槎"，指的是往来于大海与天河之间的木筏。张华在《博物志》中记载了这样一个传说：古时候，传说天河与大海是可以相通的。每年八月，有浮槎来往于天河与大海之间，从来不曾错过了日期。后来，有人决意要上天宫，带了许多食物，乘浮槎而去。航行了十几天，竟然真的到达了天河。入目所见，那牛郎正在河边饮牛，而那织女，却在遥远的天宫中。纵使浮槎来去，牛郎织女也终是没有相逢的机会。天上的牛郎、织女如此，人间的易安、明诚亦是如此。那通往相府的路途，并不是遥远得没有尽头，只是他们被迫分离，就算车马驱驰，终日往来不绝，也终究没有会面的可能。

李商隐在《七夕》诗中说："鸾扇斜分凤幄开，星桥横过鹊飞回。争将世上无期别，换得年年一度来。"传说，每年的七月七日，牛郎、织女在天河相会之时，成群的喜鹊飞来为他们架桥，"鹊桥"便是因此而得名。《风俗通》中记载："织女七夕当渡河，使鹊为桥。"这是多么浪漫的幻想，多么美好的期待！秦观有一首名为《鹊桥仙》的小词："纤云弄巧，飞星传恨，银汉迢迢暗度。金风玉露一相逢，便胜却人间无数。柔情似水，佳期如梦，忍顾鹊桥归路？两情若是久长时，又岂在朝朝暮暮？"所写的，也是牛郎、织女的事。相逢总是充满了万千欣喜，痛苦的却是离别时分。怎么忍心去看那归路？归去了，再见面，又是一个年头。只得安慰自己吧，重要的是两颗心的贴近，而不是终日相守，而那安慰的话语却终归只是安慰，离情，别恨，怎能是只言片语就能说得尽的？个中甘苦，也只有自己才能真正知晓。

"霎儿晴，霎儿雨，霎儿风。""霎儿"，是当时的口语，犹言"一会儿"。引口语入诗词，诗人们总是觉得少了几分文雅，却不知，也添了几分表现力。一会儿艳阳满天，一会儿又斜风细雨，像煞了小姑娘的脾气，岂不也像煞了这动荡不安的政局？苏轼是北宋政治斗争中的核心人物，但政治斗争却未曾因苏轼的去世而停歇。所谓的"元祐党人"及他们的亲族，依旧被相继驱逐出京。而那早已离京许久的易安，更是归期无望了。崇宁年间（1102—1106），政治风云变幻莫测，官员的流转更是如同走马灯一般。政治的动荡，不正像这恼人的天气一样，"霎儿晴，霎儿雨，霎儿风"？而今，正是赵挺之春风得意之时，却是李格非如临深渊之际。政治，从来不曾在意个人的悲与喜。夫妇离散，在那些一心只在意政治的人们的心里，是多么平常的事情。个人，在历史面前从来都是渺小的，而在政治面前，亦是如此。

刘熙载曾在《义概》中说："词之妙，莫妙于以不言言之，非不言也，寄言也。如寄深于浅，寄厚于轻，寄劲于婉，寄直于曲，寄实于虚，寄正于馀，皆是。"易安最是懂得那个中三昧的人。分明要说夫妻离散，却偏要说那织女牛郎。分明要说政治变幻不定，却偏要说那天气霎晴霎雨。那织女牛郎，分隔在天河的两端，七夕尚且能够会面，而易安和明诚呢，竟连这一日的相见都不曾有。终日是无望的等待，等待着政治最终变换了模样，终于不再有党争，也终于不再有驱逐，那等待是何等的漫长，漫长到近乎看不到尽头。而易安依旧在等待着，只因等待，是她现在唯一的选择。

思念是可以断绝的吗，如果真的曾刻骨铭心过？就算是一年只有一天的相逢，那牛郎织女依旧要守着当年的约定。就算是永远看似无望的等待，易安依然期盼着爱人的归期。

寂寞愁浓心头暖

小重山·春到长门春草青

春到长门春草青，江梅些子破，未开匀。碧云笼碾玉成尘，留晓梦，惊破一瓯春。

花影压重门，疏帘铺淡月，好黄昏。二年三度负东君，归来也，著意过今春。

　　宋徽宗崇宁五年（公元1106年）春，朝廷终于下诏，销毁了"元祐党人碑"，随即大赦天下，解除了当年对"元祐党人"的禁锢。李清照自然也在这被赦的行列中，得以重返京城。从宋徽宗崇宁二年（公元1103年）被驱逐出京，至今已近三个年头。而今，终于得以与那日思夜盼的丈夫团聚，该是怎样的喜不自禁啊！杜甫在《闻官军收河南河北》中曾这样形容自己还乡时的心情："剑外忽传收蓟北，初闻涕泪满衣裳。却看妻子愁何在，漫卷诗书喜欲狂。白日放歌须纵酒，青春作伴好还乡。即从巴峡穿巫峡，便下襄阳向洛阳。"易安当时的心情，大概也一般无二吧。无奈，物依旧，人已非，襄王有梦，可惜神女无心，她那日夜思念着的丈夫竟然改变了当年的心意。当失望与愁苦混杂，当伤心与凄凉交织，便有了这首《小重山》。

　　首句"春到长门春草青"，是借用了五代词人薛昭蕴《小重山》的成句，原词为："春到长门春草青，玉阶华露滴，月胧明。东风吹断紫箫声，宫漏促，帘外晓啼莺。愁极梦难成，红妆流宿泪，不胜情。手挼裙带绕阶行，思君切，罗幌暗尘生。"这自然是一首充满凄苦的宫怨词无疑。易安引此成句入词，不是为赋新词强说愁，当真是伤心人别有怀抱。

长门宫，是汉代的宫殿。汉武帝幼时曾说："若得阿娇作妇，当作金屋贮之也。"可惜，誓言与谎言之间从来只有一字之别，而汉武帝也终于将陈阿娇废黜，将她皇后的封号褫夺。昔年那藏娇的金屋而今易主他人，陈阿娇迁居幽僻冷寂的长门宫，眼中含着几许热泪，心中又怀着几多哀愁。从此，长门宫成为冷宫的代称。传说，陈阿娇曾以一字千金的价格，向司马相如求得一篇《长门赋》，情辞哀婉，武帝大为感动，阿娇复受宠如初。这是怎样多情的期盼！无奈，传说终究只是传说而已，而阿娇也终究再无受宠之日。君不见咫尺长门闭阿娇，锁住了一个人，冷透了一颗心。春到长门，又是一年光景，而那九五之尊的帝王，却再也不曾踏入故人的宅院。

《招隐士》中有这样两句："王孙游兮不归，春草生兮萋萋。"春草萋萋，连绵到那遥远的天涯。远方有着怎样的美好，竟让那王孙栖迟淹流，不忍回顾。而明诚的心呢，此刻又停驻在何方？身在咫尺，心却远在天涯。是身的分离更可悲，还是心的分离更可叹？易安找不到答案。萋萋总是无情物，吹绿东风又一年。只是从此，那萋萋芳草，诉说的尽是她的惆怅。

李煜曾写过一首小词，名为《清平乐》："别来春半，触目柔肠断。砌下落梅如雪乱，拂了一身还满。雁来音信无凭，路遥归梦难成。离恨恰如春草，更行更远还生。"或许，真的只有愁苦之人，才更懂得惺惺相惜。此时的易安，不正像极了昔时的李煜？一样的芳草萋萋，一样的寂寞愁浓。

那江梅渐次绽放了，"迎春故早发，独自不疑寒"，虽然还不曾占尽枝头，却也不曾误了花期。何曾想到，今日归来，竟然只有这江梅一如往昔。"红酥肯放琼苞碎，探著南枝开遍未。不知酝藉几多香，但见包藏无限意。道人憔悴春窗底，闷损阑干愁不倚。要来小酌便来休，未必明朝风不起。"那是易安昔年的诗句，她曾经一度怜惜着自己的孤苦，怜惜着梅的遭际。到而今，还是只有她和这梅相互慰藉，相互怜惜，是可悲，还是可叹，或者都不是，只是心头无比真实的暖。最是让人感动的，从不是锦上添花，而是雪里送炭。

"碧云笼碾玉成尘，留晓梦，惊破一瓯春。"宋代时，把茶制成茶饼，再在茶笼中碾成茶末饮用。宋代庞元英在《文昌杂录》中记载道："（韩魏公）不甚喜茶，无精粗，共置一笼，每尽，即取碾。"可见当时确有这样的习俗无疑。"碧云"，是形容那茶饼的颜色；而"玉成尘"，则是形容那茶末。独自品茗花下，将那晓梦驱散，是怎样的惬意时光。只是，品咂得出那茶的甘冽吗？或许只品咂出淡淡的苦涩，不管唇间，还是心头。

"花影压重门，疏帘铺淡月。"凌乱的花影压上重重深锁的门，那花影竟也是有重量的吗？淡淡的月光透过稀疏的帘笼，好一个多情的黄昏，大概只有那以梅为妻、以鹤为子的林逋，曾有幸得见，才留下了"疏影横斜水清浅，暗香浮动月黄昏"的千古绝唱。而当此黄昏，却无人与易安共欣赏，又是怎样的无奈，怎样的悲凉！有良辰美景，却不曾有赏心乐事，人间事，少的是尽善尽美，多的是美中不足，到今日，才是真的懂得。

从崇宁二年（公元1103年）到崇宁五年（公元1106年），易安是怀着怎样的无奈，怀着怎样的辛酸，辜负了二载春色和三度梅开！而始终不曾辜负的，却是那心上的人儿。"此情无计可消除，才下眉头，却上心头"、"莫道不销魂，帘卷西风，人比黄花瘦"、"草际鸣蛩，惊落梧桐，正人间、天上愁浓"，字字句句，是怎样的孤独寂寞，怎样的凄苦愁绝，字字是血，声声是泪。如今，当所有的愁云惨雾都散去，当所有的壮阔波澜都平息，她终于又回到了这里，那曾无数次萦回于脑际的地方，那曾无数次在梦里追索的地方。她是怎样幻想着他们的久别重逢，幻想了无数种场景，却独独忽视了这一种。她是太相信自己了，还是太相信爱情了？只是她从来不曾想到，丈夫竟会改变了心意。不经意的凄苦才是最苦，苦到断了肝肠。未预见的痛才是真痛，直到痛彻心扉。易安是怎样地期待着，期待着把那美好的春光珍惜。可惜，可叹，或许也只有那梅花陪她一起度过这春天。他那灵魂还要寄居何方，他那真心还要栖迟何处？招得回王孙的魂，招得回明诚的真心吗，再与她厮守一处，将那春光欣赏，将那爱情珍藏。

将几许春光收藏

满庭芳·小阁藏春

小阁藏春，闲窗锁昼，画堂无限深幽。篆香烧尽，日影下帘钩。手种江梅渐好，又何必临水登楼。无人到，寂寥浑似，何逊在扬州。

从来，知韵胜，难堪雨藉，不耐风揉。更谁家横笛，吹动浓愁。莫恨香消雪减，须信道扫迹情留。难言处良宵淡月，疏影尚风流。

宋徽宗崇宁五年（公元1106年），朝廷取消了对"元祐党人"及其家人的禁锢，经过了多少期盼，挨过了多少煎熬，李清照终于得以从原籍明水返回都城汴京，与那心爱的丈夫团聚。无奈，政治上的风波稍为平息，家庭中的风波却旋即又起。他那刻意的回避，他那无情的犹疑，一切都落在她的眼中，刻在她的心里。人说女人天性敏感多疑，殊不知，敏感也好，多疑也罢，不过是为着那心上的人而已。而她也终于明白，他的心，已不在她那里。姑且再回到原籍去，把一切交给时间，或许数日经年，一切又可以太平如初。她是鸵鸟，那小阁是她的沙丘。

那精致的闺阁，将几许春光收藏；那寂寞的窗，将几许白昼紧锁。

篆香，是一种名贵的香料，可以烧很长的时间。当那篆香烧尽，日影也已西沉，又是一天的光阴消逝。

那江梅，是易安当年亲手种下的那一株吗？看它开得正好，是在慰藉着她的寂寞吗，是在排遣着她的愁苦吗？记得当年，她怀着对故乡的思念和对丈夫的爱恋，种下了这株江梅。那时，她傻傻地以为，只要这政治的风波平息了，只要她又回到了他的身旁，一切就都还是原来的模样。那时有等待的凄苦，却没有失望的痛楚；有思念的煎熬，却没有绝望的愁苦。只是她不知，人心才是最难忖度的，才是最难到达的地方。

那江梅开得正好，又何必效仿那昔年的王粲临水登楼？王粲是建安时人，才华横溢，却不曾受到刘表重用，蹉跎荆州十五载。建安九年（公元204年）秋，王粲在荆州登上麦城城楼，"登兹楼以四望兮，聊暇日以销忧"，并写作了流传千古的《登楼赋》，其中有"虽信美而非吾土兮，曾何足以少留"的句子，可谓哀转久绝。而如今，易安竟自比当年王粲登楼。此时的她，经受着丈夫的冷落，寂寞处，自是与王粲相仿佛。但此时的她，国未曾破，家也不曾亡，何曾有王粲那般愁苦？而我们竟然忘记，她只是一个女人，而一个女人总是把她深爱的男人当成她的全部天地。

"无人到，寂寥浑似，何逊在扬州。"无人到，而易安又苦苦期盼着谁呢？定是那赵明诚无疑。女人就是这样，怨着，恨着，又何曾不等着，盼着。寂寞，愁苦，谁人能懂，又有谁在意，只有那江梅伴着她，岂不正如当年的何逊？何逊最是那爱梅之人，他曾写过一首《咏早梅》："兔园标物序，惊时最是梅。衔霜当路发，映雪拟寒开。枝横却月观，花绕凌风台。朝洒长门泣，夕驻临邛杯。应知早飘落，故逐上春来。"清人江昉刻本《何水部集》为其作注，说道："逊为建安王水曹，王刺扬州，逊廨舍有梅花一株，日吟咏其下，赋诗云云。后居洛思之，再请其任，抵扬州，花方盛开，逊对花彷徨，终日不能去。"杜甫在《和裴迪登蜀州东亭送客逢早梅相忆见寄》中，曾有这样的句子："东阁官梅动诗兴，还如何逊在扬州。"虽说何逊爱着那梅，可在扬州的无尽的岁月里，也未尝不是寂寞的吧，正如此时的易安，虽然有这江梅相伴，却也有那难以排遣的愁苦，此一重悲也。"朝洒长门泣，夕驻临邛杯"，虽有那"金屋藏娇"的誓言，阿娇也终于被弃长门宫；虽有《凤求凰》的约定，司马相如也终于在那茂陵女子处栖迟。易安的怨，岂不正与那昔年的陈阿娇、卓文君一般无二，此二重悲也。当重重悲伤渐次袭来，怎能不令易安凄苦愁绝！

"从来，知韵胜，难堪雨藉，不耐风揉。"梅花，从来胜在它自有韵致。范成大在《梅谱后序》中说："梅以韵胜，以格高，故以横斜疏瘦与老枝怪奇者为贵。"梅花虽有风韵，虽有高格，却也终究经不得风吹，耐不得雨打。或许，崔道融才是最懂这梅花的人，他曾在一首名为《梅花》的诗中写道："数萼初含雪，孤标画本难。香中别有韵，清极不知寒。横笛和愁听，斜枝倚病看。朔风如解意，容易莫摧残。"那北风不要再将它摧残了吧，殊不知寒风刺骨，它也耐不得这霜风凄冷。此时的易安，岂不正与这江梅相仿佛，她虽是"词女"，虽有着万千赞誉，却也经不得丈夫的冷落，耐不得这凄苦的寂寞。她苦苦维持着自己的大度、风度、气度，而当她终于卸下了所有的伪装，她才终于肯让那泪水放肆流淌。只是从此，她的泪水再不会洒在明诚的胸膛，只因两颗心再不似往昔般贴近。

"更谁家横笛，吹动浓愁。"在汉乐府二十八支横吹曲中，有一支名为"梅花落"。诗人鲍照曾依此曲作诗云："中庭杂树多，偏为梅咨嗟。问君何独然？念其霜中能作花，露中能作实。摇荡春风媚春日，念尔零落逐寒风，徒有霜华无霜质。"是谁吹奏这一曲《梅花落》，声声哀怨，折损肝肠？

"莫恨香消雪减，须信道扫迹情留。"别再怨那风雨的摧残，花开花落自有时，那本就是这江梅的宿命，它们终归要飘零在春风里，最终连那落英也将被打扫干净，但始终难以磨灭的，是那韵致，是那高格，是那芳魂一缕。正如易安的爱情，你可以清除掉关于曾经的所有记忆，但曾有过的感情却是如何也磨灭不了，它就在你我的心里，就算从此不再提起，也永远都难以忘记。

"难言处良宵淡月，疏影尚风流。"这许多心事，这诸种情怀，哪里是三言两语能够说得尽，又或者是未曾开口，泪已先流。而最后那江梅终于消弭了所有的怨，涤荡了所有的恨。当此良辰，对着淡月，就算花朵飘零，依然不减格调，那只属于江梅的格调。而那江梅，又未尝不是易安的化身。易安经历了多少命运的摧残，党争的牵连，丈夫的冷落，这一切对于一个二十余岁的女子而言，命运岂非太过无情？从此后，她还要经受命运诸多残酷的洗礼，而她始终如那江梅一般，她自有她的高格。

那真的是她的高格吗？或许诚然如此，又或者，不过是爱到深处，扫迹情留。

凄苦愁浓，人依旧

多丽·咏白菊·小楼寒

小楼寒，夜长帘幕低垂。恨萧萧、无情风雨，夜来揉损琼肌。也不似贵妃醉脸，也不似孙寿愁眉。韩令偷香，徐娘傅粉，莫将比拟未新奇。细看取屈平陶令，风韵正相宜。微风起，清芬蕴藉，不减酴醾。

渐秋阑、雪清玉瘦，向人无限依依。似愁凝汉皋解佩，似泪洒纨扇题诗。朗月清风，浓烟暗雨，天教憔悴瘦芳姿。纵爱惜，不知从此留得几多时。人情好，何须更忆，泽畔东篱。

小楼上帘幕低垂，抵挡着夜来寒风的侵扰。最恨那无情的风雨，白菊那玉骨冰肌，怎受得了这般摧残？政治的禁锢在前，丈夫的冷落在后，易安所受的摧残竟丝毫不少于那白菊，而易安的心中就真的能够了无怨恨吗？只是那怨着、恨着的人，也正是易安一生最深的爱恋。

如此千般谨慎、万般小心，那白菊究竟有着怎样的美，值得易安如此珍惜。易安最是那驱驰语言的能手，不说那白菊"似"何物，偏偏要从"不似"说起。

"也不似贵妃醉脸"。唐代李浚的《松窗杂录》中，记载了"贵妃醉脸"的故事：中书舍人李正封作了一首吟咏牡丹花的诗，其中有这样两句："天香夜染衣，国色朝酣酒。"唐明皇很欣赏这两句诗，曾对杨贵妃笑语道："妆镜台前，宜饮一紫金盏酒，则正封之诗见矣。"早上梳妆的时候，要是喝上一杯酒，那醉后的容颜岂不娇美，直可谓"国色朝酣酒"了。那杨贵妃的容颜，竟然比得上牡丹花的风姿。而即便是这"贵妃醉脸"，又怎能比得上这白菊的素雅？

"也不似孙寿愁眉"。《后汉书·梁冀传》中记载道："妻孙寿，色美而善为妖态，作愁眉、啼妆、堕马髻、折腰步、龋齿笑，以为媚惑。"应劭在《风俗通》中，同样记载了这样的事实："桓帝元嘉中，京师妇女作愁眉，啼妆，堕马髻，折腰步，龋齿笑。愁眉者，细而曲折；啼妆者，薄拭目下若啼痕；堕马髻者，侧在一边；折腰步者，足不任体；龋齿笑者，若齿痛不忻忻。"真正的美，无须矫揉造作便自有一番风流。就算是"孙寿愁眉"，那媚态又怎敌得了这白菊的清朗？

"韩令偷香，徐娘傅粉，莫将比拟未新奇。"韩令偷香，徐娘傅粉，怎能与这白菊相比？"韩令偷香"的典故，出自《晋书·贾充传》：韩寿是外戚贾充的幕僚，容貌俊朗，仪表堂堂，无意中被贾充的小女儿贾午看中，并使侍女暗中授意，韩寿便翻墙而过与贾午私通。贾午将那外国进贡的香料赠予韩寿，因那香料名贵异常，晋武帝只将那香料赐予贾充和陈骞，贾充开始怀疑，并最终发现了这奸情，把贾午嫁与韩寿。

徐娘，指的是梁元帝的妃子徐昭佩。《南史·梁元帝徐妃传》中记载道："妃以帝眇一目，每知帝将至，必为半面妆以俟，帝见则大怒而去。"梁元帝萧绎只有一只眼，那徐昭佩便只化半面妆。那半面残妆是无情的嘲讽，还是凄楚的哀怨？自古爱情让女人失去了理智。

贵妃醉脸，白菊的芳姿从没有那般浓艳绮丽；孙寿愁眉，白菊素来不肯那般矫揉造作；韩令偷香，白菊自有它的芳馨，何须在意别处的香气；徐娘傅粉，那白菊却是天然的风姿。

微风吹动，送来那白菊的淡淡清香，它的芳姿丝毫不输那迟迟开放的酴醾。秋深了，它的芳姿日渐憔悴，它的倩影日渐清癯，向人无限依依，是在诉说着它的哀怨吗，还是在诉说着它的不屈？

　　《列仙传》中，曾这样记载"汉皋解佩"的传说：郑交甫在汉皋台下遇见两位女子，皆佩戴着珍珠。郑交甫与那两位女子交谈，并请求两位女子赠予所佩之物，她们解下珍珠交与他。郑交甫又走了几步路，而当他再回过头时，那两个女子早已不见踪影，那珍珠也早已不知所踪。

　　"纨扇题诗"，是关于班婕妤的故事。班婕妤容貌俏丽，极富才情，并有"辞辇"之德，深受汉成帝宠爱。后赵飞燕入宫受宠，班婕妤受冷落，只得终日幽居于长信宫中。相传，班婕妤曾作《怨歌行》，又名《团扇歌》："新裂齐纨素，皎洁如霜雪。裁为合欢扇，团团似明月。出入君怀袖，动摇微风发。常恐秋节至，凉风夺炎热。弃捐箧笥中，恩情中道绝。"这就是所谓的"婕妤之叹"。王昌龄曾作五首《长信宫词》，只为吟咏这"婕妤之叹"，其中有一首这样说道："奉帚平明金殿开，且将团扇共徘徊。玉颜不及寒鸦色，犹带昭阳日影来。"

　　"似愁凝汉皋解佩，似泪洒纨扇题诗。"那白菊，是在为了"汉皋解佩"而凝愁，还是在为了"纨扇题诗"而洒泪？说白菊，未尝不是说自己。此时的明诚竟也在那汉皋台下遇见了仙女不成？殊不知缘来缘散，不过大梦一场，最终消弭了存在过的痕迹。而此时的易安呢，那重重帘幕低垂，却怎能将轻寒抵挡，那小楼的凄冷更胜过长信宫几分。那白菊的愁，易安来怜惜；那白菊的泪，易安来珍重。而易安的愁与泪呢，又有谁看到？又有谁知晓？"人生若只如初见，何事秋风悲画扇。等闲变却故人心，却道故人心易变。"依稀仿佛，还是易安当年"倚门回首，却把青梅嗅"时瞥见的面影，人依旧，情却早已不同。

"朗月清风，浓烟暗雨，天教憔悴瘦芳姿。纵爱惜，不知从此留得几多时。"郑思肖曾有这样的诗句："花开不并百花丛，独立疏篱趣未穷。宁可枝头抱香死，何曾吹落北风中。"那是菊的宿命，因了它从来不同流俗，因了它不懂趋炎附势，因了它没有那般媚骨。

"人情好，何须更忆泽畔东篱。"在《渔父》中，有这样的句子："屈原既放，游于江潭，行吟泽畔，颜色憔悴。"此处的"泽畔"，当指代秋菊无疑。屈原在《离骚》中是写到过菊的："朝饮木兰之坠露兮，夕餐秋菊之落英。"以秋菊为食，不为其他，只为这菊的高雅。陶渊明在《饮酒其五》中写道："采菊东篱下，悠然见南山。""东篱"，便成为了陶渊明的代称。为何单单要采菊？不为其他；只为它的芳魂一缕。这菊有着怎样的风姿，贵妃醉脸、孙寿愁眉，哪里及得上它，韩令偷香、徐娘傅粉，直是对它的亵渎。或许，也只有屈原、陶潜才差可比拟。如果没有这许多风波，没有这许多愁苦，哪里会去想"泽畔东篱"？他们与那菊一样，是她的寄托，是她的慰藉。至此方知，贵妃醉脸、孙寿愁眉、韩令偷香、徐娘傅粉，甚至行吟泽畔，甚至采菊东篱，都不过是为了隐藏，隐藏她的寂寞，隐藏她的凄苦，隐藏她的"真意"——汉皋解佩，纨扇题诗。

况周颐在《珠花簃词话》中这样评价这首词："李易安《多丽·咏白菊》，前段用贵妃、孙寿、韩掾、徐娘、屈平、陶令若干人物，后段雪清玉瘦、汉皋纨扇、朗月清风、浓烟暗雨许多字面，却不嫌堆垛，赖有清气流行耳。'纵爱惜、不知从此留得几多时'此三句最佳，所谓传神阿堵，一笔凌空，通篇具活。歇拍不妨更用'泽畔东篱'字。昔人评《花间》镂金错绣而无痕迹，余于此阕亦云。"殊不知，从来欢愉之辞难工，而穷苦之词易好，再多美好的篇章，不过是痛楚浸泡的结果，而一并浸在这痛苦中的，分明还有易安那颗破碎的心。

守着空虚寂寞，伴着凄苦愁浓，易安已从春等到了秋，从"手种江梅渐好"，等到了"渐秋阑雪清玉瘦"。等待，仿佛是无尽的煎熬；等待，仿佛是无边的苦楚。耳畔，回响起一支古老的歌谣："桑之未落，其叶沃若。于嗟鸠兮，无食桑葚！于嗟女兮，无与士耽！士之耽兮，犹可说也。女之耽兮，不可说也。"

　　那人还会回头吗？又是在什么时候？

第三辑
生命中无比肃杀的秋

一掬忧国泪

新荷叶·薄露初零

薄露初零，长宵共永昼分停。绕水楼台，高耸万丈蓬瀛。芝兰为寿，相辉映簪笏盈庭。花柔玉净，捧觞别有娉婷。

鹤瘦松青，精神与秋月争明。德行文章，素驰日下声名。东山高蹈，虽卿相不足为荣。安石须起，要苏天下苍生。

这是一首祝寿词，后人总是费尽了心思去猜测那寿主为谁。有人认为是晁补之，有人猜度是朱敦儒。苦苦探寻，始终没有太多的意义。隔了太远的时间与空间，蒙了太多的历史的烟尘，再回头，依稀间已看不清当年寿主的面影。分明无疑的则是易安那颗为国家的前途与命运而深深忧虑的心。

薄露初降，又是一年秋分时节。那水边的亭台楼阁，恍惚间，成为了万丈蓬瀛。"蓬瀛"，指的是蓬莱和瀛洲，都是传说中的仙山。东晋葛洪在《抱朴子》中这样形容那些得道之士："或委华骈而辔蛟龙，或弃神州而宅蓬瀛。"唐代许敬宗有诗句云："幽人蹈箕颖，方士访蓬瀛。"明代唐顺之也曾写过"此去周南异留滞，看君到处即蓬瀛"的句子。自古人们求仙访道，不过为了长生不老，而那寿者竟然居于这人间仙境，莫不是早已得道成仙？

芝兰，是香草。《世说新语·言语》中曾记载了关于"芝兰"的典故："谢太傅问诸子侄：'子弟亦何预人事，而正欲使其佳？'诸人莫有言者，车骑答曰：'譬如芝兰玉树，欲使其生于阶庭耳。'"芝兰，自然是对那"诸子侄"的美称。从前官员上朝，需要头戴冠簪，手执笏板，就是所谓的"簪笏"。苏轼曾写过这样的诗句，"数朝辞簪笏，两脚得暂赤"。"簪笏"，指的是仕宦生涯。而在这里，无疑指的是宾客中的诸位官员。既有族中的众多子侄，又有朝中的诸位高官，更有那如花似玉的少女，献上美酒一樽。那寿宴有着怎样的盛景，自然可以想见。

祝那寿主福寿绵长，如松鹤一般；祝那寿主精神矍铄，胜如秋月；祝那寿主的德行文章，誉满京城。"鹤瘦松青"，鹤与松一起，常作为长寿的象征，多用于祝寿之词。秋分时节的月，也总是最为明亮。"日下"，指京都，古代以皇帝比日，皇帝所居，自然便称为"日下"。《晋书·陆云传》中有这样的记载："云与荀隐素未相识，尝会（张）华坐。华曰：'今日相遇，可勿为常谈。'云因抗手曰：'云间陆士龙。'隐曰：'日下荀鸣鹤。'"所有的祝寿之语，无论是那"鹤瘦"，还是那"松青"，甚或是那"秋月"，句句无不显得清新自然，种种无不透出蕴藉含蓄，却无一丝媚悦，无半点凡俗。

"东山高蹈，虽卿相不足为荣。安石须起，要苏天下苍生。"结尾二句所运用的，都是谢安的典故。

谢安曾隐居于会稽东山，大诗人李白感念此事，曾作《东山吟》一首悼念谢安："携妓东土山，怅然悲谢安。我妓今朝如花月，他妓孤坟荒草寒。白鸡梦后三百岁，洒酒浇君同所欢。酣来自作青海舞，秋风吹落紫绮冠。彼亦一时，此亦一时，浩浩洪流之咏何必奇。"在宋朝，人们又习惯用"东山"、"东郡"或"东州"来称呼齐州一带，也正因此，有人猜测那寿主正是原籍齐州的晁补之，不知其真假。但无论怎样，都已然成为了历史，淹没成尘。

《世说新语·排调》记载道："谢公在东山，朝命屡降而不动。后出为桓宣武司马，将发新亭，朝士咸出瞻送。高灵时为中丞，亦往相祖。先时多少饮酒，因倚如醉，戏曰：'卿屡违朝旨，高卧东山，诸人每相与言：安石不肯出，将如苍生何！今亦苍生将如卿何？'谢笑而不答。"谢安是东晋时期的宰相，可谓一代名臣。莫非那寿主也有着这般荣耀，和他一般地位吗？或许，此刻正江河日下的大宋王朝正等待着它的"东山再起"。

易安，从来不是等闲之辈，她自幼博览群书，有着怎样的学识，又有着怎样的见地，这从她早年的诗歌创作中，即可窥见一斑。

唐肃宗上元二年（公元 761 年），当安史之乱的硝烟都已散尽，元结写作了一篇《大唐中兴颂》，并刻于浯溪石崖上，歌颂大唐的中兴，也称扬自己的平叛之功。张耒，是"苏门四学士"之一，针对元结的《大唐中兴颂》，写作了《题中兴颂碑后》一诗。此诗一出，时人多有唱和。当时的易安刚刚在诗坛上小露锋芒，也写作了两首和诗，也正是这两首和诗让易安在诗坛上占尽了风光。

其一云：“五十年功如电扫，华清花柳咸阳草。五坊供奉斗鸡儿，酒肉堆中不知老。胡兵忽自天上来，逆胡亦是奸雄才。勤政楼前走胡马，珠翠踏尽香尘埃。何为出战辄披靡，传置荔枝多马死。尧功舜德本如天，安用区区纪文字。著碑铭德真陋哉，乃令神鬼磨山崖。子仪光弼不自猜，天心悔稿人心开。夏商有鉴当深戒，简策汗青今具在。君不见当时张说最多机，虽生已被姚崇卖。”

朝廷中有多少倾轧，从来不曾断绝。彼时的易安，还不曾被驱逐，但目睹苏门子弟的遭际，心中又何尝能够了无块垒。

其二云：“君不见惊人废兴传天宝，中兴碑上今生草。不知负国有奸雄，但说成功尊国老。谁令妃子天上来，虢秦韩国皆天才。花桑羯鼓玉方响，春风不敢生尘埃。姓名谁复知安史，健儿猛将安眠死。去天尺五抱瓮峰，峰头凿出开元字。时移势去真可哀，奸人心丑深如崖。西蜀万里尚能反，南内一闭何时开。可怜孝德如天大，反使将军称好在。呜呼，奴辈乃不能道辅国用事张后专，乃能念春荠长安作斤卖。”

王灼在《碧鸡漫志》中这样评价易安：“自少年便有诗名，才力华赡，逼近前辈。在士大夫中已不多得。若本朝妇人，当推文采第一。”易安的才力自不待言，更重要的是，她还有那非同一般的史识。她并未对杨贵妃责之过甚，说什么女色误国，也并未刻意地为其开脱。面对历史，回望曾经，易安所表现出的冷静与公允，实在不似一个少女所能拥有。

正如人们不相信《如梦令》出自这位少女之手一般，人们同样不相信如此富有见地的诗作是易安的手笔。人们总是莫名地把少女和闺阁联系在一起，殊不知，那小小的闺阁哪里锁得住易安的心？她的心始终在广阔的天地驰骋。周辉在《清波杂志》中说：“以妇人而厕众作，非深有思致者能之乎？”陈宏绪在《寒夜录》中也说：“奇气横溢，尝鼎一胔，已知为驼峰、麟脯矣。"

易安若不是有着这般的思致、这般的才华，又哪里写得出那流传千古的《夏日绝句》呢？"生当作人杰，死亦为鬼雄。至今思项羽，不肯过江东。"小诗虽短，其气魄却分明堪比雷霆万钧，几令那须眉侧目。身，虽不曾驰骋沙场；心，却早已纵横天涯。

"安石须起，要苏天下苍生"，这样的诗句，也只有易安能够写得出。政治是男人的专利，女人何必关心？又何须在意？只是易安，从来不是那不知愁的闺中少妇，她的胸襟，她的气度，何曾不胜过那许多浊物须眉！

此时的北宋王朝，正处于江河日下的衰落中，龚自珍曾这样形容所谓的"衰世"："左无才相，右无才史，阃无才将，庠序无才士，陇无才民，廛无才工，衢无才商，抑巷无才偷，市无才驵，薮泽无才盗，则非但鲜君子也，抑小人甚鲜。"质言之，所谓的衰世，是体现在社会的方方面面的，可惜可叹的只是那些士大夫不想看到，他们依旧纸醉金迷。此时的易安，心中又是怎样的五味杂陈。此时的易安，像极了一个人，正是那自称"鉴湖女侠"的秋瑾，她也有过这般壮怀激烈："浊酒不销忧国泪，救时应仗出群才。拼将十万头颅血，须把乾坤力挽回。"她们的痛苦，从来都是因为她们的清醒。人生难得是糊涂，不是她们不懂，只是她们不愿。

烟锁秦楼

凤凰台上忆吹箫·香冷金猊

香冷金猊，被翻红浪，起来慵自梳头。任宝奁尘满，日上帘钩。生怕离怀别苦，多少事欲说还休。新来瘦，非干病酒，不是悲秋。

休休，这回去也，千万遍《阳关》，也则难留。念武陵人远，烟锁秦楼。惟有楼前流水，应念我终日凝眸。凝眸处，从今又添，一段新愁。

宋徽宗崇宁元年（公元 1102 年），当"元祐党人"被悉数驱逐出京之时，正是赵挺之风光无限之际，真可谓"炙手可热"。但对于政治而言，从来没有永远的朋友，有的只是永远的利益。当"外患"悉数解决，赵挺之还面临着诸多"内忧"，这所谓的"内忧"，便是与权臣蔡京争权。宋徽宗大观元年（公元 1107 年）正月，蔡京再次出任宰相。同年三月，赵挺之的宰相之职被罢免，其后仅仅五天，便气绝身亡。这场宰相之位的争夺战，终于以赵挺之的失败而告终。赵挺之，成为蔡京登上权力顶峰的祭品。

而此时的赵家人竟然不知更大的阴谋正在等待着他们。赵挺之死后仅三天，京城中的赵家人便被悉数收监。因查无实据，不久便被释放了，只是追封给赵挺之的官职却被无情地褫夺了，赵氏兄弟三人的官爵也因此而丢失。京城这是非之地，易安与明诚是再不能久留了。离开，成了他们无法选择的选择。从此，他们开始了屏居青州的生涯。

生命中的阴差阳错，无意间造就了多少美好。屏居青州这段岁月，竟成为易安永生难忘的记忆。昔年，陶渊明曾写作过一篇《归去来兮辞》，其中有这样两句："倚南窗以寄傲，审容膝之易安。"易安素来倾慕陶渊明的为人，"细看取屈平陶令，风韵正相宜"，分明透着对陶渊明的无尽赞赏，此时，她便将这宅院命名为"归来堂"，并自号"易安居士"。正是在这"归来堂"中他们开始大量地收藏并研究那金石字画，易安在《金石录后序》中曾这样形容当时的生活："食去重肉，衣去重采，首无明珠翡翠之饰，室无涂金刺绣之具。"只因心之所向，才是最绚烂的天堂。在这"归来堂"中发生的点点滴滴，大概易安一生都忘不掉，每每念及，喟然叹息"甘心老是乡矣"。

美好的时光总是飞快地逝去，转眼间，已是十年的光景。宋徽宗宣和三年（公元1121年），随着蔡京一党走向末路穷途，赵明诚之母郭氏向朝廷奏请，恢复了赵挺之那曾被追封又一度被夺的司徒之职，赵氏兄弟再度走上仕途。对于赵明诚而言，这意味着时来运转。而对于易安呢，又意味着什么？意味着心上人的离开，意味着十年来的美好光景不再。此刻易安的心情，大概只有王昌龄的一首小诗说得清楚："闺中少妇不识愁，春日凝妆上翠楼。忽见陌头杨柳色，悔教夫婿觅封侯。"丈夫再度走上仕途，她自然会有几分欢喜；而夫妻再度分隔两地，心中又不免感慨良多。她多想和他一起离开，而他从不答应她的请求。他终于离去了，昔日的"归来堂"中，是怎样的欢意融融，而今看去，只剩下点点酸楚。易安就是这样，伴随着孤单，伴随着寂寞，伴随着淡淡的思念与淡淡的哀怨，写下了这阕《凤凰台上忆吹箫》，远方的他，可曾听到？

金猊，是狮形的香炉，陆容在《菽园杂记》中这样记载："金猊，其形似狮，性好火烟，故立于香炉盖上。"香料早已烧尽，香炉也已冰冷。

易安最是那爱香之人，"篆香烧尽，日影下帘钩"，是焚香；"薄雾浓云愁永昼，瑞脑销金兽"，是焚香；"瑞脑香消魂梦断，辟寒金小髻鬟松"，是焚香；"淡荡春光寒食天，玉炉沉水袅残烟"，同样是焚香。那香炉是不同的形状，那香料是不同的味道，同样的却是香料已烧尽，她却无暇顾及。那阵阵香气，缭绕着她的寂寞、她的愁苦和她的等待。那香炉中静静焚着的，哪里是什么香料，分明是易安的心。

太阳升得很高了，被子懒得叠起，头发懒得梳理，匣上的灰尘懒得去理。或许，她只是不愿改变这房间的模样，一切一如往昔，仿佛他从来不曾离去。揽镜自顾，那镜中消瘦的面庞，是她自己不假。这消瘦，不是因为缠绵病榻，不是因为酣饮终日，也不是因为悲这深秋，却是因为……罢了，那么多的寂寞伤怀，那么多的离愁别绪，哪里是说得清的。最怕的，莫过是那离愁。离别虽苦，却从来不曾苦似今日这般。她分明希望追随着他，哪怕千里万里，哪怕海角天涯，只是他的眼中写满了拒绝。易安不语，可那心事，我们分明听得清清楚楚。

"阳关"，语出自诗人王维的《送元二使安西》："渭城朝雨浥轻尘，客舍青青柳色新。劝君更尽一杯酒，西出阳关无故人。"后人依此创作了琴曲《阳关曲》，又名《阳关三叠》，作送别之用。而就算唱了千万遍《阳关曲》，他也不曾留下，他终于还是离开。千言万语，她还能说什么呢，唯有"休休"二字了吧。曾经，爱情是在空中飘荡的纸鸢，飘得再高再远，她都不曾害怕，只因那绳索始终紧握在她手中。而今，线断了，纸鸢飘远了，再也寻不见它的影踪。

武陵人去水迢迢，"武陵人"走远了，只剩了易安自己，守着这寂寞的庭院。"武陵人"的典故，出自陶渊明的《桃花源记》："晋太元中，武陵人捕鱼为业。缘溪行，忘路之远近。忽逢桃花林，夹岸数百步，中无杂树，芳草鲜美，落英缤纷，渔人甚异之。复前行，欲穷其林。"那武陵人只知桃林夺目红，却不知一切只是梦一场。桃花，是啊，那桃花开得该是有多艳丽，"武陵人"又怎能不被它吸引，而易安心中的"武陵人"呢，竟也是因了这桃花而离去吗？

桃花，总是这桃花，在那娇艳的脸庞下，有着多少悱恻的传说。

崔护有一首诗，名为《题都城南庄》："去年今日此门中，人面桃花相映红。人面不知何处去，桃花依旧笑春风。"去年今日，人面与桃花交映，是因了那桃花，还是因了那人面？竟引得人再度探寻。易安心中的"武陵人"也是如此吗？是去追寻那"桃花"，还是去追寻那"人面"？

昔年，在那天台山上，刘晨和阮肇不也是被这桃花迷乱了目光，被那仙女牵绊住了脚步，只是山中方一日，世上已千年，再回首，一切早已不复往昔。《幽明录》中是这样描述的："亲旧零落，邑屋改异，无复相识。问讯得七世孙，传闻上世入山，迷不得归。"那"武陵人"，竟也为了山中的一日，抛却了眼前的时光。

他走了，只剩下孤独的她，和这寂寞的小楼。易安有着怎样的苦心，为何偏偏着以"秦楼"二字，莫不是个中更有深意在？却原来，这词牌本就是"凤凰台上忆吹箫"，那"秦楼"本就是当年萧史弄玉的居所，易安早已埋下伏笔。《列仙传》中有这样的记载："萧史善吹箫，作凤鸣。秦穆公以女弄玉妻之，作凤楼，教弄玉吹箫，感凤来集，弄玉乘凤、萧史乘龙，夫妇同仙去。"屏居青州的赵李二人，岂不就是那萧史弄玉？不同的是，弄玉乘凤归去，易安却独自守着这"秦楼"。

他走了，走得那样远，远到再也看不清他的背影，远到再也听不到他的声息。他可曾还会想起她？桃花那么美，而她也只能是他的曾经。或许，只有那门前的流水，懂得她的惆怅，懂得她的相思。多少次，她在这里流连，只因他是从这里乘舟离去；多少次，她在这里流连，只因太过盼望他的归期，望得久了，眼里便有了泪；泪凝得多了，就流进了那河水里，夹着哀怨，伴着离愁。只是，这样就能没有惆怅了吗，又或者是惆怅更浓？

独守深闺的寂寞时分

点绛唇·闺思·寂寞深闺

寂寞深闺，柔肠一寸愁千缕。惜春春去，几点催花雨。

倚遍阑干，只是无情绪。人何处，连天芳草，望断归来路。

"世人都晓神仙好，唯有功名忘不了！古今将相在何方？荒冢一堆草没了。"在《红楼梦》的第一回中，曾有一位疯癫的跛足道人，唱着一首《好了歌》出场。以上所引，正是其中几句。道理自然是谁都懂，只是真正能够无视那功名利禄的又有几人？"长醉后方何碍，不醒时有甚思。糟腌两个功名字，醅渰千古兴亡事，曲埋万丈虹霓志。不达时皆笑屈原非，但知音尽说陶潜是。"易安自是那屈平陶令的异代知音，无奈她的丈夫依然汲汲于功名。在屏居青州十年以后，赵明诚终于再度被起用。宋徽宗宣和三年（公元 1121 年）赵明诚只身赴莱州任上。只是就算他阻挡了她追随的脚步，也终究无法阻挡她的思念良多。

五代词人韦庄，曾作两首《应天长》，写尽了女子对离人的思念。或许是伤心人别有怀抱，这两首小词，竟触动了易安的肝肠。

"绿槐阴里黄莺语，深院无人春昼午。画帘垂，金凤舞，寂寞绣屏香一炷。碧天云，无定处，空有梦魂来去。夜夜绿窗风雨，断肠君信否？"或许每一个思妇，都有这样一座深闺，垂着帘，焚着香。而那思妇就在这深闺之中，细数自己的寂寞与愁苦，数着数着，便数尽了一生。当昔年的易安"倚门回首，却把青梅嗅"，"云鬓斜簪，徒要教郎比并看"，彼时的她，怎会料想到，他年的自己竟也有这独守深闺的寂寞时分？

"别来半岁音书绝，一寸离肠千万结。难相见，易相别，又是玉楼花似雪。暗相思，无处说，惆怅夜来烟月。想得此时清切，泪沾红袖黦。"或许每一个思妇，都有着这样的愁肠百结。结着怨，结着恨，结上那寸寸离肠。怨了太多，恨了太久，那离人终究不肯回头。他可曾还记得那许多过往，又或者一切不过萍水相逢，只是绮梦一场。曾经的誓言，早已是云烟过眼。只是，多少思妇为了那曾经，交付了一生。

"寂寞深闺，柔肠一寸愁千缕。"易安的这两句，岂不正是对韦庄这两首小词的精妙演绎。

细雨飘洒，摧残着那曾经娇艳的花，眼见那春天又要过去。大概总是诗人最多情，杜甫说："一片花飞减却春，风飘万点正愁人。"欧阳修说："雨横风狂三月暮，门掩黄昏，无计留春住。"易安又何尝不是如此，何尝不想把那残春留住，将那落花珍惜？可终究，花还是要飘落，春还是要离去。那滴滴飘洒的，究竟是天上的雨，还是易安的泪？那片片凋零的，究竟是开残的花，还是他们的曾经？一年复一载，这对离散夫妻何日才能再见？

倚着栏杆，凝望远方，只是就算将那栏杆倚遍，也终究不见他的影踪。惆怅太多，她不愿多说什么，只因再多的言语也无法将他唤回。她苦苦思念着的人儿，此刻究竟身在何方？"人何处"，饱含着多少思绪万千；"人何处"，满溢着多少愁肠百结。谁的生命中不曾出现过这样一个人，牵挂着你的肝肠，左右着你的悲喜，不消多说，便已让人猜到他的名姓。只因爱得太浓，只因陷得太深，只因就算无限凄苦，还是无法将他排除在记忆之外，只因就算失去世间所有，也不愿失去他的消息。他就是你生命中的唯一，永远不忍割舍的牵挂。而易安笔下的那个"人"，也只能是赵明诚无疑。"无人到，寂寥浑似，何逊在扬州"，那"人"，何尝不是他？"念武陵人远，烟锁秦楼"，那"人"，又何尝不是他？而那人，如今在何处，他的心如今在何方？或许，还是欧阳修看得真切，他曾在《踏莎行》中说道："寸寸柔肠，盈盈粉泪，楼高莫近危阑倚。平芜尽处是春山，行人更在春山外。"纵使那楼再高，也不要去倚望，如果注定了，你终究看不到他的踪迹，又何必让自己徒增伤心。

"连天芳草，望断归来路。"倚着这栏杆，尽日凝望着远方。却原来，古今思妇真的都是一般模样。还记得温庭筠的那首著名的《望江南》吗，"梳洗罢，独倚望江楼。过尽千帆皆不是，斜晖脉脉水悠悠。肠断白蘋洲"。元曲中有一首《喜春来·闺情》："窄裁衫袄安排瘦，淡扫蛾眉准备愁。思君一度一登楼。凝望久，雁过楚天秋。"不同的只不过是，此刻落在易安眼中的不是那脉脉斜晖、悠悠流水，也不是那阵阵秋雁，而是那连天的萋萋芳草。《楚辞·招隐士》中有这样的句子："王孙游兮不归，春草生兮萋萋。"春草都已萋萋，那王孙为何依旧滞留山中，不肯归来？是怎样的相似，又是怎样的不同？那王孙滞留山中，是为了躲避凡俗；而今日的明诚，他的不归却正是因了置身官场。"王孙兮归来，山中兮不可久留"，就算招得回那山中的王孙，又岂能招得回那名利场中的明诚？

爱情中的女人，从来都是这般被动。从前，当李格非的名字被深深地镌刻在那"元祐党人碑"之上，当易安无奈地返回故乡明水，彼时的赵挺之"炙手可热"，赵明诚又是何等风光无限。从前，当赵挺之抑郁而终，当赵明诚被赶出京城，彼时的易安，却是终日与他厮守一处，屏居青州长达十年的光阴。而今，当赵明诚重返京都，却独独把易安留在了青州，留在那寂寞的小楼。他从来有他的方向，她从来只有唯命是从。

等着，怨着，恨着，但始终不能平的，却是心中依旧深深地爱着。

酒意诗情谁与共

蝶恋花·离情·暖雨晴风初破冻

暖雨晴风初破冻，柳眼梅腮，已觉春心动。酒意诗情谁与共？泪融残粉花钿重。

乍试夹衫金缕缝，山枕斜欹，枕损钗头凤。独抱浓愁无好梦，夜阑犹剪灯花弄。

暖雨晴风，冰雪初融，终于又到了这春回大地的时刻。那柳叶如同女子娇媚的眼，那梅花如同女子绯红的腮。这般美好的光景，在易安的笔下许久也不曾见到了。那湖畔，那堤旁，那垂杨下，那断桥边，是否已有了三三两两的游人？如此良辰美景，又怎能不缭乱了易安的芳心？仿佛是有意，又或者是无心，只是那"离情"二字泄露了秘密。此时，依然身处青州的易安，与心爱的丈夫分隔两地，这般烂漫春光，谁来与她共赏？而那离人，此刻又是伴在谁的身旁？或者，正是这春光，惹了她的情思，添了她的惆怅。

面对如斯美景，本应该喝上几杯酒，写上几句诗。无奈，孤影只身的她，又能与谁饮那杯满斟的酒。只能自己独自品尝那一杯孤苦，一滴，一口，饮进的都是寂寞浓愁。有心写上一阕词，落笔处，便有了这一首"离情"。

泪水将那残粉融化，也懒得去管。这千般思绪，万般愁苦，在易安的词中，我们已见了太多。易安是该让人怜惜的，自始至终，她付出了多少真情，又承受了多少苦楚！她只是把那痛苦的泪流向心里，她只想一个人默默承受。可是，她终究是一个女子，她的心也终究是真实的血肉。旁人可以看不到她的苦与泪，但那明诚为何也看不到？曾经相爱过的人，为何要这般苦苦相逼。对于一个女人而言，爱人的冷落便是最大的煎熬。

那昏昏沉沉的头竟承受不住花钿的重量。那金缕衣多美多贵重，她却浑然不去在意。"劝君莫惜金缕衣，劝君惜取少年时"，金缕衣虽好，又何曾值得珍惜，值得珍惜的从来只有那年少的时光，可惜，此刻的她早已不复拥有。她只是懒懒地倚着那山似的凹枕，倚得久了，竟压断了那支钗头凤。

那华服，那金钗，她全不在意。女人素来喜欢打扮自己，却原来都是为那"悦己者"梳妆。而当那"悦己者"不在身旁，再精致的妆容，再华美的服饰，再名贵的金钗，又有何用处，又叫谁来欣赏？

钗，是古代妇女的一种头饰。钗头凤，正是把那钗头做成了凤凰的形状。马缟在《中华古今注》中说："始皇又（以）金银作凤头，以玳瑁为脚，号曰凤钗。"此刻易安头上的这支钗头凤，是当年"见客入来，袜刬金钗溜"的那一支吗？当年，却最是回不去的曾经，只在依稀的梦魂里摇曳生姿。

伴着那一怀愁绪入眠，又怎能有好梦呢。梦里也尽是离情吧，梦里也尽是哀愁吧，在那梦中，也曾滴落了几滴泪吗？滴在那金缕衣上，滴在那山枕上，醒来后，唯有一片冰凉。

清代贺裳在《皱水轩词筌》中这样总结道："写景之工者，如尹鹗'尽日醉寻春，归来月满身'，李重光'酒恶时拈花蕊嗅'，李易安'独抱浓愁无好梦，夜阑犹剪灯花弄'，刘潜夫'贪与萧郎眉语，不知舞错伊州'，皆入神之句。"这是怎样高的赞誉！而易安，自是当之无愧。

夜已阑珊，既然怀着这愁怨，也终究不会有好梦，姑且拨弄灯花，聊以消忧。据传说，灯花是喜事的预兆。杜甫在《独酌成诗》中有这样的句子："灯花何太喜，酒绿正相亲。"那灯花，岂不就是将得美酒的喜兆？而此时的易安拨弄灯花，又是有着怎样的期许？我们知道，终归和那他乡的丈夫有关。是期许他快些把家来还，还是期许他慢些把她来忘？

陈廷焯在《白雨斋词话》中曾这样评价李易安："宋闺秀词自以易安为冠。"却又下了这样的断语："李易安词却未能脱尽闺阁气。"或许，那所谓的"闺阁气"正是易安存在的意义。傅东华在其著作《李清照》中这样说道："她（易安）不向词的广处开拓，却向词的高处求精；她不必从词的传统范围以外去寻新原料，却只把词的范围以内的原料醇化起来，使成更精致的产物。"易安素来认为，词"别是一家"，是用以书写离情的，而家国大业，留待在诗中表达，词中从来没有那般广阔的天地。她也曾写过《浯溪中兴颂诗和张文潜》，她也曾写过《乌江》。易安对历史，对现实，对所谓的家国天下，有着多少非凡的感悟，几令许多须眉汗颜。但她把这些内容留给了诗，在词中，她只书写自己的真心。但就算是书写真情、离情、苦情、怨情，这些所谓的小儿女情怀，也自有高低上下之分。易安是一个女子，只有女子更能理解女子的情怀。那些男子们作闺阁语，只能摹其声口，未见能摹其形态，只因他们终究没有女儿的灵魂。易安，用尽了自己的一生，书写了女性的心史。

晏殊在《玉楼春》中曾有这样的句子："无情不似多情苦，一寸还成千万缕。天涯地角有穷时，只有相思无尽处。"如果本就无情，是否就不用承受这相思的苦楚？只是易安不愿。比起忘记他，忘记这段情，她宁愿永生陷在这无尽的凄苦里。

无论醒来，还是梦里，都要把你追寻

蝶恋花·泪湿罗衣脂粉满

泪湿罗衣脂粉满，四叠《阳关》，唱到千千遍。人道山长山又断，萧萧微雨闻孤馆。

惜别伤离方寸乱，忘了临行，酒盏深和浅。好把音书凭过雁，东莱不似蓬莱远。

宋徽宗宣和三年（公元 1121 年）八月，易安终于从青州出发，奔赴莱州，奔赴她那心爱的丈夫。昔时，赵明诚只身赴莱州任上，将易安留在那寂寞的"归来堂"中。她的凄苦，他视而不见。她的痛哭，他充耳不闻。只因那曾经的爱情早已变作另一种模样。早在屏居青州之前，赵明诚就已经游冶他方，易安也已经发出婕好之叹。我说过，易安这样的女子，从来都是让人仰慕的，却从来都不是让人怜爱的。只因任何人面对她，都是需要仰视的，她有她的思想，她有她的才情，那从骨子里透出的逼人的锋芒，怎能不令他退缩？最初，他也曾被那"词女"吸引，梦寐里都思念着成为"词女之夫"，只是太多年过去了，他也会累，他也会倦。他也会怀疑，是否一生他都要被她的光芒笼罩？原来生活从不似一首小诗般绚烂。

只是易安从来懂得去争取，何曾坐以待毙？如果爱情已走远，她就将它追回；如果爱人已走远，她就将他唤回。这一次，她要朝着他的方向，独自远行。

这阕小词，还有另外一个名字，叫作《晚止昌乐馆寄姊妹》，正是易安在奔赴莱州途中，经过昌乐馆时所作。易安在《金石录后序》中，只说到自己有一位兄弟，并未提及还有"姊妹"。那"姊妹"为谁，今日已不可确考，或许是堂姊妹，或许是丈夫赵明诚的姊妹，又或者是投契的相交。只是可以这样牵动易安肝肠的，定然是莫逆之交。

她是怎样不忍离开这一众姊妹，泪水打湿了罗衣，凌乱了脂粉，只因为分别在即。《阳关曲》是因了王维的诗句而得名。王维曾写过一首诗，名为《送元二使安西》："渭城朝雨浥轻尘，客舍青青柳色新。劝君更尽一杯酒，西出阳关无故人。"这首诗，后来被谱入乐府，用以送别。以其首句而得名《渭城曲》，又被称为《阳关曲》。在送别的时候，歌词要反复咏唱三遍，因而得名《阳关三叠》。元代的《阳春白雪集》中，记载有大石调《阳关三叠》："渭城朝雨，一霎浥轻尘。更洒遍客舍青青，弄柔凝，千缕柳色新。更洒遍客舍青青，千缕柳色新。休烦恼！劝君更尽一杯酒，人生会少，自古富贵功名有定分，莫遣容仪瘦损。休烦恼！劝君更尽一杯酒，只恐怕西出阳关，旧游如梦，眼前无故人。"历来唱这《阳关曲》，都只唱三叠，易安却偏偏要唱上四叠，是别出心裁，抑或是离别太苦，思念太深。纵是这四叠的《阳关曲》，也要唱上千百遍。太多的留恋，太多的不舍，此刻已不消更多的言语。

姊妹们分明告诉她，山是那样长，路是那样险，如今方知此言不虚。独自在那寂寞的昌乐馆中，听夜雨萧萧，失却了姊妹们的陪伴，却也不知何日才能寻见明诚的影踪，恰似杜甫所说，"飘飘何所似，天地一沙鸥"。是不是就算从此这世界上少了一个李易安，明朝也不会有怎样的不同，天地还是这个天地，人间还是这个人间？凄苦、离恨、寂寞、愁绝，如山洪般在一瞬之间将她击垮，却原来，她也有这般疲惫的时刻。

方寸乱，出自《三国志·诸葛亮传》中徐庶的言语："今已失老母，方寸乱矣。"因了这分别，易安竟方寸大乱，临行之时饮了几杯酒，竟也浑然忘怀。

易安从来如此，从不愿将自己的软弱流露，她不要别人那或是同情或是可怜的目光，那样仿佛是凌迟，凌迟着她的身体，也凌迟着她的灵魂。此刻的方寸大乱，怎能尽是因了这别离，分明是为那即将到来的相见而担忧，只是易安，从来不曾言语。因为这担忧，她哭湿了罗衣，哭乱了脂粉。因为这担忧，她雨夜凄寒。因为这担忧，她方寸大乱。而这担忧，却是所为何来？相见争如不见，有情还似无情。易安只是不知，在遥远的莱州，等待着自己的是什么。不相见，她可以为他的一切不理不睬寻找借口。而如果所有的冷漠都近在目前，她又如何寻觅那开脱的理由？

姊妹们，这一去，不知何日才能再相见，一定要让那大雁带去你们的消息，莱州，从来不似蓬莱那样遥远。而不要说什么莱州、蓬莱吧，那莱州虽然可通音信，易安却从来不曾收到过丈夫的片语只言。只因他的心从来只流连那遥远的蓬莱。他是那"武陵人"，早已走出了她的生命。

心若在一处，天涯也只在咫尺间。心若是分离，再多的付出也不过是枉然而已。从来，易安都只相信那"词女之夫"是上天的赐予；从来，易安不曾质疑，他们也有缘尽的那一天。

而当这一切就那样无比真实地发生在易安面前，一切恍如晴天霹雳，将她彻底击垮在地。易安刚刚到达莱州，便作了一首《感怀》诗，诗云："寒窗败几无书史，公路可怜合至此。青州从事孔方兄，终日纷纷喜生事。作诗谢绝聊闭门，燕寝凝香有佳思。静中吾乃得至交，乌有先生子虚子。"在这首诗前，还有一段小序："宣各辛丑八月十日到莱，独坐一室，平生所见，皆不在目前。几上有《礼韵》，因信手开之，约以所开为韵作诗，偶得'子'字，因以为韵，作感怀诗。"自从易安到达莱州，便是尽日"独坐一室"。殊不知"子虚乌有"，从来都不曾存在；殊不知就算到了这莱州，到了丈夫的身旁，易安也只是一个人，守着寂寞，守着愁浓。

为何会有分离，如果那两颗心，曾经紧紧贴近；为何会有分离，如果那两个人，曾经静静相依？

无论是醒来，还是在梦里，我都要把你追寻，只因曾经深爱过，怎能轻易说离别？

昔年，回不去的曾经

蝶恋花·上巳召亲族·永夜恹恹欢意少

永夜恹恹欢意少，空梦长安，认取长安道。为报今年春色好，花光月影宜相照。

随意杯盘虽草草，酒美梅酸，恰称人怀抱。醉里插花花莫笑，可怜春似人将老。

这首《蝶恋花》大概创作于宋高宗建炎二年（公元 1128 年），当时的赵、李二人正寓居江宁。从宋徽宗宣和三年到宋高宗建炎二年，从莱州到江宁，在这中间发生了多少离合悲欢，实在是难以尽言。

宋徽宗宣和七年（公元 1125 年），赵明诚转徙淄州任上。同样是在这一年，金国大举南侵，十二月，宋徽宗退位，太子即位，是为宋钦宗。

宋钦宗靖康二年（公元 1127 年）三月，赵明诚往江宁奔母丧。此时的时局更加紧张，易安随即回到那昔日的青州"归来堂"，整理夫妇二人毕生之收藏。易安在《金石录后序》中这样记载当时的情景："既长物不能尽载，乃先去书之重大印本者，又去画之多幅者，又去古器之无款识者，后又去书之监本者，画之平常者，器之重大者。凡屡减去，尚载书十五车。至东海，连舻渡淮，又渡江，至建康。青州故第，尚锁书册什物，用屋十余间，期明年春再具舟载之。"当抛却那一件件昔年的收藏，犹如亲手埋葬自己的过往，易安的心中，又会是怎样一种滋味？只是还不由得她细想，就遇到了更大的风波。乱世中人往往如此，总要经历一波未平，一波又起，而就在这一波接着一波的磨难与愁苦里，人渐老，心渐衰。仅仅过去了一个月的时间，金军俘虏了徽钦二帝，北宋随即灭亡。五月，宋徽宗第九子康王赵构于南京应天府即位，改元建炎，是为高宗，历史学家们称之为"南宋"。

宋高宗建炎元年（公元 1127 年）七月，赵明诚被任命为江宁知府，兼任江东经制副使，八月即到江宁任上。此时的易安，正在运送那"十五车"文物的途中。却不料，就在这一年的十二月，青州即发生了兵变，那十几屋的文物悉数毁于战火。易安在《金石录后序》中，只留下这样一句话："十二月，金人陷青州，凡所谓十余屋者，已皆为煨烬矣。"寥寥数语，又哪里诉得尽易安心中的凄苦？途经镇江之时，又偏逢上了江外之盗。易安手携出自蔡襄之手的《赵氏神妙帖》，经历了多少惊心动魄，经历了多少胆战心惊，易安终于将这珍贵异常的书帖带回到赵明诚的身旁。赵明诚感戴不已。建炎二年（公元 1128 年）三月十日，赵明诚为这幅《赵氏神妙帖》题上一段跋语："此帖章氏子售之京师，余以二百千得之。去年秋西兵之变，余家所资，荡无遗余。老妻独携此而逃。未几，江外之盗再掠镇江，此帖独存。信其神工妙翰，有物护持也。"他也曾流连那浮花浪蕊，但当浮华褪尽，当大难来临，也只有这"老妻"不曾负他的一片深情。他们依旧有着"夫妇擅朋友之胜"的情谊。

可惜的只是，文字道得出那许多年的过往，却道不尽人心在流年里历尽的苍桑。

宋代的江宁，即今天的江苏南京，古时候又称为"金陵"，自古便是烟柳繁华之地。但初到江宁的李易安，却无心去欣赏那许多繁华。周辉在

《清波杂志》中，曾这样记载道："明诚在建康日，易安每值天大雪，即顶笠披蓑，循城远览以寻诗，得句必邀其夫赓和，明诚每苦之也。""南渡衣冠少王导，北来消息欠刘琨"、"南来尚怯吴江冷，北狩应悲易水寒"，这些诗句，大概正是这许多次雪天赋诗所觅得，而这样的诗句，又教明诚如何来和？易安每每感慨，南宋王朝偏安一隅之际，那满朝文武却仍然沉溺在纸醉金迷的幻梦里，而她却几乎忘记自己的丈夫也正是那满朝文武之中的一员。

"靖康之难"发生后，随着北宋朝廷的灭亡，赵、李两族的许多亲友也纷纷逃往江南避难，在得知了赵明诚担任江宁知府的消息之后，他们便纷纷前来投奔。这阕小词所记载的，正是赵明诚夫妇二人于上巳日招待这诸多亲友的盛况。在秦汉时，将三月上旬巳日称为"上巳日"。魏晋以后，将三月三日定为"上巳日"。著名的兰亭之会，便是在这一天。王羲之曾在《兰亭集序》中这样描写那次盛会："永和九年，岁在癸丑，暮春之初，会于会稽山阴之兰亭，修禊事也。群贤毕至，少长咸集。"而赵、李二人的此次宴会，也会有这般盛景吗？

盛宴还未曾开始，女主人便显出了几丝疲惫，只因昨夜那一场清梦。"长安"，是汉代和唐代的都城，在此处，应是代指昔日北宋的都城汴京。梦里依稀回到了往日的京都，她还记得那京都的每一条寻常巷陌，无奈的是，纵使走过千里万里的路途，始终也到达不了那昔日的城池。午夜梦回，唯有一阵唏嘘，却原来，一切不过空梦一场。

花光月影虽好，她却无心欣赏，只因心中的惆怅那么浓，凄苦那么多。景致，依稀还是那昔年的模样；而昔年，却早已是回不去的曾经。

"随意杯盘虽草草，酒美梅酸，恰称人怀抱。""杯盘草草"，说的是食物并不十分丰盛。但虽则不丰盛，却也有着美酒和酸梅。梅子，在古代多用以调味或佐餐。这酒席虽简单，却也算得上适合众人的口味。王安石在《示长安君》中，曾写过这样的句子："草草杯盘供笑语，昏昏灯火话平生。"不正是一样的"杯盘草草"？而那团聚之乐，那笑语欢歌，却从不因那酒席的简单而改变丝毫。重要的，哪里是这筵席的丰盛，不过是在这乱世中的相逢。

纵使醉了，也不要把那花插满头。北宋时，洛阳人有插花的习惯，欧阳修在《洛阳风俗记》中说："洛阳之俗，大抵好花。春时城中无贵贱皆插花。"只是现在流寓在这江宁，插花又怎能不引起对过往的追索？那遥远了的故乡，那恍惚了的记忆，大概只能在梦中忆起了。张端义在《贵耳集》中曾这样说道："（易安）南渡以来，常怀京洛旧事。"多少往事，在梦中徘徊，在心间萦绕，这插花，也是其中的一种吧。或许插上了花，就仿佛回到了过去的年月里，那就姑且放肆这一回吧。怕只怕竟如武元衡诗中所云，"月惭红烛泪，花笑白头人"。那花不要发笑，殊不知那春天也如人一般，也会有迟暮的时候，想那当年的易安，"卖花担上，买得一枝春欲放"，便"云鬓斜簪，徒要教郎比并看"，是何等的风流俊俏。只是隔了太久的时光，一切美好，都已模糊。

刘希夷在《代悲白头翁》中说："年年岁岁花相似，岁岁年年人不同。"一年又一载，相似的是花朵的盛开，不同的是人心的枯萎。

庭院深深深几许

临江仙·庭院深深深几许(并序)

欧阳公作《蝶恋花》,有深深深几许之句,予酷爱之。用其语作庭院深深数阕,其声即旧《临江仙》也。

庭院深深深几许,云窗雾阁常扃。柳梢梅萼渐分明,春归秣陵树,人老建康城。

感月吟风多少事,如今老去无成。谁怜憔悴更凋零,试灯无意思,踏雪没心情。

世间之人,总是凡俗者居多,不是输了理性,便是短了才情,很少有人能够兼备众好。如果世间真的存在这些人,可以做到理性与才情兼具,易安定然可以算作其中的一个。易安的一生,不仅留下了大量的词作,还留下了一篇完整而系统的词学专论——《词论》。在这篇《词论》中,易安曾对晏殊、欧阳修、苏轼等人的词表示不满,她说道:"至晏元献、欧阳永叔、苏子瞻,学际天人,作为小歌词,直如酌蠡水于大海,然皆句读不葺之诗尔,又往往不协音律者。"大抵易安认为,诗与词本就不同,这种不同不仅表现在形式上,还表现在内容上。才学辞章,本应该留给诗,只把那温柔旖旎留给词便好。而在这篇小序中,易安又分明说道:"欧阳公作《蝶恋花》,有深深深几许之句,予酷爱之。"不止于此,还身体力行,

"用其语作庭院深深数阕，其声即旧《临江仙》也。"不只是"爱"，而且是"酷爱"；不只是填"一阕"，而且是"数阕"。人们不禁要问，欧阳修的《蝶恋花》何以具有这般魔力，竟让易安欣赏如斯？

"庭院深深深几许，杨柳堆烟，帘幕无重数。玉勒雕鞍游冶处，楼高不见章台路。雨横风狂三月暮，门掩黄昏，无计留春住。泪眼问花花不语，乱红飞过秋千去。"这便是那首令易安深深折服的《蝶恋花》了。玉勒雕鞍，停留在谁家庭院？雨横风狂，怎样地痛断肝肠。庭院深深，无非是寂寞的囚牢。温庭筠说，"百舌问花花不语"；严恽说，"尽日问花花不语"；而这思妇"泪眼问花"，花也终究不曾回答。毛先舒在《古今词论》中，曾这样评价这首小词："永叔词云'泪眼问花花不语，乱红飞过秋千去'，此可谓层深而浑成。何也？因花而有泪，此一层意也；因泪而问花，此一层意也；花竟不语，此一层意也；不但不语，且又乱落，飞过秋千，此一层意也。人愈伤心，花愈恼人，语愈浅而意愈入，又绝无刻画费力之迹，谓非层深而浑成耶？"可谓的评。或许，正是这寂寞的人与寂寞的心打动了易安，易安不过是借他人之酒杯浇自己之块垒。

"庭院深深深几许，云窗雾阁常扃。"那楼阁掩映在云雾之间，是有着怎样的高度？尽日遥望，可曾能够望到他的影踪？女人总是这样，仿佛她们生来不懂得死心。她们总是期待着，期待着那人的归来，仿佛留住了他的人，也便是留住了他的心。多么可笑，又多么可怜。无奈的，只是她们从来都浑然不觉。

"柳梢梅萼渐分明，春归秣陵树，人老建康城。"柳梢又泛起了绿意，梅萼也显露了芳姿，又是一年的春。"秣陵"、"建康"，指的都是今天的江苏南京，也便是易安当时停留之所。历史上，它曾数易其名。昔年的楚威王，认为这个地方有王者之气，便将黄金埋在地下，所以称之为"金陵"。后来，秦始皇又将此地改名为"秣陵"。三国时，孙权迁都于此，改名为"建业"。晋初，重又使用"秣陵"这一名称。后来，将秦淮河南称为"秣陵"，将秦淮河北称为"建邺"。建兴元年（公元 313 年），因避晋愍帝司马邺的名讳，而改名为"建康"。北宋时，这一地方称为"江宁"。南宋高宗建炎三年（公元 1129 年）五月，又改名为"建康"。不过一个地名，却几经改易，从"秣陵"到"建康"，过了多少年，历了多少载，岁月又经了怎样的流转。春去了，春又归来，只是人老了，却再回不到往昔的时光。

"感月吟风多少事，如今老去无成。"当年，她也曾吟风弄月；当年，她也曾雪中赋诗。只是如今，年华似水，流过了她的生命，只空余这"老去无成"。自古"封侯觅相"都是男人的追求，易安何曾有过这样的思谋？可那分明是易安的言语，背后又有着怎样的凄楚和隐衷？

这"老去无成"，多像是在诉说她的丈夫。在《续资治通鉴》中，曾记载了赵明诚"缒城宵遁"一事：御营统制官王亦将在江宁发起叛乱，时任江东转运副使的李谟将这一消息告知了赵明诚，赵明诚却因自己将转任湖州而不予理睬。而正当李谟平息了这场叛乱并前往赵明诚居所的时候，却发现赵明诚早已从城墙上缒绳逃跑。在易安的心中，这无疑是一大污点，以至于在《金石录后序》中只字未提。满朝文武尽皆沉溺在北归的迷梦中，却最终不得不承认不断南逃的事实。易安对这些人，从来只有深深的鄙夷。而如今，这弃城出逃之人竟然是她的丈夫。当这一切无比清晰地发生在她的眼前，易安怎能不为之动容，怎能不为之憾恨，又怎能不慨叹她那丈夫"老去无成"！

这"老去无成"，又多像是在诉说她自己。此时的易安，已届知天命之年，却不曾有过子嗣。洪适曾在《释隶》中说："赵君无嗣。"胡仔在

《渔隐丛话》中，也有"赵无嗣"的言语。在一个讲究"不孝有三，无后为大"的时代里，身处如此尴尬的境地，易安又怎能阻挡丈夫游冶他方？那是一个逝去了的时代的悲哀吗，还是那许多女人注定了的不幸？诗人们把这不幸叫作"庄姜之悲"。

庄姜，正是那《卫风·硕人》中的女子，她是齐国的公主，卫庄公的夫人。《左传》中曾有这样的记载："卫庄公娶于齐东宫得臣之妹，曰庄姜，美而无子，卫人所为赋《硕人》也。"在《卫风·硕人》中，卫人不吝惜那许多溢美之词："手如柔荑，肤如凝脂，领如蝤蛴，齿如瓠犀，螓首蛾眉，巧笑倩兮，美目盼兮。"清人姚际恒在《诗经通论》中这样评价这首诗："千古颂美人者，无出其右，是为绝唱。"而就算是美人如斯，也终究不能抵挡那无后的缺憾。《左传》中还说："又娶于陈，曰厉妫，生孝伯，早死。其娣戴妫生桓公，庄姜以为己子。"根据朱熹考证，《诗经》中的《燕燕》、《终风》、《柏舟》、《绿衣》、《日月》等篇章，都是出自庄姜之手。这样一个美貌与智慧俱佳的女子，尚且受到丈夫的冷遇，只因为"无子"，易安当时的境遇如何，自然可以想见。

"试灯无意思，踏雪没心情。"太多的惆怅郁结在心间，使她不得喘息。试灯、踏雪，都没了心情。

正月十五是元宵节，历来有赏灯的习俗，以祈求风调雨顺。正月十四日晚上要张灯预赏，称为"试灯"。可惜，佳节将至，她却没了情绪。踏雪，是踏雪寻梅，还是踏雪觅诗？只是如今，她都觉得了无心情。

她还会有那为人母的机会吗？如今，她早已年逾不惑，怕是再也不能了吧。

大概距离易安写作这首《临江仙》不过一两年的时间，明诚便溘然病逝了。"无子"，竟成了他们生命中最大的遗憾。我从不认同人们说的"残缺才是美"，我只知易安因了这"无子"失去了太多。

一曲哀怨的梅花落

临江仙·梅

庭院深深深几许，云窗雾阁春迟。为谁憔悴损芳姿。夜来清梦好，应是发南枝。

玉瘦檀轻无限恨，南楼羌管休吹。浓香吹尽又谁知。暖风迟日也，别到杏花肥。

易安曾在另一首同调词的小序中说："欧阳公作《蝶恋花》，有深深深几许之句，予酷爱之。用其语作庭院深深数阕，其声即旧《临江仙》也。"易安说得清楚明白，不只填了一阕《临江仙》，而是"数阕"。这些词有着相同的"庭院深深深几许"的句子，岂非也有相同的思绪在其中？宋代曾慥在其编选的《乐府雅词》中，却不曾收录这一首。黄墨谷在《重辑李清照集》中也说道："此词《花草粹编》作李词，《梅苑》作魏夫人词，其他宋代总集均未录，且词笔劣陋，半塘老人《漱玉词》注：此首亦似伪作，乃借前《临江仙》调模拟为之者。兹不录。""词笔劣陋"、"模拟为之"，未尝不是托词，个中因由，大概只有王灼那一句"无所羞畏"最能诠释得清楚。易安素来崇尚词应"别是一家"，在词中，本就应该抒写旖旎情怀，又何尝需要畏羞那般矫揉造作？

题目处，题上一个"梅"字，是代那梅诉说哀怨，还是借那梅抛洒情怀？只是那梅的哀怨，何尝不是她的凄苦，而她的情怀，梅又何尝不看得清清楚楚？

"庭院深深深几许，云窗雾阁春迟。"在另一首《临江仙》中，易安写道："庭院深深深几许，云窗雾阁常扃。"同样的"庭院深深"，同样的"云窗雾阁"，锁住的哪里只是这孤独的梅，分明还有那寂寞的易安。清代况周颐在《〈漱玉词〉笺》中说："玉梅词隐云《漱玉词》屡用叠字，'寻寻觅觅，冷冷清清，凄凄惨惨戚戚'，最为奇创。又'庭院深深几许'，又'更挼残蕊，更捻馀香，更得些时'，又'此情此恨，此际拟托行云，问东君'，又'旧时天气旧时衣，只有情怀不似旧家时'，叠法各异，每叠必佳，皆是天籁肆口而成，非作意为之也。欧阳文忠《蝶恋花》'庭院深深'一阕，柔情回肠，寄艳醉魄。非文忠不能作，非易安不许爱。""庭院深深深几许"，虽是袭用了欧阳修的成句，但从易安的口中道出，却也自有一番风味在。

"为谁憔悴损芳姿，夜来清梦好，应是发南枝。"她是为谁流尽了眼泪，又是为谁萦损了柔肠？那曾经无比亲密的爱人，而今竟只有在梦中才看得清他的模样。温柔缱绻，悉数留在那美好的梦境里，午夜梦回，唯有一阵唏嘘不已。她还是一个人，伴着寂寞，数着凄苦。那向南的枝头上，可曾已有了梅花一朵，慰藉她的孤独，消解她的忧愁？

"玉瘦檀轻无限恨，南楼羌管休吹。"那梅，不曾有丰腴的身姿，是结着怎样的哀愁？那梅，不曾有娇艳的模样，是怀着怎样的凄楚？

南楼上，是谁在吹奏那一曲哀怨的《梅花落》。

晁补之曾填过一阕小词，名为《万年欢》："心忆春归，似佳人未来，香径无迹。雪里江梅，因甚早知消息。百卉芳心正寂。夜不寐、幽姿脉脉。图清晓、先作宫妆，似防人见偷得。真香媚情动魄。算当时寿阳，无此标格。应寄扬州，何郎旧曾相识。花似何郎鬓白。恐花笑逢花羞摘。那堪羌管惊心，也随繁杏抛掷。"那花开烂漫的梅，可曾唤回词人青春年少的过往。一声羌管，惊断了对逝去时光的追索。那拾起的记忆也唯有抛掷一旁。万年欢好，从来是离人无尽的期盼，却也从来不过只是期盼而已。

除去"庭院深深"那一首，欧阳修还有数首《蝶恋花》传世，在其中的一首中，他这样说道："帘幕风轻双语燕，午后醒来，柳絮飞撩乱。心事一春犹未见，红英落尽青苔院。百尺朱楼闲倚遍，薄雨浓云，抵死遮人面。羌管不须吹别怨，无肠更为新声断。"燕语声声，惊醒了她的清梦。柳絮飘飞，缭乱了她的思绪。遍倚栏杆，也终究望不见离人的影踪。落红遍地，又是一年春归去。那羌管不必再吹，她的肝肠早已断尽！

声声羌管，惊破了多少思妇的好梦，摧折尽多少离人的肝肠。

"浓香吹尽又谁知，暖风迟日也，别到杏花肥。""暖风迟日"，遥遥地与上阕的"春迟"相呼应。《幽风·七月》中说："春日迟迟，采蘩祁祁。"经过了那漫长到似乎了无尽头的寒冬，人们是怎样期盼着春光的到来。那春光似是对人们的心思洞若观火，偏要吊足了人们的胃口，才肯姗姗而来。词人孙光宪曾作有一首《浣溪沙》："兰沐初休曲槛前，暖风迟日洗头天，湿云新敛未梳蝉。翠袂半将遮粉臆，宝钗长欲坠香肩，此时模样不禁怜。"暖风迟日里，那许多少女，舒展着她们的美丽，恣意着她们的欢欣。清人陈廷焯在《白雨斋词话》中这样评价道："不禁怜三字真乃娇绝，飞燕玉环，无此情态，真欲与丽娟并驱矣！"又说："情态可想，风流窈窕，我见犹怜。"依稀仿佛，易安也有过这样的欢快时刻，当时的她还处在那豆蔻梢头的年华。

而同样的"暖风迟日"，在今日的易安眼中，早已成了另一般模样。杜审言在一首名为《渡湘江》的小诗中，同样描写到那"暖风迟日"：

"迟日园林悲昔游，今春花鸟作边愁。独怜京国人南窜，不似湘江水北流。"虽是有这般美好的光景，却也要有那萧散的心境。而此时的易安，陷在苦闷与悲愁里，怎样的天气也唤不回她的浅笑低吟。

那"暖风"，那"迟日"，或许不过都是为了那杏花的灿烂芬芳，哪管梅花是飘落还是凋零。梅花从来不懂得占尽春色，当那群芳盛放，它只品赏自己的孤独。它怎会去邀宠，那样只会短了气骨！

易安又何尝不是如此，丈夫游冶到了谁家庭院，谁又似那杏花般灿然开放？她的心中，怎会没有半点介怀，只是她从来不曾言语。争来的，何尝是真正的爱情。只因她爱得那么纯粹，才有了这许多悲苦。

那羌管悠悠，吹散了梅的芬芳，吹断了她的肝肠，又有谁知晓，又有谁黯然神伤！

倚遍栏干，也只剩春残

诉衷情·夜来沉醉卸妆迟

夜来沉醉卸妆迟，梅萼插残枝。酒醒熏破春睡，梦远不成归。

人悄悄，月依依，翠帘垂。更挼残蕊，更捻馀香，更得些时。

易安的这首词，应当也是作于寓居江宁之时。当时的赵明诚，尽日游冶他方，哪里还顾得上多看易安一眼。可他终究不曾知晓，这竟是他们最后的时光。倘若能够有人预报这消息，倘若能够有人泄露这天机，他们最后的时光会更加温存吧，会更加亲密吧，易安，会少受那许多的苦楚吧？只是所有都不过是"如果"。"如果"最是惹人悲伤，早已过去，再难回头。命运从来不过是一只华美的笼，而人是冲不出罗网的鸟。

《诉衷情》，本为唐代教坊曲，由温庭筠创制，据说是取《离骚》中"众不可说兮，孰云察余之中情"一语之意。后来，因毛文锡的同调词中，有"桃花流水漾纵横"的句子，又名"桃花水"；因贺铸的同调词中，有"时误新声，翻试周郎"的句子，又名"试周郎"。算来，都不过是寂寞离忧。那衷情又向谁倾诉呢？不过一个词牌，就已经透露了易安的哀愁。

"夜来沉醉卸妆迟，梅萼插残枝。"她是怀着怎样的怨与怎样的悲，竟迟迟不肯卸下残妆。却原来又是因为这"夜来沉醉"。多少次，她独自举起满斟的酒杯，品咂自己的孤独。多少次，她只有在沉醉后，才能忘记自己的凄苦。最是这酒能够替她消忧。梅花妆残了，只留下几瓣梅花，点染面颊。据说，当年的寿阳公主最是喜爱这梅花妆，五代时期词人牛峤在《红蔷薇》中说道："若缀寿阳公主额，六宫争肯学梅妆。"只是这梅花妆虽好，却再也唤不回那游冶他方的丈夫。

"酒醒熏破春睡，梦远不成归。"那梅花的清芳，惊破了她的好梦一场，再到不了那遥远的故乡。曾经的岁月多好，两个人依偎一处，两颗心贴在一起，哪里会料想到今日的分离。金昌绪有一首《春怨》是这样说的："打起黄莺儿，莫教枝上啼。啼时惊妾梦，不得到辽西。"却不料，花香也能将好梦惊醒，是因思绪太多而睡意太浅，还是因离愁太重而心思太沉？只是如今，他们身虽在咫尺之间，心却有天涯之远，只有在那醉乡里，她才看得清他的面影。

"人悄悄，月依依，翠帘垂。"帘幕低垂，人声寂寂，这孤独的小楼，何曾不就是她的长门宫。只有那冷月一轮，数着她的哀苦，伴着她的孤独。"人悄悄，月依依"，依稀记得，当年的顾敻也有过这样的言语："绣鸳鸯帐暖，画孔雀屏敧。人悄悄，月明时。想昔年欢笑，恨今日分离。银釭背，铜漏永，阻佳期。 小炉烟细，虚阁帘垂。几多心事，暗地思惟。被娇娥牵役，魂梦如痴。金闺里，山枕上，始应知。"那首词，叫作《献衷心》。献了一片衷心，诉了一段衷情，却不知，你已是他的明日黄花，他又怎会在意你的任何言语。

"更挼残蕊，更捻馀香，更得些时。"他总是会回来的，只是还需要一些时光。而每当这样的时光，她只有挼着残蕊，捻着馀香。

"挼"，有揉搓的意思。

朱敦儒曾填过一阕《减字木兰花》："挼花弄扇，碧斗遥山眉黛晚。白玉阑干，倚遍春风翠袖寒。难寻可见，何似一双青翅燕。人瘦春残，芳草连云日下山。"揉搓着花，摆弄着扇，看着那"碧斗遥山眉黛晚"，却原来不过是把那离人牵挂。倚遍栏干，也终究望不见他的踪影，最后，只剩下瘦了的人和残了的春。

挼尽了残蕊，他也不曾归来，只有再去捻那余香。

贺铸在一首名为《芳草渡》的小词中写道："留征辔，送离杯。羞泪下，捻青梅。低声问道几时回。秦筝雁促，此夜为谁排？君去也，远蓬莱。千里地，信音乖。相思成病底情怀？和烦恼，寻个便，送将来。"当留恋也留不住离人的脚步，她能做的，不过是献上一盏离杯。太多的苦唯有自己承受。以后的多少日夜，她只有捻着这青梅，等着他的归期。

从"挼"到"捻"，加深的哪里只是手中力道，分明还有心中的焦灼。她把思念的苦楚全部付与了等待的时光。等待，早已成为她生命中的一部分，她也早已习以为常。只是那丈夫有着怎样的铁石心肠，竟忍教她承受这许多思念的痛苦与凄凉。你风光的时候未见她有几多欣喜。你落难的光阴,她却与你屏居青州十载。苦,未尝不是苦的,只是她懂得苦中作乐。为何这许多过往,都不再被你的记忆收藏?

每当读到易安的这阕《诉衷情》,总是不由得想起当年庄姜的《柏舟》:

泛彼柏舟,亦泛其流。耿耿不寐,如有隐忧。微我无酒,以敖以游。

我心匪鉴,不可以茹。亦有兄弟,不可以据。薄言往愬,逢彼之怒。

我心匪石,不可转也。我心匪席,不可卷也。威仪棣棣,不可选也。

忧心悄悄,愠于群小。觏闵既多,受侮不少。静言思之,寤辟有摽。

日居月诸,胡迭而微?心之忧矣,如匪浣衣。静言思之,不能奋飞。

这首诗的诗旨为何,历来纷纭众说。朱熹认为,这首诗确是出自庄姜之手,还说道:"此系妇人不得于夫而作。"而这"不得于夫",又给了我们几多伤怀。却原来,世间的女子真的有着相似的宿命。只是不知,易安可曾也"忧心悄悄,愠于群小",可曾也"觏闵既多,受侮不少"?

易安的悲苦太多,不堪细数。

梧桐不语，几多悲苦

鹧鸪天·寒日萧萧上琐窗

寒日萧萧上琐窗，梧桐应恨夜来霜。酒阑更喜团茶苦，梦断偏宜瑞脑香。

秋已尽，日犹长，仲宣怀远更凄凉。不如随分尊前醉，莫负东篱菊蕊黄。

这一首《鹧鸪天》，应当是写于宋高宗建炎二年（公元 1128 年）的秋天。当满朝文武尽皆沉浸在北归的迷梦中，却日复一日继续纸醉金迷地蹉跎，这一切，落在易安眼中，无不是痛，无不是泪。俞正己在《诗说隽永》中记载了易安此时所写的几篇残章，其中就有这样的几句，"南来尚怯吴江冷，北狩应悲易水寒"，"南渡衣冠少王导，北来消息欠刘琨"，这样的句子，但凡进入了时任江宁知府的赵明诚的耳中，又怎能不觉出几分刺耳来呢？或许也正因为此，才导致了他们越加疏离。爱，还爱着，更多的却是对过往的回忆与追索。易安自己大概也是明白的，从前，是再也回不去的过往，只因那人已改变得太多。易安在《金石录后序》中曾这样记载道："尝记崇宁间，有人持徐熙《牡丹图》求钱二十万。当时虽贵家子弟，求二十万钱岂易得耶？留信宿，计无所出而还之。夫妇相向惋怅者数日。"而现在的他，却总是思谋着将那许多身外物据为己有。此时的他，大概还没有演出那"缒城宵遁"的闹剧，而细微处又怎能不显露出那许多端倪？时间是一把无情的刻刀，总是会悄然改变一个人的模样，甚至改变一个人的真心。而易安与明诚的悲剧却在于，明诚不复是当年的他，易安却依旧一如往昔。婕妤之叹，庄姜之悲，家庭离散，国将不存，一一敲打着易安脆弱的心肠。这个秋天，注定是不平静的季节。

"寒日萧萧上琐窗"，"萧萧"，原为象声词，在《诗经·小雅·车攻》中，有"萧萧马鸣"的句子；在《楚辞·九怀·蓄英》中，也曾说到"秋风兮萧萧"；而最著名的，大概莫过于《史记·刺客列传》中的那一句"风萧萧兮易水寒，壮士一去兮不复还"了。在此处，易安用这肃杀之音，来形容秋的萧索与落寞。"琐窗"，是指那镂刻上许多纹饰的窗子。秋天的阳光，自是不比夏天的那般灿烂明亮，不经意处总是透出几分凄凉。

"梧桐应恨夜来霜"，梧桐，本就给人凄冷的感觉，更哪堪这清霜，平添上几分凄寒。恨，大概不只是梧桐的情感，也是此时易安心情的写照。说到梧桐，总是会想到李后主的《相见欢》："无言独上西楼，月如钩。寂寞梧桐深院锁清秋。剪不断，理还乱，是离愁。别是一番滋味在心头。"那梧桐深院，锁得住清秋，却未尝能锁住对故国的思念与追索。宋太祖开宝八年（公元975年），南唐覆灭，亡国之主李煜肉袒出降，被囚于汴京。宋太祖赵匡胤封其为"违命侯"，只因李煜曾守城相拒。历史总是将人玩弄于股掌，谁又曾料想，仅仅经过了不到两百年的光阴，那南唐的悲剧竟悉数应验到北宋身上。昔年，当李煜悲那南唐的灭亡，那院中陪伴他的，是梧桐。今日，当易安悲那北宋的不复，那院中陪伴她的竟还是梧桐。梧桐不语，却见证了人们的几多悲苦。

"酒阑更喜团茶苦，梦断偏宜瑞脑香。"团茶，是指一种特制的名贵茶饼，欧阳修在《归田录》中曾这样记载道："茶之品，莫贵于龙凤，谓之团茶，凡八饼重一斤。"团茶再苦，又可曾苦得过此时的易安？梦断了，再找不见那当年的面容，只有那瑞脑香，依旧静静地燃着。酒阑、瑞脑，一切恍如还是昨天的光景。宿醉初醒，问一声海棠花在否，不经意地回首，却已是数年。那许多的光阴去向了何处？而今，她已是两鬓萧萧。

"秋已尽，日犹长，仲宣怀远更凄凉。"就连这秋，也要到了尽头，却也还有那么悠长的日月，要一天天苦苦地挨过。"仲宣"，是王粲的字，他是山阳高平人，在曹丕的《典论·论文》中，曾有"山阳王粲仲宣"的句子，同一篇中，还说道"王粲长于辞赋"，而《登楼赋》则应该是最为著名的一篇。王粲 17 岁时便因避战乱而投奔荆州牧刘表，却因其貌不扬、体弱多病，而不被刘表重用。家国之思与怀才不遇交织在一起，便有了这篇《登楼赋》。易安曾在《满庭芳》中说："手种江梅渐好，又何必临水登楼。"不去学那王粲临水登楼，大抵不只是因了"江梅渐好"，却也是因了当年始终不曾有那样多的愁苦，而如今经历了许多的痛苦与磨折，当年王粲的万千心绪，才终于真正知晓。关于婕妤之叹，关于庄姜之悲，关于家，关于国，太多的难解的忧愁，团团将易安束缚。易安今日的苦岂非胜过昔年的王粲许多。

"不如随分尊前醉，莫负东篱菊蕊黄。""东篱菊蕊黄"，依旧是化用陶渊明《饮酒二十》其五中的句子："采菊东篱下，悠然见南山。"曾经，是那遥远到似乎不曾存在过的角落，曾经，最是回不去的地方。在那曾经里，她也自号"易安居士"；在那曾经里，她也把那屏居之所称作"归来堂"；在那曾经里，她也写下那样的诗句，"东篱把酒黄昏后，有暗香盈袖"。只是过了太久的时光，隔了太多的过往，如今，早已不再有当年的心境了。她也想寻回那过往，寻回那过往里曾经无比真实的自己，她也想"随分尊前醉"，只是醉了总还是要醒，醉时有多畅快，醒后就有多萧索。原来，她的一生的幸福早已用尽，只有在那对过往的追索里，才能品咂出些许的甜蜜。

沈曾植在《菌阁琐谈》中曾说："易安倜傥有丈夫气，乃闺阁中苏、辛，非秦、柳也。"或许，如果她永远只做一个闺阁中的女子，会更加幸福。只是她不甘心，所以她注定一生凄苦。

第四辑
生命中无比凄冷的冬

一夜不成眠

菩萨蛮·归鸿声断残云碧

归鸿声断残云碧，背窗雪落炉烟直。烛底凤钗明，钗头人胜轻。

角声催晓漏，曙色回牛斗。春意看花难，西风留旧寒。

这首词，当也是作于易安避难江宁期间。其实，人世间哪里有那许多的美好，不过都是些被粉饰的太平。人生，难得的是糊涂，可悲的是清明。易安分明是昔日名噪京城的"词女"，也分明是今天风光无限的知府夫人，可她偏偏要扯掉这遮羞布，露出现实的疮痍与斑驳。只因骗得过旁人，也终究骗不过自己。她不是不爱这六朝金粉之地，只是不想以如此仓皇的方式到来。

初春了，鸿雁阵阵北归。谁说人是万物的灵长，此刻竟不如这碧天中的归鸿。那鸿雁尚且可以恣意地向北飞去，而易安，那故乡却是只有梦中才能追索。嵇康曾有这样几句诗："目送归鸿，手挥五弦。俯仰自得，游心太玄。"可惜，易安没有这般萧散的心境。此刻，她只是望着那碧色的残云里的阵阵归鸿，直望到眼角生出了泪珠，直望到这泪珠也滴落。鸿雁，你可曾带去了她的消息，替她问候那片梦中的土地？

那阵阵鸿雁，不过跟随着物候的脚步南来北往，多情的人们，却总是对它们寄望良多。晏几道在《思远人》中说："红叶黄花秋意晚，千里念行客。飞云过尽，归鸿无信，何处寄书得？泪弹不尽临窗滴，就砚旋研墨。渐写到别来，此情深处，红笺为无色。"鸿雁误了归期，如何寄去她的思念？殊不知，"鸿雁传书"不过是人们多情的慰藉。可是不要责备这些人吧，他们的生命本就是诗，他们的世界本就无比多情。

窗外飘落着纷纷扬扬的雪，窗内燃起轻轻袅袅的烟。偏是那"直"字用得好，与王维那句"渡头余落日，墟里上孤烟"中的"上"字可以相媲美。那炉烟是直的，不曾被吹动，一切仿佛在这一刻静止了，一如易安此时的生命。从前的灵动，或许真的再也寻不见了，从此后，只剩下生命无尽的蹉跎。

"烛底凤钗明，钗头人胜轻。"夜阑人静，却也是这般冷冷清清，只有那凤钗在烛光下闪烁着光辉点点，钗头的人胜也是那般轻巧。原来，这一天是"人日"。《荆楚岁时记》中是这样记载这个节日的："正月七日为人日。以七种菜为羹，剪彩为人，或镂金薄为人，以贴屏风，亦戴之头鬓。"

这样的节日里，她却依然了无一丝乐趣，从前的她哪里会如此，只因一切早已不复从前。人胜是在这人日所佩戴的饰物，大诗人李商隐在《人日即事》一诗中写道："镂金作胜传荆俗，翦彩为人起晋风。"他用诗笔，为我们记录下这一风俗。

宋代无名氏在《撷芳词》中这样写道："风摇荡，雨濛茸。翠条柔弱花头重。春衫窄，香肌湿。记得年时，共伊曾摘。都如梦，何曾共。可怜孤似钗头凤。关山隔，晚云碧。燕儿来也，又无消息。"记得那一年，你为我摘下枝头上最先开放的春花一朵，而如今，你又在何处栖迟，只剩下我和这寂寞的钗头凤。此时的易安何尝不是如此。不同的只是，她已怨了太多，恨了太久。到如今，连怨恨的力气都已不再拥有。

东方朔在《占年书》中说："人日晴，所生之物蕃育；若逢阴雨，则有灾。"而这人日，却偏偏有那漫天飞雪，又会是怎样的预兆。

"角声催晓漏，曙色回牛斗。"角，是古代的一种乐器，唐宋时期，作行军之用。唐代段成式在《觱篥格》中这样记载道："革角，长五尺，形如竹筒，卤簿、军中皆用之，或竹木，或皮。"唐代诗人李贺，在《雁门太守行》中，曾有这样的句子："角声满天秋色里，塞上燕脂凝夜紫。"而这夜空中，缘何想起了凄凉的角声，是在催促着黎明的到来吗？又或者，是战事将起，就算是这被粉饰的太平，也延续不了几日的光景？如今的宋室偏安在这一隅，竟还要再退却吗？又是向何处藏身？北望故乡，尚且归思绵邈。而如今，这江宁也不再太平无事了吗？只有易安如此焦灼，只因太多的人闭起了耳朵，不去听。

更漏，是古代的计时工具。韦庄曾在一首《浣溪沙》中写道："夜夜相思更漏残，伤心明月凭阑干，想君思我锦衾寒。咫尺画堂深似海，忆来惟把旧书看，几时携手入长安？"只有那夜深而不眠的人，才听得到这更漏。而夜深不眠，定然是有别一般的愁绪满怀，听着这更漏，定然越发地搅乱肝肠。周邦彦曾填了一阕《蝶恋花》："月皎惊乌栖不定，更漏将残，辘轳牵金井。唤起两眸清炯炯，泪花落枕红绵冷。执手霜风吹鬓影，去意徊徨，别语愁难听。楼上阑干横斗柄，露寒人远鸡相应。"更漏将残，夜色将尽，而她竟一夜不成眠，只因为"露寒人远"。而此刻，那落在耳中的阵阵哀角与声声更漏，又唤起易安怎样的凄寒？"曙色回牛斗"，直到那天边重又泛起曙色，直到那牛斗掩起了面庞，易安或者也是一夜不成眠吧？

"春意看花难，西风留旧寒。"本以为人日之后，那漫长到似乎了无尽头的冬天就将终结，却不曾料想，依旧是西风呼啸，依旧是寒气刺骨。这个春天，大概难能看到那满城春色了吧？而就算这轻寒终究会过去，花也终将会盛开，彼时的宋室又将前往何方，又将逃向何处？难中的人们，原来都是无根的浮萍，任凭风雨把他们带到那不知名的角落，一切所谓的家园都不过是那暂栖之所。在这人日里，易安不曾有笑语，也不曾有欢歌，只有漫长无尽的思索。

怀乡，去到那梦里

菩萨蛮·风柔日薄春犹早

风柔日薄春犹早，夹衫乍著心情好。睡起觉微寒，梅花鬓上残。

故乡何处是，忘了除非醉。沉水卧时烧，香消酒未消。

这首小词，当也是易安南渡之后流寓江宁之时所创作的。全词一反以往伤怀的格调，乍一看去，不觉惊叹，是这《漱玉词》中的异响别音。

"风柔日薄春犹早，夹衫乍著心情好。"春光渐好，是怎样日丽风和的天气，换上春日的单衣，只觉得心情大好。"心情好"，这样的言语在易安的词作中是许久未见的了。却也难怪，抛别故里，流寓他乡，任凭是谁都会有许多悲叹吧。而究其流寓他乡的因由，更是令人黯然神伤。离开，从来不由得她去选择，从来都不过是被逼无奈的结果，只因那故乡，早已变作了他人的国土，归去无望，易安又怎能不愁绪满怀？

伤心又有何用，失落也终究无益，人终究要学会解脱自己。

"睡起觉微寒，梅花鬓上残。"这早春还是有着些微的凉意的，一觉醒来，竟觉出几分轻寒。几瓣梅花，散落在发鬓间，从来都是女子最好的装点。《太平御览》中，曾记载有关寿阳公主的故事："宋武帝女寿阳公主人日卧于含章殿檐下，梅花落公主额上，成五出花，拂之不去。皇后留之，看得几时，经三日，洗之乃落。宫女奇其异，竞效之，今梅花妆是也。"曾经，她也有过那样烂漫的时光。记得当年，"卖花担上，买得一枝春欲放"，便要"云鬓斜簪，徒要教郎比并看"。只是如今，人还是当年的那个人，心境却早已不是当年的心境了。只是如今，她还是爱着那当年的郎君，而那郎君却再不会终日陪伴在她身旁。她怎能没有怨，又怎能没有恨？只是当怨与恨都没有了意义，她所能做的，或许真的只有等待罢了。等到他看遍了群芳，再回来寻这一朵寒梅；等到他厌倦了游冶他方，再回到这只属于他们的小楼。

"故乡何处是，忘了除非醉。"春回大地，那故乡又会是怎样的光景？易安苦苦追念着自己的故乡，可是，究竟何处才算是她的故乡呢？或许连她自己也不是真正知晓。是那生养了她的明水，还是那合卺出嫁的京都，抑或是那屏居十年的青州？易安的一生，历经了太多的颠沛流离，思念，是思念哪里，追索，又是追索何方？他乡会否是故乡，她不知，只是故乡，却早已翻作了他乡，只是故乡，早已渺茫在了遥远的记忆里。

又或者，说易安是在追念一个地方，不如说她是在追念一段时光。而那段时光，早已被埋葬在消逝了的过往里。如何寻觅那昔日的影踪，如何消解今日的离愁，或许，只有醉了，才能沉浸在那梦似的情怀里，才能回到那曾经灿烂的生命中。

清代词评家况周颐在《〈漱玉词〉笺》中曾这样评价这首小词："俞仲茅云，赵忠简《满江红》'欲待忘忧除是酒'，与易安'忘了除非醉'意同。下句'奈酒行有尽愁无极'，微嫌说尽，岂如'沉水卧时烧，香消酒未消'，亦宕开，亦束住，何等蕴藉。易安自是专家，忠简不以词重云尔。"易安的才情，素来胜过那须眉许多。却不知，许多须眉何曾如易安一般经历过这许多的悲苦！再多的才情不过是在那血泪中浸泡过的结果。

"沉水卧时烧，香消酒未消。""沉水"，即是那"沉水香"，是一种名贵的香料。《太平御览》曾征引《南州异物志》中的记载道："沉水香出日南。欲取，当先斫坏树着地。积久，外皮朽烂。其心至坚者，置水则沉，名沉香。"满室的芬芳，可曾馨香了她此刻的生命，可曾带她去到那难以追索的过往？

忘了吧，忘了那难以归去的故乡，忘了那难能追索的过往。没有人会责怪你寡义薄情，人们只是不忍再看你黯然神伤。

沉水香消，酒意却还在继续。或许正如那谪仙人所言，"钟鼓馔玉不足贵，但愿长醉不复醒"。为何饮这许多的酒？为何偏偏让自己沉醉？易安早已说得明白清楚，"故乡何处是，忘了除非醉"。只有在梦中，才能忘记自己已是亡国之人；只有在梦中，才能不去苦苦追念那故乡；只有在梦中，才相信他们真的曾经爱意绵长。

怀乡，从来是诗人吟咏不尽的话题。《古诗十九首》中，有一篇《行行重行行》，其中有这样两句："胡马依北风，越鸟巢南枝。"顾况在《忆故园》中说："惆怅多山人复稀，杜鹃啼处泪沾衣。故园此去千余里，春梦犹能夜夜归。"欧阳修在四十七首《渔家傲》的第一首中便说道："宋玉当时情不浅，成幽怨，乡关千里危肠断。"故乡，永远是游子梦中的期盼，期盼之情无不哀，期盼之心无不切。但即便如此，又有几人能够有易安这般的苦楚呢？她所思念的，哪里仅仅是故乡，还有那段曾有过的岁月和那岁月中的无比亲密的爱人。如今，在这六朝金粉之地，她已越来越看不清楚丈夫的面影，他已越来越不是当年的情态。人们都在改变，包括她那曾经深爱的丈夫，都在不断地被世界所同化。只有易安依旧是往昔清明的一颗心，依旧是从前正直的一个人。当她越来越无法接受触目所见的一切，她只有逃避，逃避到曾经的岁月里。

去吧，去到那梦里，只有在那里才能寻得到真正的自己。

一别成永诀

南歌子·天上星河转

天上星河转，人间帘幕垂。凉生枕簟泪痕滋，起解罗衣聊问夜何其。

翠贴莲蓬小，金销藕叶稀。旧时天气旧时衣，只有情怀不似旧家时。

这首《南歌子》，大概写于宋高宗建炎三年（公元 1129 年）的深秋。彼时，赵明诚已然撒手人寰，人世间从此只剩下一个易安。从建炎二年（公元 1128 年），赵明诚任江宁知府，到此时，不过一年多光景，可个中曲折却着实一言难尽。易安的一生，就是一段传奇。她所承受的，不仅是常人难有的荣耀，也有那常人难有的悲苦。

记得易安曾在《临江仙》中写道："感月吟风多少事，如今老去无成。"所关涉的，大概是赵明诚"缒城夜遁"的丑事。而在《金石录后序》中，易安则将那许多往事一笔带过："建炎戊申秋九月，侯起复，知建康府。己酉春三月罢，具舟上芜湖，入姑孰，将卜居赣水上。夏五月，至池阳，被旨知湖州，过阙上殿。"对于赵明诚建炎三年二月罢守之事，竟然只字未提。不说，不代表默许。"南来尚怯吴江冷，北狩应悲易水寒"，面对那满朝文武，易安尚且有如此讥讽之词，对自己的丈夫又岂能毫无芥蒂？不说，不过是维持着他的尊严，只因她至死都深爱着他，不说，她只把那鄙夷与愤恨深深地埋在心里，留给了自己。

建炎三年三月，易安与明诚离开了那六朝金粉之地，再一次飘零江湖。在途中，经过了和州乌江，也正是在这里，易安写作了那首流传千古的《乌江》："生当作人杰，死亦为鬼雄。至今思项羽，不肯过江东。"字字铿锵，句句有力，只是不知这样的句子落在那"缒城宵遁"的赵明诚耳中，会否是别一般滋味，另一种情怀。

建炎三年五月，当他们抵达池阳之时，又恰巧是圣旨下达之日。明诚再次踏上旅途。易安在《金石录后序》中这样记载了他们的分别："六月十三日，始负担舍舟，坐岸上，葛衣岸巾，精神如虎，目光烂烂射人，望舟中告别。余意甚恶，呼曰：'如传闻城中缓急，奈何？'戟手遥应曰：'从众。必不得已，先去辎重，次衣被，次书册卷轴，次古器。独所谓宗器者，可自负抱，与身俱存亡，勿忘之！'遂驰马去。"谁料想，此刻"精神如虎，目光灿灿射人"的明诚，不过数月光景，便化为了一抔黄土，或者，那本就是生命最后的回光返照，只是此时此地的他们，被玩弄在命运的股掌中，怎会料想得到，这一别竟是永生永世的分隔。

如果不曾有奉召入湖州，他们本打算安家在赣江一带，倘若果真如此，是否又是十年的屏居生涯，如若那样，易安的一生便算得上了无遗憾。只是，世间所有"如果"，都是没有意义的假设。事实已然如此，再多的言语，终究换不回彼时的抉择。

仅一个月的光景，易安便得到了明诚重病的消息。"遂解舟下，一日夜行三百里"。但即便如此，再见面他也已是病入膏肓，不久含恨离世。

在为悼念赵明诚而写作的《祭赵湖州文》中，易安写下了这样的句子："白日正中，叹庞翁之机捷。坚城自堕，怜杞妇之悲深。"谢伋在《四六谈尘》中这样评价道："妇人四六之工者。"这"工"，哪里是因为技巧，不过是因为情深。

而这一阕《南歌子》，也是为了怀念明诚，只觉得字字是血，声声是泪。那一桩桩一件件过往，从前以为早已消逝在远去的记忆里，蓦然回首，却发现它们依旧守候在那回忆的最深处。是情深，是意重，是真正的铭心刻骨。

"天上星河转，人间帘幕垂。"记忆中，易安曾填过一阕《行香子》，其中有这样几句："草际鸣蛩，惊落梧桐，正人间天上愁浓。"彼时的她，认为与新婚的丈夫分隔两地，已是人间最大的悲苦。却不知，人终究抵挡不了大限的到来。天上的星光依旧灿烂如斯，那帘幕下却再也不会有他的陪伴。晏几道在一首《临江仙》中写道："梦后楼台高锁，酒醒帘幕低垂。去年春恨却来时，落花人独立，微雨燕双飞。"同样地，都是在这低垂的帘幕里，怀念心中的人；不同的是，一个相见有望，一个会面无期。或许生命本就是一场为了分别的相聚。人世间，从来不曾有那所谓的永恒，也正因为此，相遇与相知才弥足珍贵，教人愈加珍惜。

"凉生枕簟泪痕滋，起解罗衣聊问夜何其？"本以为看透了生死的轮回，便可淡然许多，却不料泪水还是不住地流淌，打湿了竹枕，也沾湿了脸庞，只觉一片冰凉，直凉到了心底的最深处。解衣就寝，不经意间问道"是什么时辰了"，话已出口，才恍然发觉，原来，这空荡荡的房间里只有孤单单的自己。从前，她也曾独自守着这孤凄的夜，独自留在这寂寞的屋里，只是彼时的她，心中尚有那无尽的期待，还有一个人给她希望的光芒。而如今，那人与她早已是天人永隔。那一句"夜何其"，是出自《诗·小雅·庭燎》，原句为："夜如何其？夜未央。"那黑夜是到了怎样的时辰？那黑夜还远没有尽头。她又该怎样挨过那一个个漫漫长夜？长夜不曾穷尽，思念又岂能有穷尽的时候？

"翠贴莲蓬小，金销藕叶稀。"偶然看见那罗衣上，金线早已磨损，花纹也早已不复往昔的颜色。莲蓬显得那样小，藕叶显得那样疏，它们竟也知道了她的哀愁吗，竟也有着那般离忧吗？在民间的歌诗中，素来有谐音的传统，以其音的相近，而用"莲"代表"怜"，用"藕"代替"偶"，易安自然知晓个中三昧。在《瑞鹧鸪》中，她也曾写下过"居士擘开真有意，要吟风味两家新"的句子。正是因为这浪漫的传统，易安看到罗衣上的莲与藕，才会抑制不住内心的酸楚。

"旧时天气旧时衣，只有情怀不似旧家时。"还是旧日的天气，还是旧日的罗衣，只是那人，早已磨灭了当年的模样，也早已不复当年的情怀。从此后，她的生命里再无欢好，只有那无尽的悲音。

秋雨梧桐叶落时

忆秦娥·临高阁

临高阁，乱山平野烟光薄。烟光薄，栖鸦归后，暮天闻角。

断香残酒情怀恶，西风催衬梧桐落。梧桐落，又还秋色，又还寂寞。

《忆秦娥》，是一个古老的词牌，郑樵在《通志》中说，《忆秦娥》当为"百代词曲之祖"。这一词牌的得名，据说是因为大诗人李白的一句"秦娥梦断秦楼月"。"秦娥"，当然是那昔年的弄玉，而又是谁在怀念着她呢，莫不就是那乘龙归去的萧史？而此刻，易安所深深忆起的，定然是赵明诚无疑。

开篇处，易安便著以"临高阁"三字，她是怀着怎样的凄苦，又是怀着怎样的愁绪，登上这高阁的？杜甫曾作诗云："花近高楼伤客心，万方多难此登临。"就算登上了高阁，满目萧索也不过徒增伤感，尽日遥望，又哪里望得到故乡的风景？而此时的易安，竟不比那昔年的老杜幸运丝毫。"乱山平野烟光薄"，那就是她入目所见的所有。错乱的群山，荒凉的原野，还有那缭绕的烟光，淡淡的黯然，浓浓的惆怅，紧紧地包裹住易安的肝肠。伤心之人的眼中，何曾会有那烂漫的景象。乱的，哪里只是这群山，分明还有易安那剪不断理还乱的思绪；荒凉的，哪里只是这原野，分明还有易安那孤独寂寞的心。

　　"烟光薄，栖鸦归后，暮天闻角。"既是这缭绕的烟光，缭乱了她的肝肠，又为何一而再地咏叹？是受了那古老的词牌的限制，还是易安不怕将那愁苦反复斟酌？苦、痛，之于此刻的易安，还有什么可怕？还有什么可惧？她已经历了那么多，她已走过了那么长的岁月。国破、家亡、夫死，还有什么是她不能承受的悲伤。只看见，那缭绕的烟光里，点点寒鸦飞过；听闻到，那暮色苍茫中，传来阵阵哀角。金人何曾停止过南进的脚步，尤其是在这秋高马肥之时。如若不是这金人的催逼，宋室怎会荒凉到如此地步；如若不是这金人的催逼，明诚怎会如此年轻便匆匆夭亡；如若不是这金人的催逼，易安又怎会沦落如斯，不知归向何处。此刻，那哀角声再度响起，却原来，金人的南侵没有止息，也永远不会止息。当家恨与国仇尽皆压在易安瘦弱的肩头，这个乱世中飘零的女子，该是有着怎样的凄苦。

　　"断香残酒情怀恶，西风催衬梧桐落。梧桐落，又还秋色，又还寂寞。"

　　依旧是这烧断了的香，和未喝干的酒，尽日如此，生命有何滋味。从前，她在那痛苦愁绝中尽日等待着，等待着那游冶他方的丈夫的回心转意，而如今，又有谁教她等待呢？或许，等待，是那许多年的寂寞与孤苦中的唯一期盼，无异于救命稻草。而如今，才是真正的无所依傍。原来，在这茫茫的人世间，她再也没有了可等、可盼、可怨、可恨的那个人。千般滋味，万种情愁，都化作了一句"情怀恶"。

西风萧瑟，催促着梧桐的飘落，吹彻了人间的荒凉。西风总是如此，痛断离人的肝肠。杜牧说："多少绿荷相倚恨，一时回首背西风。"晏几道说："莲开欲遍，一夜秋声转。残绿断红香片片，长是西风堪怨。"纳兰性德说："不恨天涯行役苦，只恨西风，吹梦成今古。"总是这西风，带给人无尽思量。

王学初在《李清照集校注》中说："四印斋本《〈漱玉词〉补遗》题作'咏桐'。按《全芳备祖》各词，收入何门，即咏何物。惟陈景沂常多牵强附会。此词因内有'梧桐落'句，故收入梧桐门，实非咏桐词。"易安笔下，何曾没有那高逸的梅，那淡远的菊，只是易安抒写它们实际上是抒写自己，而这"梧桐"又岂能例外？

在《大唐新语》中，记载了这样一个故事："安定公主初降王同皎，后降韦擢，又降崔铣。铣先卒，及公主薨，同皎子繇为附马，奏请与其父合葬，敕旨许之。给事中夏侯铦驳曰：'公主初昔降婚，梧桐半死；逮乎再醮，琴瑟两亡。'"梧桐落，从来不是祥瑞的征兆。

梧桐，从来是这般萧索的模样。

词人张辑曾写过一首《桂枝香》："梧桐雨细。渐滴作秋声，被风惊碎。润逼衣篝，线袅蕙炉沉水。悠悠岁月天涯醉。一分秋，一分憔悴。紫箫吟断，素笺恨切，夜寒鸿起。又何苦凄凉客里。负草堂春绿，竹溪空翠。落叶西风，吹老几番尘世。从前谙尽江湖味。听商歌归兴千里。露侵宿酒，疏帘淡月，照人无寐。"秋天的悲凉，身世的苦楚，只有在这样一个细雨滴落梧桐的夜晚，才能释放得如此酣畅淋漓。西风吹落了片片梧桐，一并吹落的，还有那逝去了便不再回头的华年。

晏殊也曾填过一阕《踏莎行》："碧海无波，瑶台有路。思量便合双飞去。当时轻别意中人，山长水远知何处。绮席凝尘，香闺掩雾。红笺小字凭谁附？高楼目尽欲黄昏，梧桐叶上萧萧雨。"就算是山长水远，也终究会有那会面之日，就算是高楼目尽，天已黄昏，而黄昏之后，又是新的黎明。经历过失去，才知道拥有的美好。有时候，人不过是太贪婪，总是拥有了才甘心，却不知，就算只是遥遥相望，也是另一种美好。而今日的易安，竟连遥望的机会都不曾拥有了。

历来人们总是用梧桐寄托愁思一缕，而其中最著名的，当属贺铸的《鹧鸪天》，可谓惨痛愁绝："重过阊门万事非，同来何事不同归？梧桐半死清霜后，头白鸳鸯失伴飞。原上草，露初晞，旧栖新垅两依依。空床卧听南窗雨，谁复挑灯夜补衣？"这一阕词，又被称为《半死桐》。粗犷如贺铸者，也能有这般惨痛的情怀，细腻如李易安者，又会是怎样一种愁绝。原来，这世界上总会有那么一个人，当他消逝在那过往的时光里，你生命的一个部分也随之抽离。

"梧桐落"，仿佛说一遍不足以尽言那西风的凄紧，偏要说上两遍，才足见叶落得净尽，心伤得淋漓。

辛弃疾说："而今识尽愁滋味，欲说还休，欲说还休，却道天凉好个秋。"此时的易安何尝不是如此，太多的愁，太多的痛，应从何处说起？

梦虽好，却终究要醒来

渔家傲·记梦

天接云涛连晓雾，星河欲转千帆舞。仿佛梦魂归帝所，闻天语，殷勤问我归何处。

我报路长嗟日暮，学诗谩有惊人句。九万里风鹏正举，风休住，蓬舟吹取三山去。

宋高宗建炎三年（公元 1129 年）闰八月，易安料理毕明诚的后事，乱世之中，大概身后事也只能草草。此时的易安，所面对的是愈加紧张的时局。当时，赵明诚的妹婿李擢任兵部侍郎一职，护卫高宗的伯母隆裕太后。易安遣人日夜兼程将大宗金石文物运往当时李擢所在的洪州。不料，当洪州动荡的消息传来，李擢父子早已望风而逃。而当洪州终于陷落，这许多的金石文物也尽皆化作缥缈的云烟。

或许世事从来如此，正如冯梦龙所言，"屋漏偏逢连夜雨，船迟又遇打头风"。正当易安为那许多文物洒泪之时，竟不曾料想，前方还有更险恶的阴谋。此时世间正流传着"玉壶颁金"的毁谤之言。原来，在赵明诚病危之时，一个被叫作张飞卿的学士，携一把玉壶来让赵明诚观瞧。说是玉壶，却只是石制的而已。而这玉壶，明诚也不过只看了一眼而已。时人不明就里，以讹传讹说是明诚夫妇将这玉壶留下，并转而投献给了金人。

重要的哪是一把玉壶，而是这关涉卖国通敌的大罪过。

此时，明诚已然撒手人寰。有时候，或许死亡竟真的是一种解脱。易安为了涮洗那"玉壶颂金"的诬蔑之词，决意将倾毕生之心力收藏的金石古玩悉数献与朝廷。而此时的宋高宗却为避战乱而一路南逃，他一路逃，易安便一路追。是执着吗，或许是吧，又或许，是心中郁结的不平太多。谁也不会明白，那金石古玩对于他和明诚意味着什么。他们终了一生都不曾有子嗣，那些金石古玩就是他们毕生心血的结晶，是他们曾经爱过的证明。将它们悉数进献，易安哪里肯轻易割舍，只是，如果这样能够讨回清白，她也情愿心甘。

在《金石录后序》中，易安记载下当时的真实情形："先侯疾亟时，有张飞卿学士，携玉壶过视侯，便携去，其实珉也。不知何人传道，遂妄言有颁金之语，或传亦有密论列者。余大惶怖，不敢言，亦不敢遂已，尽将家中所有铜器等物，欲赴外廷投进。到越，已移幸四明。不敢留家中，并写本书寄剡。后官军收叛卒，取去，闻尽入故李将军家。"

她不曾歇斯底里，因她知多说无益。

她追随着高宗的脚步，一路上经过了越州、明州、台州，当她终于到达了温州，却得到高宗离开的消息。这首《渔家傲·记梦》，便是易安面对温州的辽阔江天，所发出的感慨。她还要继续这追索吗？前路迷茫，她寻不见答案。

"天接云涛连晓雾，星河欲转千帆舞。"晓雾连天，云涛翻滚，星河腾挪，千帆竞发。或许，正是那疾驰的风帆，将她带入那天帝的居所。

"仿佛梦魂归帝所，闻天语，殷勤问我归何处。"梦里，依稀寻见了明诚的影踪，他可是已经魂归帝所，仿佛是天外传来了一声问询，她又将去向何处？爱人，等我，等我继续千万里把你追寻，这一世太短，我们却错过太多。只是答应我，在另一个天地间，你只爱我一个。

梦虽好，却终究要醒来，回到这漫长无尽的现实里。

"我报路长嗟日暮"，此处，易安化用了《离骚》中的句子："欲少留此灵琐兮，日忽忽其将暮。吾令羲和弭节兮，望崦嵫而勿迫。路漫漫其修远兮，吾将上下而求索。"路途何其遥远，而天色却已黄昏，高宗去向了何处，她不知，但她定要将他追寻，只为了献上那许多金石玩物，只为了还他二人一世清白。

"学诗谩有惊人句"，当是化用了杜甫《江上值水如海势聊短述》中的句子："为人性僻耽佳句，语不惊人死不休。"事实上，也确实如此。"南来尚怯吴江冷，北狩应悲易水寒"，"南渡衣冠少王导，北来消息欠刘琨"，许多句子，就算是须眉大概也不敢吟出，但易安偏偏就敢。只因她再也无所畏惧，国破，家亡，夫死，无子，茫茫天地间，从此她将向何处停驻？这一生，历经了多少风雨，这一生，何处才算是尽头？

"九万里风鹏正举，风休住，蓬舟吹取三山去。""九万里风鹏正举"，化用了《庄子·逍遥游》中的典故："鹏之徙于南冥也，水击三千里，抟扶摇而上者九万里。"司马迁在《史记·封禅书》中记载道，渤海有蓬莱、方丈、瀛洲三神山。但此处，易安所说的"三山"，却是指那别称"三山"的福州。

高宗去到了南方，她也要追到南方。只盼着那风不要停，不要止才好，将这一叶扁舟，吹向那遥远的三山。

清代黄蓼园在《蓼园词选》中评价这首小词道："此似不甚经意之作，却浑成大雅，无一毫钗粉气，自是北宋风格。"梁启超也曾给它这样的赞誉："此绝似苏辛派，不类《漱玉词》中语。"易安自是有那股豪放的气度，人们只知苏辛才是豪放词的正宗，却不知就算豪放如辛弃疾者，也曾"效李易安体"。

她只是一个女子，却敢独自走过那千万里的路途；她只是一个女子，却有着众多须眉也不曾拥有的气骨；但她始终只是一个女子，午夜梦回，心中难免会有一丝萧索，几分愁浓。正如此刻，面对这浩渺的江天，她竟不知该向何处停驻。

催尽了残春，催尽了华年

好事近·风定落花深

风定落花深，帘外拥红堆雪。长记海棠开后，正伤春时节。

酒阑歌罢玉尊空，青缸暗明灭。魂梦不堪幽怨，更一声啼鴂。

这首《好事近》，大概也是作于建炎四年（公元 1130 年）的春天，那是明诚故去后的第一个春天，只剩了易安一个人在这人世间迎接花开与花落。

"风定落花深，帘外拥红堆雪。"当那狂风终于不再恣意地吹，凋残的花瓣也早已落了满园。那红红白白的一簇一丛，是何等清楚明白，花残了，春尽了。花开时有着怎样的芬芳，花落时就有着怎样的惆怅。花开花落，从不由得人的悲喜。多想将那落花挽留，一如挽留那将逝的华年。

"长记海棠开后，正伤春时节。"透过那翩飞的花瓣，她仿佛看见了当年的自己。许多年前，她还是一个未曾经历诸多世事的少女，看着那经风历雨的海棠，吟咏出"绿肥红瘦"的诗篇。彼时的她，可曾料想这一生会经历这许多悲苦；彼时的她，只把青春将逝当作最大的痛楚。几十个寒暑就这样悄然逝去，她甚至不曾感受到时光的流逝，依稀间，一切都仿佛只发生在昨天。宿醉初醒，想着那一树海棠，娇慵地问上一句"海棠花在否"，就算是"绿肥红瘦"，终于免不了这海棠的飘落，心中不能说了无凄苦，却也只是淡淡的哀愁，何曾有那般惨痛愁绝。同样地，是为着这残春而伤怀，为着这落花而悲哀，不同地，却是那人已老了几十年。

"酒阑歌罢玉尊空，青缸暗明灭。"酒杯尽了，歌舞也已消歇，只剩下青灯一点，忽明忽灭。"酒阑歌罢"是出自毛文锡的《恋情深》："酒阑歌罢两沉沉，一笑动君心。"可惜的是，那"君"早已是另一个世界的人，而她再无心去绽露欢颜。明诚故去了，她的世界从此黯淡了下来。那些过往，悉数留在了曾经，偶一回头，竟有恍如隔世之感。从前的她真的那般快乐吗？只是如今为何只写满了忧愁？

"缸"，又作"釭"，是灯的别称。

大诗人李白曾写过一首《夜坐吟》："冬夜夜寒觉夜长，沉吟久坐坐北堂。冰合井泉月入闺，金釭青凝照悲啼。金釭灭，啼转多。掩妾泪，听君歌。歌有声，妾有情。情声合，两无违。一语不入意，从君万曲梁尘飞。"燃起那金釭，照见女子悲泣的面庞；熄灭那金釭，女子反而啼哭得更甚。原来，不过是寄望两人情意投合。

词人晏几道曾创作过一首《鹧鸪天》，其中便写到了"银釭"："彩袖殷勤捧玉钟，当年拚却醉颜红。舞低杨柳楼心月，歌尽桃花扇底风。从别后，忆相逢，几回魂梦与君同。今宵剩把银釭照，犹恐相逢是梦中。"自从那次分别，多少次相见，无奈只是在梦中，梦醒后，只剩下一片悲凉。这一次，定要点上那银釭，照见你的模样，才知道不再是梦中的相逢。

此刻的易安，竟连那青灯一点也不再需要，只因那人早已不在身旁。

"魂梦不堪幽怨，更一声啼鹈。"唐代词人韦庄在《应天长》中写道："碧天云，无定处，空有梦魂来去。"五代词人张泌在《河传》中写道："梦魂悄断烟波里，心如梦如醉，相见何处是。"思妇从来如此，只有在魂梦中追索那离人的踪迹，醒来不见那离人，徒然只有一阵唏嘘。

"幽怨"，印象中易安不曾直白地道出这两个伤感的字眼，虽然她笔下的字字句句诉说的无不是这"幽怨"的情怀。是再没了心思去敷衍吗？姑且道尽了肝肠，又何妨？"欲知幽怨多，春闺深且暮"。而此时的易安，不正身处那"深且暮"的"春闺"？只是，再多的幽怨，又能向何人诉说，即使于魂梦中也不能发出这幽怨，午夜梦回，那幽怨的苦涩依旧只得留给自己品咂。

啼鹈，是一种鸟的名字，又可以写作"鹈鹕"，或"鶗鴂"。最早见于屈原的《离骚》："恐鹈鴂之先鸣兮，使夫百草为之不芳。"鹈鴂，是催春之鸟，当它们次第鸣叫，百花便已飘零，却原来，是这鹈鴂终结了残春。有人说，这鹈鴂便是杜鹃。辛弃疾在一首《贺新郎》中这样写道："绿树听鹈鴂，更那堪鹧鸪声住，杜鹃声切。"辛弃疾自己作注道："鹈鴂、杜鹃实两物。"虽则不同，却也一样报告着春尽的消息。那声声鹈鴂，究竟是催促这残春，还是催促那华年？在这风吹落花满地的时节，在这青灯幽暗摇曳的夜里，那一声啼鹈是何等的凄厉，痛断了肝肠吗？却不知易安的肝肠早已寸断。

生命，或者本就是无情的吊诡，正如此刻易安所填的这阕词一般，"好事近"。殊不知，易安的所有欢乐，早已悉数埋葬在昨日的时光里，从此后，她的生命只剩下无尽的悲苦。

那一声声的啼鹈，催尽了残春，催尽了她的华年。

于乱世中飘零，终究看破

摊破浣溪沙·病起萧萧两鬓华

病起萧萧两鬓华，卧看残月上窗纱。豆蔻连梢煎熟水，莫分茶。

枕上诗书闲处好，门前风景雨来佳。终日向人多酝藉，木犀花。

　　从明诚故去之日起，这许多日子里，生命犹如一张拉满的弓，不由她喘息丝毫。而当一切终于尘埃落定，那许多种情感才洪水般袭来。对丈夫逝去的悲恸，对"玉壶颁金"的畏葸，对往昔岁月的追念，对未来路途的迷茫，当那许多种情感交杂在了一处，易安竟大病不起。在《投内翰綦公崇礼启》中，她这样说道："近因疾病，欲至膏肓，牛蚁不分，灰钉已具。"病中的易安，写下了一首《春残》："春残何事苦思乡，病里梳头恨发长。梁燕语多终日在，蔷薇风细一帘香。"易安的心境，大概终归是凄苦和彷徨。

　　而此时，正当易安缠绵病榻之际，出现了一个"驵侩之下才"，他便是易安的第二任丈夫，张汝舟。早在易安寓居安徽池阳之时，那张汝舟便觊觎着赵家的这许多金石古玩。易安病中，他极尽照料之能事，但当易安的病情稍为好转，他便显露出了本来的模样。他辱骂她，殴打她，他的目的大概只有一个，便是让她交出那许多金石文物。心碎了，她本就知道，在这苍茫的人世间，不会再有一个人是真心地待她，只是，病中的凄苦夺走了她的理智，她最终还是抵不住寂寞的折磨。

只是易安从不是等闲女子，大约三个月后，易安便告发张汝舟谎报参加科举考试的次数以骗取官职的罪行，张汝舟最终被量刑定罪。但依照当时的律令，告发亲人，同样需要服刑两三年。易安不是不知，只是就算赔上这两三年的时光，她也不想与他再生瓜葛。那是她犯下的错，注定要付出许多代价。

易安入狱九日，便得到了昔日赵明诚的姑表兄弟綦崇礼的搭救，免受了许多牢狱之苦。时人对易安有诸多讥讽之词，胡仔在《苕溪渔隐丛话》中说："易安再适张汝舟，未几反目。"王灼在《碧鸡漫志》中，也有这般言语："再嫁某氏，讼而离之，晚节流荡无归。"陈振孙在《直斋书录解题》更是直言道："晚岁颇失节。"昔日那许多亲友，竟也终究看不懂易安的真心。他们的责备，他们的冷对，易安看在眼里，却再不放在心上，只因毫无意义。这一生，只要懂得的人真正懂得，便好。她早已年华渐老，哪里有那许多心思，去曲意逢迎。

翻尽了易安的所有作品，都不曾看见那张汝舟的身影。他，不过是她生命中一个并不美丽的错误，多说无益。她会怨恨他吗？不，她会忘记他，只因从来不曾真正在意。

这首《摊破浣溪沙》，便应是作于此次大病初愈之时。或许正因了众亲友的回避，竟显出一种莫名的萧索。但就算世人对她只剩下了无尽的责备，她还是不后悔自己的选择，从来，她只听自己内心深处的声音。

"病起萧萧两鬓华，卧看残月上窗纱。"病榻缠绵得久了，鬓间已有了萧萧白发。古诗云："禁鼓初闻第一敲，卧看新月出林梢。"此时的易安，却没有这般心境，她不过是病中没有那许多力气罢了。虽没有那般幸运，得以看到"新月出林梢"，但卧看那天际的一弯残月，竟也有着别样的怀抱。

"豆蔻连梢煎熟水，莫分茶。""豆蔻连梢"一语，出自张良臣的《西江月》："蛮江豆蔻影连梢。"关于"熟水"的记载，见于陈元靓的《事林广记》："夏月凡造熟水，先倾百盏滚汤在瓶器内，然后将所用之物投入。密封瓶口，则香倍矣。"《百草正义》则说："白豆蔻气味皆极浓厚，咀嚼久之，又有一种清澈冷冽之气，隐隐然沁入心脾。则先升后降，所以又能下气。"缠绵病榻之时，自然短不了服用那许多药材，嘴里尽是微苦的味道，哪里还有那分茶的雅兴。"分茶"，最是那高雅的游戏，杨万里在一首名为《澹庵坐上观显上人分茶》的诗中说道："分茶何似煎茶好，煎茶不似分茶巧。"而此时的易安，哪里有这样的情怀。又或者，竟是那亲友始终不能理解她的隐衷与苦楚，始终不曾把她理睬，茶虽好，又分与何人呢？

"枕上诗书闲处好，门前风景雨来佳。"缠绵病榻，闲翻诗书，却也有着别一种滋味。人们素来不喜雨天，仿佛总与那离愁相连，却不知，雨后的世界倒别有一番清明，一如此刻，那门前的风景。

"终日向人多酝藉，木犀花。""木犀花"，是桂花的学名，记得许多年前，易安曾写过一篇《鹧鸪天》，其中便有"自是花中第一枝"的句子，所吟咏的，自然是这桂花无疑。酝藉，语出自《汉书·薛广德传》："广德为人，温雅有酝藉。"易安曾在一首《玉楼春》中吟咏梅花道："不知酝藉几多香，但见包藏无限意。"而这桂花也有这样的风韵吗，也有那温柔儒雅的气息吗？对花，易安从来不吝惜溢美之词，只因她爱花爱得深切，只因说那花也正是说她自己。易安，何曾不是这乱世中飘零的花朵，我们只是不忍见她经风历雨。

风雨中，她挨过了多少孤独与凄苦，而今，她只是欣赏着自己的孤独。她终于看破，终于明了，他们，只是存在于不同的时空中，虽然相见无缘，纵使会面无期，也终究难以割舍相思的情怀。这一生，他们终究不曾错付，而那就是至大的欣喜。

原来，看破了这一生，便可以活得从容潇洒。只是，待到将那一生都看破，还剩下滋味几何？

花的世界，别有天地

摊破浣溪沙·揉破黄金万点轻

揉破黄金万点轻，剪成碧玉叶层层。风度精神如彦辅，太鲜明。
梅蕊重重何俗甚，丁香千结苦粗生。熏透愁人千里梦，却无情。

宋高宗绍兴二年（公元 1132 年）正月，高宗逃难至临安，易安随后亦赶赴临安。而这一首《摊破浣溪沙》，大概即是写于这一年。提起"临安"，总是会想起陆游的那首《临安春雨初霁》："世味年来薄似纱，谁令骑马客京华？小楼一夜听春雨，深巷明朝卖杏花。矮纸斜行闲作草，晴窗细乳戏分茶。素衣莫起风尘叹，犹及清明可到家。"寓流离之悲于欣欣之词，大概正是这首诗与这阕词的相同之点。

"揉破黄金万点轻，剪成碧玉叶层层。"揉碎了黄金，散作那金桂的万点花瓣；剪碎了碧玉，当成那金桂的层层枝叶。那桂花，总是寂寞地开在深涧，总是孤独地开在岩底，如何竟有这般芳华，值得造物主如此大费周章。

而这金桂，哪里只是有这般芳姿，它还分明有那芳魂一缕。"终日向人多酝藉，木犀花。"这是易安给它的赞誉。这金桂难道也有薛广德的温柔敦厚？"风度精神如彦辅，太鲜明。"易安分明告诉了我们答案，这金桂不止有着薛广德的品格，还确乎有着乐彦辅的风度。彦辅，是乐广的字，《晋书·乐广传》中这样记载了他的品行："性冲约，有远识。寡嗜欲，与物无竞。广与王衍俱宅心事外，名重于时。故天下言风流者，谓王、乐为称首焉。"非但如此，易安偏著以"太鲜明"三字，仿佛那金桂的高洁与雅致，分明应当是人所共知的事实。

"丁香千结苦粗生"，"丁香千结"当是出自毛文锡的一首名为《更漏子》的小词："偏怨别，是芳节，庭下丁香千结。""苦粗生"一语，张相在《诗词曲语辞汇释》中，曾这样解释道："苦粗生，犹云太粗生，亦甚辞。"丁香，因其花苞结而不绽，多情的诗人总是认为，那结而不绽的是丁香的愁怨。唐代李商隐在《代赠》诗中说："楼上黄昏欲望休，玉梯横绝月中钩。芭蕉不展丁香结，同向春风各自愁。"唐代牛峤在《感恩多》词中也说道："自从南浦别，愁见丁香结。"丁香，素来被看作是愁怨的象征，殊不知，人生真正重要的，是解脱。

写梅，是为了从正面去衬托那金桂，那梅已是有了那一般容貌与那一般品格，却还是在这金桂面前显得"何俗甚"。其实，易安早就有过那一番言语，不过我们先入为主地觉得梅才是她的至爱之物，故而不曾怀疑。在那阕吟咏桂花的《鹧鸪天》里，易安分明道出了"梅定妒"三字，原来，在易安心里，那梅始终比不上这金桂。所以她会说那梅"此花不与群花比"，却只会说这金桂"自是花中第一流"。她不会慨叹那梅的遭际，却只会因这金桂而不平："骚人可煞无情思，何事当年不见收。"

写丁香，却是为了从反面去凸显那金桂。是用丁香的粗俗，去衬托金桂的高雅；是用丁香的小气，去衬托金桂的大度。

写的是花，说的又未尝不是人。

"熏透愁人千里梦，却无情。"那金桂有着怎样的芬芳，竟能将愁人的梦境熏破。好梦已断，自然愁绪满怀，当再次合上了双眸，却是如何也回不到那特定的时空里，那金桂是何等的无情，于此可见其一。

宋高宗建炎四年（公元 1130 年）九月，金人立宋朝叛臣刘豫为齐帝，正是建立了伪齐政权。李易安写作了一首《咏史》诗，极尽讽刺挖苦之能事，诗中这样写道："两汉本继诏，新室如赘疣。所以嵇中散，至死薄殷周。"当满朝文武尽皆沉浸在北归的幻梦里，这金桂的花香莫不惊醒了满朝文武的纸醉金迷。那金桂是何等的无情，于此可见其二。

那花的世界里，分明有着别一种天地。

满地黄花，憔悴了芳华

声声慢·寻寻觅觅

寻寻觅觅，冷冷清清，凄凄惨惨戚戚。乍暖还寒时候，最难将息。三杯两盏淡酒，怎敌他晓来风急。雁过也，正伤心，却是旧时相识。

满地黄花堆积，憔悴损，如今有谁堪摘。守着窗儿，独自怎生得黑。梧桐更兼细雨，到黄昏点点滴滴。这次第，怎一个愁字了得。

这阕小词，应当是易安所有作品中最为脍炙人口的一首。多少人，是因了那"寻寻觅觅，冷冷清清，凄凄惨惨戚戚"的句子，而知晓了李易安其人。彼时的易安，经历了国破、家亡，经历了夫死、再嫁，当她站在时间的节点上，面对曾经的许多繁华与过往的若干悲苦，心中不由得泛起阵阵酸楚。只是，生活还在继续，虽然再多的日月也终于不过是寂寞地蹉跎。

"寻寻觅觅，冷冷清清，凄凄惨惨戚戚。"古往今来，多少人品咂着这14个字的精妙绝伦。宋代罗大经在《鹤林玉露》中说："近时李易安词云：'寻寻觅觅，冷冷清清，凄凄惨惨戚戚。'起头连叠七字。以一妇人，乃能创意出奇如此。"

寻寻觅觅，在那寂寞的屋。她是忘记了吗？此时此刻，明诚早已去了另一个世界，自然寻不到他的半点踪迹。冷冷清清，那凄凉，哪里只是屋子的温度，那冰冷，却着实是从内心的最深处发出。凄凄惨惨戚戚，她可是在悲悼着自己，又或者，再多的凄苦愁绝也无法概括此时易安的处境。痛苦，只有经历过的人才能真正明白。

韩偓在一首名为《丙寅二月二十二日抚州如归馆雨中有怀诸朝客》的诗中，有这样几句："凄凄恻恻又微颦，欲话羁愁忆故人。薄酒旋醒寒彻夜，好花虚谢雨藏春。"易安这 14 个字，未尝没有对这几句诗的隐括。只是，如果不是经历过一番酸楚，必然写不出那样的隐衷。

"乍暖还寒时候，最难将息。"张先在《青门引》中曾说："乍暖还轻冷，风雨晚来方定。庭轩寂寞近清明，残花中酒，又是去年病。楼头画角风吹醒，入夜重门静。那堪更被明月，隔墙送过秋千影。"那"乍暖还寒"的句子，也未尝不是脱胎于张先"乍暖还轻寒"一语。这样乍寒乍暖的天气，最是难能休养调息，也最是让她无所适从。又或者，是心中郁结了太多的愁苦，天气成了她此刻最好的理由。

"三杯两盏淡酒，怎敌他晓来风急。"满饮那三杯两盏淡酒，可曾真的能够赶走这无尽的凄寒，只是，连她自己也清楚，纵使赶得走这屋中的凄冷，也终究赶不走心中的冰凉。易安最是那爱酒之人，多少次她对着那金樽，浅斟，慢饮，是在品咂自己的孤苦，还是体味自己的愁浓？只是如今，再多的酒竟也抵挡不了这清晨的凄寒。"晓来风急"，从前，好多版本中又作"晚来风急"，殊不知，清早便这般微凉，才是真正的寂寞愁浓，才能真正地痛彻心扉。那孤苦和寂寞竟然萦绕终日，不绝如缕。

"雁过也，正伤心，却是旧时相识。"赵嘏在《寒塘》诗中说："乡心正无限，一雁度南楼。"曾经，她也曾尽日把那鸿雁盼望，只因它们能够带来离人的消息。而今，那离人早已去到了另一个世界，哪里还能带回半点音信、只言片语？看着这鸿雁，也不过徒增伤悲。朱敦儒在宋室南渡以后，曾写过这样的诗句："年年看塞雁，一十四番回。"或许，此句最是能解易安的肝肠。戴叔伦在《相思曲》中说："鱼沉雁杳天涯路，始信人间别离苦。"殊不知，那别离却也分了好多种，如果只是分隔两地，终究有重逢的可能，又哪里谈得上凄苦？最怕的，是天上人间的别离，只因穷其一生也终究得不到离人的消息。

"满地黄花堆积，憔悴损，如今有谁堪摘。"那满地的黄花，早已憔悴了芳华，还有谁去怜惜它们的败落，还有谁去摘下那丛中的一朵。易安最是那爱菊之人，多少次，她在一阕阕词中追慕陶潜的风姿。在《醉花阴》中，她写道："东篱把酒黄昏后，有暗香盈袖。"在《多丽·咏白菊》中，她写道："细看取屈平陶令，风韵正相宜。"只是如今，易安也已了无兴致。是没有了陶潜的潇洒吗？是没有了"易安"的情怀吗？易安从来如此，总是能从那花中看到自己的影子。如今的她岂不正像极了这开残了的菊，早已是明日黄花。

"守着窗儿，独自怎生得黑"。尽日伴着这窗儿枯坐，从天光大亮到夜幕降临，却能守候到什么呢？那人终究不会回来，又为何要在这里尽日枯坐？女人，总是怕黑的，而她，却要在那无尽的黑暗里承受无尽的凄苦，是命运的安排吗？命运为何偏偏给了易安这许多折磨？

"梧桐更兼细雨，到黄昏点点滴滴。"细雨滴梧桐，总是能够触动离人的哀愁。白居易在《长恨歌》中说："春风桃李花开日，秋雨梧桐叶落时。"或许每一段感情都有这样的黯然萧素，或者这样想心中真的能宽慰许多。只是那点点滴滴，不只滴落在梧桐上，更滴落在离人的心中。心，渐渐地冷了，只为经历了太多的苦楚。

"这次第，怎一个愁字了得。"这点点般般，这桩桩件件，哪里是一个"愁"字所能尽言，而她又为之奈何？愁，她已诉说得太多。只是再多的诉说，终究是于事无补，她也只有在无尽的寂寞与哀愁中品咂自己的孤独。那是一种怎样的况味，或许是她生命中难逃的劫。她不愿再思谋，她只愿去接受，再多的愁苦又能怎样，这些年，她已经历了那么多。

宋代张端义在《贵耳集》中曾有这样的言语："易安秋词《声声慢》：'寻寻觅觅，冷冷清清，凄凄惨惨戚戚。'此乃公孙大娘舞剑手。本朝非无能词之士，未曾有一下十四叠字者，用《文选》诸赋格。后叠又云'梧桐更兼细雨，到黄昏点点滴滴'，又使叠字，俱无斧凿痕。更有一奇字云：'守定窗儿，独自怎生得黑。''黑'字不许第二人押。妇人中有此文笔，殆间气也。"清代沈谦在《填词杂说》中，曾戏言道："予少时和唐、宋词三百阕，独不敢次'寻寻觅觅'一篇，恐为妇人所笑。"恐为妇人所笑，却不知正是这女子胜过世间须眉许多。或者，这许多赞誉能够姑且消解易安的忧愁；又或者，她宁愿抛弃这一切，只为换回她的爱人，只为在他的肩头痛哭一晚。

一叶扁舟，载不动许多愁

武陵春·春晚·风住尘香花已尽

风住尘香花已尽，日晚倦梳头。物是人非事事休，欲语泪先流。

闻说双溪春尚好，也拟泛轻舟。只恐双溪舴艋舟，载不动许多愁。

这首《武陵春》，当是创作于宋高宗绍兴五年（公元 1135 年），易安流寓金华之时。乱世中人，本就是无根的浮萍，今日在东，明日在西，哪里会有固定的居所。宋高宗绍兴元年（公元 1131 年），易安赴越州，卜居土民钟氏宅。绍兴二年（公元 1132 年），高宗奔逃到临安，易安也便追随到临安。绍兴四年（公元 1134 年），易安避乱金华，卜居陈氏宅。绍兴五年，大概在写作这首《武陵春》之后不久，易安再次踏上返回临安的旅途。从前，易安常常忆起自己的故乡，在梦里也要苦苦追索。而到了今日，恐怕再也没了那份心肠，只因乱世中人，永远是居无定所，永远是四处漂泊。家，哪里是家。经历过战乱，经历过流离，难免看得明白清楚，人生寄一世，奄忽若飙尘，在这茫茫人世间，每一个人不过是过客而已。

仅从词牌便可看出易安的万千思绪。易安曾在《凤凰台上忆吹箫》中写道："休休，这回去也，千万遍《阳关》，也则难留。念武陵人远，烟锁秦楼。"而那远去了的武陵人，定然是那赵明诚无疑。而此时，易安当是又念起了那亡故已久的丈夫，因而，伴着痛，和着泪，填下了这阕《武陵春》。

"风住尘香花已尽，日晚倦梳头。"当那春风终于止住了尽日的吹拂，那春花却早已凋零尽，飘落了遍地，碾压进尘土，散尽它最后的芬芳。又是一年春归去，可恨一年又一载，生命终归是了无意趣。太阳升得老高了，天色将晚，她却仍然不曾梳洗。只因这人世间再没人值得她那般费力妆扮。她最在意的那个人去了，从此后，她的爱情死了，她的心肠枯萎了。在那似乎了无尽头的岁月里，她唯有数着那时光，念着那过往，等待着在另一个世界里与他重逢的时刻。从此后，每一天都不过是蹉跎地过，每一秒都不过是痛苦地挨。

"物是人非事事休，欲语泪先流。"一切，都仿佛是往昔的模样，不同的，只是昔年的人早已不在。看着那散落的书稿，她不禁再一次悲从中来。她为那《金石录》作了一篇《后序》，是和着泪水写下的，历历细数他们曾经的过往，一切欢乐时光仿佛重新来过。原来，在他的心中，她的分量一直那么重，只是当年的她希求得太多，难能快乐。

元稹曾为那早亡的妻作过三首《遣悲怀》，其中的第二首这样说道："昔日戏言身后意，今朝都到眼前来。衣裳已施行看尽，针线犹存未忍开。尚想旧情怜婢仆，也曾因梦送钱财。诚知此恨人人有，贫贱夫妻百事哀。"那曾经的过往，哪里是说抛别就能抛别得掉的？就算抹除掉她留下的所有痕迹，也终究会把她忆起，只因她曾出现在你的生命里，她终究深深地印刻在你的心里。

还不曾言语，泪水便止不住地奔流。她是想诉说什么？诉说对他的思念，诉说对他的追索？不必开口，他全都知道，只因在他的心里，也是一样的情怀。

何时才能忘记这一切，重新生活？又或者，终了一生都难能将他忘怀，她，只得把他装进心里。从此以后的每一天，思念便是她不变的安排。

李攀龙说："未语先泪，此怨莫能载矣。景物尚如旧，人情不似初。言之于邑，不觉泪下。"可谓深谙易安的情丝一缕。

"闻说双溪春尚好，也拟泛轻舟。只恐双溪舴艋舟，载不动许多愁"。双溪，在今天的浙江金华城南，因汇合了东阳、永康二水，而得名双溪。"舴艋舟"，是出自张志和的《渔父》："钓台渔父褐为裘，两两三三舴艋舟。能纵棹，惯乘流。长江白浪不曾忧。"张志和诗中所表现的，是怎样萧散的情怀，只是那份旷达，那番潇洒，大概易安终了一生都不会再拥有。

她知道，她不能尽日愁苦；她知道，她要走出那无尽的伤怀。她也想泛着那轻舟远行，就去那春光烂漫的双溪。只怕愁苦太多，那叶窄窄的扁舟，终究承载不下。

苏轼在《虞美人》中说："无情汴水自东流，只载一船离恨向西州。"李后主在《虞美人》中说："问君能有几多愁，恰似一江春水向东流。"秦观在《江城子》中说："飞絮落花时节一登楼。便做春江都是泪，流不尽，许多愁。"古往今来的诗人们，总是用那流水比拟无尽的哀愁，易安却宕开一笔，不去写那离愁的流淌，却去写那离愁的重量。这样的篇章，哪里是构思得出的？只有经历了国破家亡、经历了夫死再嫁、经历了"玉壶颁金"、经历了四处漂泊的人才写得出这样的诗句吧？句句是血，声声是泪。只是那句子，不是一支笔写出来的，而是从她的生命里流淌出来的。

一叶扁舟，载不动她的许多愁苦。殊不知，她的愁苦尽日埋在心间，她那心，竟承载着怎样的重量？竟有着怎样的酸楚呢？

活在寂寞的人间

孤雁儿·藤床纸帐朝眠起(并序)

世人作梅词，下笔便俗。予试作一篇，乃知前言不妄耳。

藤床纸帐朝眠起，说不尽无佳思。沉香断续玉炉寒，伴我情怀如水。笛里三弄，梅心惊破，多少春情意。

小风疏雨萧萧地，又催下千行泪。吹箫人去玉楼空，肠断与谁同倚？一枝折得，人间天上，没个人堪寄。

易安爱梅，是人所共知的事实，可那句"自是花中第一流"的赞誉，却不是形容那傲雪的梅，而是形容那飘香的桂。但这就能阻止她对梅的爱吗？何曾？怎会？爱，本就不曾有道理可言，或者只是万花丛中多看了它一眼，从此便结下了一世情缘。梅的身上有她的影子，她的身上有梅的灵魂。每当易安走到生命的又一个节点，总是会想起那梅。每当易安经受了生活的无尽凄苦，总是会想起那梅。当她合卺出嫁之时，那梅也是"香脸半开娇旖旎"；当她无嗣被疏之时，那梅也是"为谁憔悴损芳姿"。当所有的繁华都落尽，只有这梅依旧等待在旧日的时光里。

这首《孤雁儿》，当是明诚逝去后，易安的悼亡之作，只觉得声声凄厉，字字不忍卒读。绝妙的诗篇，大抵是从心底自然流出，足见易安对明诚的一往情深，终其一生，难以断绝。就算他曾经负她许多，她也终究深爱着他。只因为太多年过去，她的生命早已和他的连在了一起。他们曾经共同经历过那最烂漫的华年，他们曾经共同追求相同的志趣，一桩桩，一件件，早已印刻在她灵魂的最深处，和她的血肉融化在了一起。

　　"藤床纸帐朝眠起，说不尽无佳思。"藤床，是指用藤条和竹子所编制的床。纸帐，是指用藤皮茧纸制成的帐。而就算是睡在这无比舒适的藤床纸帐中，一夜梦觉，她竟也了无情绪。心中郁结着无尽的愁怨与无尽的凄苦，说不出，也不想去说。只因多说无益，再多的言语也终究不能将他唤回。

　　"沉香断续玉炉寒，伴我情怀如水"。沉香烧尽了，那香炉也冷了，周遭是如此的寂静，时间仿佛凝固了一般，仿佛这世界再没人在意她的悲喜，再没人理会她的存在或消失。她的情怀，似水般温柔，也似水般惆怅。

　　"笛里三弄，梅心惊破，多少春情意。"《梅花落》是乐府中的古曲，因吹奏时要反复吹奏三次，故称为《梅花三弄》。那乐曲最是凄寒，尤其是用那笛子吹奏，如怨如慕，如泣如诉，声声入耳，惊断了她的肝肠。却见那枝头上，几朵早梅开放，是那笛声惊破了梅心吗，那寂寞的庭院，此刻，竟是如此春意盎然。只是，再多的春色，她也早已失却了游赏的兴致，就算是这素来喜爱的梅，此刻，也惹不起她的情丝。他走了，把她的心也一并带走了，把她的快乐也一并带走了，从此后，身在这人世间，心却早已随着他魂归天外。从此后，活着的每一天都是无尽的蹉跎。或许，她只是没有勇气选择死亡；或许，她只是没有脸面去见那昔日的爱人。他死后，她又另嫁他人，她可以对此绝口不提，却终究骗不过自己，那是她一生的污点，就算没人提及，心中也满是芥蒂。她只有活着，伴着凄苦，伴着孤独，伴着对他的思念和对过往的追索，活在这寂寞的人世间。

"小风疏雨萧萧地，又催下千行泪。"那细雨萧萧而下，着雨的梅花，该是怎样一般芳华，她也没那心思去理睬。那细雨萧萧，非但没有让她畅快丝毫，反而催下了她的几滴清泪。从前见这梅花，只有无尽的欣喜，而今，却只剩下了难言的悲伤。那滴滴清泪，是因了怎样难以平复的思绪，是为着怎样的痛断肝肠。

"吹箫人去玉楼空，肠断与谁同倚"。却原来，所有的所有，都不过是因那人的离去。"吹箫人"，出自萧史弄玉有关的典故。《仙传拾遗》中这样记载道："萧史不知得道年代，貌如二十许人。善吹箫作鸾凤之响。而琼姿炜烁，风神超迈，真天人也。混迹于世，时莫能知之。秦穆公有女弄玉，善吹箫，公以弄玉妻之。遂教弄玉作凤鸣。居十数年，吹箫似凤声，凤凰来止其屋。公为作凤台。夫妇止其上，不饮不食，不下数年。一旦，弄玉乘凤，萧史乘龙，升天而去。秦为作凤女祠，时闻箫声。今洪州西山绝顶，有萧史仙坛石室，及岩屋真像存焉。莫知年代。"他走了，只留她在这寂寞的小楼。如果当真他如那萧史一般乘龙而去，又为何独独把她留在这寂寞的人世间。再多的伤怀，再多的凄楚，哪里是简单的三言两语便道得尽，便说得清的？他难道不懂，就算千里万里，她也不怕追随。这许多年来，何尝不是如此。她已习惯了追随，也已习惯了等待，只是内心的痛苦终是难掩地起伏，终是难以平复。

从此后，肝肠断尽，又有谁伴她一处？"肠断"一语，出自《世说新语·黜免》："桓公入蜀，至三峡中，部伍中有得猿子者，其母缘岸哀号，行百余里，不去，遂跳上船，至便即绝。破视其腹中，肠皆寸寸断。公闻之怒，命 黜其人。"人世间，竟真的会有那般的惨痛愁绝吗？如果有，那么易安的肝肠也早晚会寸寸断尽吧！

"一枝折得，人间天上，没个人堪寄。"当年的陆凯，曾写过一首《赠范晔》："折花逢驿使，寄与陇头人。江南无所有，聊赠一枝春。"从此，"折梅"便成了彼此馈赠的隐语。此时的易安，看着那满园渐次开放的梅，也想折下一枝，而人间天上，她竟再也寻不见那丈夫的影踪。从前，在那无尽的等待里，她怨过，她恨过，但好在，终归留有那一丝丝的希望，那就是支撑着她的光芒，而此刻，生死在他们面前横了一道永远无法逾越的鸿沟，鸿雁再也带不来他的消息，折一枝梅，也终究难能寄与。

《梅花三弄》还未吹彻，她却早已痛断了肝肠。

一天，一年，一生

清平乐·年年雪里

年年雪里，常插梅花醉。挼尽梅花无好意，赢得满衣清泪。

今年海角天涯，萧萧两鬓生华。看取晚来风势，故应难看梅花。

这阕《清平乐》，大概创作于易安的晚年。当站在生命的尽头，回望曾经拥有的过往，会是一种怎样的情怀？从少年到中年，再到老年，易安经历了生命的无尽繁华，经历了生命的无尽凄凉，也经历了生命的无尽绝望。或许此时，她还未曾走完她的一生，只是心境已悲凉，已觉得此生无望。国破、家亡、夫死，而最终，她竟没有子嗣。而今，在这孤独的人世间，只有一个孤独的自己。这样的人生，一天，一年，一生，又会有多大分别？或许，在这样的时刻，回望从前，方才知晓，原来她的一生不是只有那无尽的凄凉，却也有那许多的欢乐。

年年雪里，常插梅花醉。

少年时光，总是人生中最美好的过往。记得昔时的易安，从家乡明水来到都城汴京，凭借着两首《如梦令》，便赢得了"词女"之名。那时候的她，是怎样的风光无限，直到站在生命的尽头回望曾经的过往，还是会为当时的荣耀而欣喜。那是易安一生中名副其实的春天，豆蔻梢头，欣欣向荣。

印象中，易安曾填过一阕《渔家傲》："雪里已知春信至，寒梅点缀琼枝腻。香脸半开娇旖旎，当庭际玉人浴出新妆洗。造化可能偏有意，故教明月玲珑地。共赏金尊沉绿蚁，莫辞醉此花不与群花比。"那时候，易安是有那般心境去踏雪寻梅的。"香脸半开娇旖旎"，原来是她合香的消息。"此花不与群花比"，是说那梅，也是在说她自己。或许，人生中的得意与失意，本就自有定数，那几年，她挥霍尽生命中的美好。

印象中，易安曾填过一阕《玉楼春》："红酥肯放琼苞碎，探著南枝开遍未。不知酝藉几多香，但见包藏无限意。道人憔悴春窗底，闷损阑干愁不倚。要来小酌便来休，未必明朝风不起。"只是就算占尽风光，也终究会有些许悲凉。她也有怕，怕那年华消逝，却原来她只是一个女人，总是要把那颗心托付给一个人，且盼他好生珍惜，莫失莫忘。

易安曾也填过一阕《满庭芳》："小阁藏春，闲窗锁昼，画堂无限深幽。篆香烧尽，日影下帘钩。手种江梅渐好，又何必临水登楼。无人到，寂寥浑似，何逊在扬州。从来，知韵胜，难堪雨藉，不耐风揉。更谁家横笛，吹动浓愁。莫恨香消雪减，须信道扫迹情留。难言处良宵淡月，疏影尚风流。"那时候，不是没有怨，也不是没有恨，当她与丈夫分离，当她质疑丈夫的真心时，也会黯然，也会神伤，也会有无尽的凄楚。只是，尚未到惨痛愁绝，从绝望中依旧透露出点点希望的光芒。

按尽梅花无好意，赢得满衣清泪。

或许，所有的感情都有走到尽头的时候；或许，所有的真心都经不起仔细掂量。谁又曾料想，易安也会有那婕好之叹与庄姜之悲。她又能怎样呢？只有无尽的等待，等待着他将那群芳看尽，再回转来寻这一枝冷傲的寒梅。那几年，她经历了怎样的痛断肝肠！挼尽梅花，那生命中最为细碎的过往都被她一一珍藏，或者，是真的心伤，伤到没齿难忘。回顾那几年，满衣清泪，或许是最容易忆起的画面，原来，他给了她那许多悲苦，她却给了他一段柔肠。

印象中，易安曾填过一阕《诉衷情》："夜来沉醉卸妆迟，梅萼插残枝。酒醒熏破春睡，梦远不成归。人悄悄，月依依，翠帘垂。更挼残蕊，更捻余香，更得些时。"她是怀着怎样的惆怅，又是怀着怎样的悲戚，竟把那梅挼了又挼，捻了又捻，直捻得芳香都散尽，才肯罢手。原来，她是在思念那久不归家的离人。人悄悄，忧心又何尝不悄悄？

印象中，易安曾填过一阕《临江仙》："庭院深深深几许，云窗雾阁春迟。为谁憔悴损芳姿，夜来清梦好，应是发南枝。玉瘦檀轻无限恨，南楼羌管休吹。浓香吹尽有谁知，暖风迟日也，别到杏花肥。"庭院深深，锁住了几许春光，锁住了几寸柔肠。那梅花何以瘦弱如斯，那杏花何以肥硕若此，原来，是那暖风迟日的偏私。而那明诚又栖迟在谁家院落，他的暖风迟日又抛洒向谁的心房？

今年海角天涯，萧萧两鬓生华。

易安的晚年，是何等的凄凉与萧索。当国仇家恨悉数降临到她的眼前，她怎能视而不见，又怎能听而不闻？当明诚也终于撒手人寰，渺茫的路途只有易安一个人走。那些年，生，未见得有多快乐，死，也未见得有多痛苦。易安不曾选择，也选择不了，她只是听从命运的吩咐，任凭去向何处。

印象中，易安曾填过一阕《孤雁儿》："藤床纸帐朝眠起，说不尽无佳思。沉香断续玉炉寒，伴我情怀如水。笛里三弄，梅心惊破，多少春情意。小风疏雨萧萧地，又催下千行泪。吹箫人去玉楼空，肠断与谁同倚。一枝折得，人间天上，没个人堪寄。"当国破家亡，当明诚身死他乡，当他们终于天人永隔，易安又是有着怎样的寸断肝肠。命运怎么这么爱捉弄这个可悲的女人！

看取晚来风势，故应难看梅花。

宋室江山，早已是岌岌可危，那梅花怕是难能再看到了吧。那梅花何尝不是易安自己？生命至此，她只觉得走到了尽头，再多的岁月也不过是无谓地蹉跎。

这首小词，诉说的是易安的一生。

每当读到易安这阕《清平乐》，便会想起蒋捷的那首《虞美人·听雨》："少年听雨歌楼上，红烛昏罗帐。壮年听雨客舟中，江阔云低、断雁叫西风。而今听雨僧庐下，鬓已星星也。悲欢离合总无情，一任阶前点滴到天明。"

生命的意义，在于用双脚去丈量人间的土地，用双眼去洞察人世的悲喜。当走到了生命的尽头，蓦然回首，大概谁都会有无尽的唏嘘，只是乱世中人，经历了更多的内容。

忆前尘往事

永遇乐·元宵

落日熔金，暮云合璧，人在何处？染柳烟浓，吹梅笛怨，春意知几许。元宵佳节，融和天气，次第岂无风雨。来相召香车宝马，谢他酒朋诗侣。

中州盛日，闺门多暇，记得偏重三五。铺翠冠儿，捻金雪柳，簇带争济楚。如今憔悴，风鬟霜鬓，怕见夜间出去。不如向帘儿底下，听人笑语。

"易安倜傥，有丈夫气，乃闺阁中之苏、辛，非秦、柳也。"我曾不止一次地引用沈曾植在《菌阁琐谈》中所说的这句话。这所谓的"倜傥"，所谓的"丈夫气"，不只表现在易安的诗词里，更表现在她真实的情怀中。或许，正是有着这般情怀，才有着这般倜傥的丈夫气。如果易安如普通的闺阁妇女一般，大概这一生会多一些快乐吧，只是她从不稀罕这被粉饰的太平，她从来看得真切，活得清楚明白。也正是因此，她才有那许多的不幸。有时候，人生难得的是糊涂，可悲的是清醒，易安不是不明白这道理，只是她有属于她的执着，终究不会随波逐流。

"落日熔金，暮云合璧，人在何处？""落日熔金"，大概是从廖世美《好事近》中"落日水熔金，天淡暮烟凝碧"一语化来；"暮云合璧"，也许是从江淹《拟休上人怨别》中的"日暮碧云合，佳人殊未来"一句脱胎。落日像极了熔化的金子，与暮色中的云彩仿佛是珠联璧合，这般美景，竟教易安独自欣赏吗？"人在何处"，刚问出口，便已没了游赏的兴致。那人恰便是"无人到，寂寥浑似，何逊在扬州"中的人，恰便是"人何处，连天芳草，望断归来路"中的人；恰便是她那故去了的丈夫。

"染柳烟浓，吹梅笛怨，春意知几许。"柳色渐深，雾霭渐浓，恰逢早春时节，为何偏要吹奏这哀怨的《梅花落》，直吹得人肝肠欲断。此时的易安是敏感的，一支乐曲也能触动她的肝肠，引起她的惆怅。

"元宵佳节，融和天气，次第岂无风雨"。元宵佳节，一派春意融融的气息，却又怎知在这样的天气里，就不会渐次地迎来那凄风和那苦雨。表面上，说的是天气，实际上，说的又未尝不是彼时那动荡的政局。南宋朝廷偏安临安一隅，便再不作他想。又怎知这偏安竟能够永远，又怎知这政局终不会面临随时倾覆的风险。易安，确实有着那股丈夫气。从来，政治是男人的本色行当，却不料易安竟胜过那须眉许多。这等远见卓识，又有几人能够拥有？却也正是因了这个原因，易安才不快乐，她从不懂得留住目前的欢乐，她从不懂得得过且过。

"来相召香车宝马，谢他酒朋诗侣。"正因为易安不似旁人，所以当那旁人来相召，任凭是香车宝马，还是锦帽貂裘，她也只有一一谢过。那许多酒朋诗侣，尽皆欢笑着离去，只有易安守着自己的凄苦，伴着自己的孤独。她又何尝不想和他们同游，只怕旧愁未去，又添了新忧。在这般动荡的背景下，怎样的游赏，能够乐得开怀，能够游得尽兴？或许旁人可以，只是她终究不能。是怎样的担当，让她把家国的苦楚，尽皆扛在自己瘦弱的肩头。恍惚中，那个孤独的身影是那般可怜，却又是那般可敬。

"中州盛日，闺门多暇，记得偏重三五。铺翠冠儿，捻金雪柳，簇带争济楚。"她也不是不喜欢那番热闹，只是不喜在这多事之秋故作潇洒。当那酒朋诗侣尽皆走远，她独自品咂着自己曾经拥有的欢乐。中州，即是中原，说的便是昔日的都城汴京。依稀记起当年在汴京的岁月，彼时的她，是有着许多梦想和许多兴致的，尤其在那三五月圆之日，着意打扮一番，自然是闺中翘楚。铺翠冠儿，雪柳，都是当时少女喜爱的饰物，插在头上，是怎样一种俊俏风流。这许多前尘往事，而今也只得在梦中追索。终其一生，怕是再难回到那曾经的都城汴京了。今昔对照，不由得更觉而今的临安空余满目萧索。

"如今憔悴，风鬟霜鬓，怕见夜间出去。"是什么打断了她的追忆，是偶然间瞥见了镜中的容颜吗？如今，她早已憔悴不堪，鬓发散乱，再也无心打理，时值佳节，也不愿在这夜间出去。却又是为着什么呢？从前，她最是那活泼开朗的人儿，如今为何竟这般麻木落寞？原来，她自有她的隐衷。

"不如向帘儿底下，听人笑语。"旁的人，大抵都有同游的侣伴，此时的易安，却只得面对这夫妇天人永相隔的现实，她又如何来承受这痛苦与折磨？彼时的南宋，偏安在临安一隅，满朝文武依旧沉醉于北归的迷梦里，又或者，北归不过是一个漂亮的幌子，他们不在意是在汴京还是在临安，他们只在意有没有这种纸醉金迷的岁月。若论彼时的南宋政权，非但北归无望，怕是这国家也要走向末路穷途，而人们却依旧笑语欢腾。彼时的朝廷，忠臣良将多被猜忌，只有那奸佞小人得以飞升，岳飞精忠报国却终被猜忌；张浚挽狂澜于既倒却终不被重用；韩世忠功勋卓著，却因坚持主战而不得君心，最终只有在清寒中度过晚年。这一桩桩，一件件，落在易安眼中，刺进易安心底，哪能不痛？哪能不悲？那阵阵笑语喧腾，便是那衰世的异响别音，却只有易安听得明白清楚。彼时，距离南宋灭亡也不过仅仅三四年的光景。

刘辰翁曾在《永遇乐·璧月初晴》的小序中说："余自乙亥上元诵李易安《永遇乐》，为之涕下。今三年矣，每闻此词，辄不自堪。遂依其声，又托之易安自喻。虽辞情不及，而悲苦过之。"原来，只有这刘辰翁才堪称易安的知音。

死亡竟是一种解脱

添字丑奴儿·芭蕉

窗前谁种芭蕉树，阴满中庭。阴满中庭，叶叶心心，舒卷有馀情。

伤心枕上三更雨，点滴霖霪。点滴霖霪，愁损北人，不惯起来听。

这一阕《添字丑奴儿》所抒写的，是南迁的北人听不惯夜雨打芭蕉的情状。易安也曾是那南迁的北人，或许，这正是昔年易安的真实写照也未可知。否则，易安哪里能体味得那般深切？又哪里能抒写得那般曲折？

"窗前谁种芭蕉树，阴满中庭。"是谁在窗前种下那一株芭蕉，那阔大的芭蕉叶，层层舒展，一叶叶，一丛丛，荫蔽了整个庭院。"阴满中庭，叶叶心心，舒卷有馀情。"最爱那"阴满中庭"，不胜欣喜，一定要反复吟咏才甘心，那蕉心常卷，叶叶心心是怀着怎样的柔情缱绻！

"伤心枕上三更雨，点滴霖霪。"北人南来，本就有着无限的伤心难耐，却偏逢上这三更夜雨，点点滴滴，落在那芭蕉上，敲打着寂寞的回响。声声凄厉，直敲打到北人的心房。"点滴霖霪，愁损北人，不惯起来听。"是怕那敲打声还不够凄厉，而北人还不够愁绝吗，竟要反复申说这"点滴霖霪"？北人的愁苦已太多，再听不得这凄厉的雨打芭蕉声。

北人南来，虽然还是在这同一个国度中，但毕竟抛别了曾经的土地，本就怀着无限的惆怅和无尽的心伤，偏逢上这三更夜雨打芭蕉，那淋淋漓漓的声响，敲击着北人的心房，是怎样的愁苦与哀伤！南人听惯了这凄厉的敲打，南人依旧睡得安稳，只因不曾经历那许多战乱，不曾经历那许多背井离乡。而北人却是再也听不得那样的声响，他们已太久不曾安眠。

　　那满朝文武，悉数沉浸在北归的幻梦里，他们是否知道，这雨打芭蕉是怎样的凄苦；他们会否知道，抛别故土是怎样的愁绝。他们，只是日复一日、年复一年地沉浸在纸醉金迷中，满目山河空萧索，他们只是看不到这落寞。

　　杜牧曾作过一首《八六子》，其中便写到了这雨打芭蕉："洞房深，画屏灯照，山色凝翠沈沈。听夜雨，冷滴芭蕉，惊断红窗好梦。龙烟细飘绣衾，辞恩久归长信。凤帐萧疏，椒殿闲扃。辇路苔侵，绣帘垂，迟迟漏传丹禁。舜华偷悴，翠鬟羞整，愁坐望处，金舆渐远，何时彩仗重临？正消魂，梧桐又移翠阴。"宫人尽日地等待着，从黑夜等到黎明，等待的，不过是君主的临幸。偏逢上这夜雨打芭蕉，该是怎样的情怀一缕。青春那样短，等待那样长，还会有多少时光空付与这寂寞的等待。

　　顾敻曾填过一阕《杨柳枝》，其中也写到了这雨打芭蕉："秋夜香闺思寂寥，漏迢迢。鸳帷罗幌麝烟销，烛光摇。正忆玉郎游荡去，无寻处。更闻帘外雨潇潇，滴芭蕉。"最难消的，总是那思妇的哀愁，尽日期盼，那离人只是不见影踪。夜雨打芭蕉，那一声一声，凄厉惨绝，不正像极了思妇的声声哀叹、阵阵低吟？只是不知，那离人可曾听得明白清楚？

李煜曾填过一阕《长相思》，其中也有那夜雨打芭蕉："云一涡，玉一梭，淡淡衫儿薄薄罗，轻颦双黛螺。秋风多，雨相和，帘外芭蕉三两窠。夜长人奈何！"尽日妆扮，却只是看不到那离人归来的影踪。秋风那么多，寒夜那么长，她该如何忍受这凄苦？忍受那夜雨打芭蕉？一声一声，直敲击到离愁的最深处，痛，无法消解。大概总是忧愁之人不忍听闻那凄厉之声，李后主如此，易安亦如此。那无比凄厉的一声一声，敲击着心房，带来无限黯然神伤。只因他们经历过太多的磨难和太多的波折，生命中再经受不了那许多凄厉的声响。

夜雨梧桐，何其悲也。或者，这就是易安在生命临终之时的真实写照，一夜一夜，伴着这凄厉的声响入眠。听着这阵阵夜雨芭蕉，能否把曾经的故乡追索；听着这阵阵夜雨芭蕉，能否把国家的前途惦念；听着这夜雨芭蕉，能否细数自己一生的孤苦与惆怅？

这一首《添字丑奴儿》，大概是易安这一生中填的最后一阕词。在此后那无尽的岁月里，她不再多说什么，只因个中滋味无法说尽。易安从来认为，词应"别是一家"。所谓的"别是一家"，即是抒写离愁别绪，即是抒写情爱旖旎。终其一生，她只在那词中书写一个人，他生，她便盼他、怨他；他死，她便怀他、念他。当再多的思念之词、再多的伤怀之语，说得再多，都无法把他唤回，她，又是有着怎样的苦楚？每填上一阕词，她就要徒增那许多伤悲，无限的黯然憔悴。她老了，不愿再如此这般折磨自己，她已没有那许多精力，去痛苦，去伤悲。

大约在宋高宗绍兴二十五年（公元 1155 年），李清照走完了自己的一生，享年 73 岁。与她那丈夫相比，她确实算得长寿之人，只是生逢乱世，多活一年莫不是多经受一年的凄风苦雨。或许，对于乱世中人来说，死亡竟真的可以成为一种解脱。

太多的时候，人生无法单纯地用悲喜去界定，易安的一生经历的磨难太多，有过的欢乐太少，或许，那"一代词宗"的赞誉，是对她凄苦的一生的些微补偿。只是历史与人生本就是错位的轮回，历史给她的荣耀哪里是她的向往，而她苦苦追求的，历史却偏偏给不了。